»Das war etwas an Büchern, das Conny nicht mochte: Happy Ends um jeden Preis! Ihr Leben war das beste Beispiel dafür, dass es keine Happy Ends gab. Ihr letzter Freund hatte sie betrogen, erst mit ihren Büchern, dann mit ihrer ältesten Freundin. Seitdem durchforstete sie regelmäßig die ›Wiedersehen‹-Spalten in den Stadtmagazinen, aber nie wollte sie irgendjemand wiedersehen! Immer war sie zur falschen Zeit am falschen Ort gewesen, war mit der falschen Jacke an der falschen U-Bahn-Station ausgestiegen oder hatte im falschen Supermarkt an der falschen Kasse gewartet.«

Das Leben ist viel zu kurz, um es so schrecklich ernst zu nehmen.

*Kriss Rudolph,* Jahrgang 1971, lebt und schreibt meistens in Pankow in der angeblich schönsten Altbauwohnung weit und breit, arbeitet regelmäßig in Köln am Mikrophon beim WDR und manchmal in Spanien am Laptop bei frühlingshafteren Temperaturen. 2005 erschien bei Fischer seine Romantic Comedy ›Das Beste von heute‹ (Bd. 16736). Mehr zum Autor unter www.kriss-rudolph.com.

*Unsere Adresse im Internet: www.fischerverlage.de*

Kriss Rudolph

# Unsterblich kopiert

Roman

Fischer
Taschenbuch
Verlag

»Wer schreibt, greift mit dem Stift nach der Macht,
weil die Ohnmacht so unerträglich groß ist.«

Connie Palmen, *I.M.*

Originalausgabe
Veröffentlicht im Fischer Taschenbuch Verlag,
einem Unternehmen der S. Fischer Verlag GmbH
Frankfurt am Main, Dezember 2006


Satz: Pinkuin Satz und Datentechnik, Berlin
Druck und Bindung: Clausen & Bosse, Leck
Printed in Germany
ISBN-13: 978-3-596-17185-9
ISBN-10: 3-596-17185-7

Für Luzie

# EINS
# Mörderdaumen

»Autsch!« Conny schlug dreimal mit der Faust auf Anakin Skywalker ein. »Du hinterhältiges, blödes Miststück!«

Sie führte ihre schmerzende Hand schnell zum Mund, nuckelte am Daumen, wedelte ein bisschen in der Luft herum, lutschte erneut ihren Finger und wiederholte diese Prozedur so lange, bis das Pochen etwas nachgelassen hatte. Dann schloss sie geräuschvoll die vordere Klappe des Kopierers.

»Brauchst du Verstärkung?« Neugierig beugte sich ihre Kollegin Leslie über die Ladentheke.

»Skywalker senior hat meinen Daumen auf dem Gewissen!« Conny strich ein paar lose Haarsträhnen hinters Ohr zurück, glättete die Falten ihrer Hose und seufzte. Sie wechselte nicht erst seit gestern Toner in den Kopiergeräten, aber da sah man einmal nicht richtig hin, und schon war ein Finger eingeklemmt. Das lag alles nur an der blöden Hektik. Es war kurz vor Weihnachten, und Conny und Leslie mussten sich allein mit der Kundschaft herumschlagen, weil der Montagsstudent wieder ewig für das Ausliefern von ein paar läppischen Broschüren brauchte.

Unter den mitleidigen Blicken einiger Kunden kämpfte sich Conny zurück hinter die Ladentheke. In irgendeiner Tasche dudelte ein Handy die Melodie einer uralten Fernsehserie, aber der Besitzer schien es nicht zu hören. An Tagen wie diesen, wenn das Geschäft richtig voll war, lernte sie die allerneusten

Klingeltöne kennen, und sie hätte das Schild mit der durchgestrichenen Zigarette, das über der Theke hing, gerne um ein Handy-Verbot ergänzt.

»Das Böse hat Anakin verführt«, raunte ihr ein Junge mit Baseballkappe und geflochtenem Kinnbart zu, der sie an der Kasse erwartete.

»Selbstverständlich«, entgegnete Conny. Sprüche wie diesen hörte sie nicht zum ersten Mal, und sie hätte – wo sie schon mal beim Verbieten war – neben dem Telefonier-Verbot gerne noch ein *Dumme-Bemerkungen-und-überflüssige-Belehrungen-unerwünscht*-Schild aufgehängt. Sie gehörte nicht zu den Menschen, die viel von Vorschriften hielten, aber sie fand, ein bisschen Verbieten müsste schon erlaubt sein. Schließlich war es nicht ihre Idee gewesen, die hier aufgestellten Kopierer nach dem *Star-Wars*-Personal zu benennen, anstatt sie schlicht und einfach durchzunummerieren, wie normale Menschen es taten.

»Bist du Student?« Conny gab sich mit dem Nicken des Jungen zufrieden und kassierte. Sie hätte sich seinen Ausweis zeigen lassen müssen, aber schließlich waren sie hier nicht bei der Zollabfertigung, sondern in einem Copyshop.

»Möge die Macht mit dir sein.« Zum Abschied grinste der Junge breit, als hätten nicht schon 3749 Kunden vor ihm diese unheimlich lustige Idee gehabt.

»Danke, gleichfalls«, entgegnete Conny ruhig. Dann öffnete sie unauffällig eine Schublade und machte einen Strich auf der Liste.

»Schon wieder?« Leslie kam mit einem Fax aus dem Büro und begann die Striche durchzuzählen.

»Frag nicht.« Conny brach ein Stück von der Apfel-Zimt-Schokolade ab, die sie mit der Liste im Schubfach versteckte, und beobachtete durch das beschlagene Schaufenster, wie der Junge auf seinem Skateboard davonsauste.

*Star Copies* war ein Copyshop der kleineren Sorte und mit zehn Maschinen überschaubar. Der Laden gehörte keiner

Kette an und befand sich im Osten Berlins, unterhalb des Volksparks Friedrichshain, eingeklemmt zwischen einem Restaurant und einem Friseursalon. Den meisten Umsatz machte man mit kleineren Agenturen, die Flyer und Broschüren bei *Star Copies* drucken ließen, doch vor allem hatte man es hier in der Gegend mit Studenten zu tun, weil die Mieten so günstig waren. Die Laufkundschaft bestand zum großen Teil aus Wahnsinnigen, die das Geschäft für eine Art begehbaren Fanclub hielten, und zumindest das Ladenschild, das in dem *Star-Wars*-typischen schwarz-gelben Schriftzug gehalten war, sowie der lebensgroße Darth Vader aus Pappe, der gleich neben dem Tresen stand, schienen ihnen Recht zu geben. Conny hatte noch nie einen *Star-Wars*-Film gesehen und beabsichtigte nicht, diese Wissenslücke in absehbarer Zeit zu schließen. Auch wusste sie nicht zwischen *Star Wars* und *Star Trek* zu unterscheiden – eine Angelegenheit, die Eingeweihte mit der gleichen Leidenschaft diskutierten wie beim Fußball die Abseitsregel –, doch jedes Mal, wenn man es ihr erklärte, hatte sie es sofort wieder vergessen, weil es sie im Grunde nicht interessierte. Aber sie hatte gelernt: Wenn sie Fragen stellte, die ihre Unwissenheit offenbarten, fand sie sich unversehens in einem Vortrag wieder, aus dem so schnell kein Entkommen war, und Conny hätte sich am liebsten irgendwo ins Abseits gebeamt. Das Beamen nämlich war ihrer Ansicht nach das einzig Vernünftige, was diese Außerirdischen draufhatten.

Wenn ihre Kunden zum Zahlen an die Kasse traten, nannten sie oft nicht den Namen ihres Kopierers, sondern umschrieben ihn mit: »Ich hatte die Prinzessin« oder »Beim Meister ich war«. Conny stellte sich dann dumm, und das nahm man ihr gerne ab, denn Conny war eine Frau, Conny war blond, und Conny war ein bisschen zu dick. Viele Kunden hatten die unangenehme Eigenschaft, dass sie mit Vorliebe nur an ein bestimmtes Gerät wollten und bis an die Grenze des Beleidigtseins enttäuscht waren, wenn man ihnen mitteilte, dass Meister Yoda ein altes Gerät war, das ums Verrecken keine Farbkopien anfertigen wollte. Die Dienstagsstudentin, die Geschichte im Hauptfach belegte, spottete gern, dass auf dem alten Ding wohl schon Sophie Scholl ihre Flugblätter kopiert hätte. Aber Connys Chef Edgar, der ein preisbewusster Mann war, verwies darauf, dass das Gerät noch tadellos funktionierte, warum also sollte man es ausrangieren? Andere Hardcore-Fans warteten geduldig, bis ihr Lieblingskopierer frei war, als machte es einen Unterschied, ob man das Cover der frisch gebrannten *Bravo Hits* Prinzessin Leia oder R2-D2 zum Vervielfältigen anvertraute.

Neben all den Durchgeknallten gab es gottlob aber auch normale Kunden, darunter ein echter Schriftsteller. Der junge Mann hatte große traurige Augen sowie ausgesprochen schöne Hände und trug alte abgewetzte Cordhosen. Er druckte seine Manuskripte bei *Star Copies* aus. Der »traurige Schriftsteller«, wie Conny und Leslie ihn getauft hatten, gehörte nicht zu den bekannteren, die schon mal etwas veröffentlicht hätten, noch nicht, aber die beiden Freundinnen rätselten oft, wovon seine Geschichten wohl handeln mochten, und Conny, die gerne und viel las, gefiel die Vorstellung, dass er vielleicht eines Tages berühmt sein würde und sich neue Hosen leisten könnte, und dann hätte sie ihren bescheidenen Teil dazu beigetragen.

»Bald ist es wieder so weit«, freute sich Leslie, nachdem sie die Striche auf der Möge-die-Macht-mir-dir-sein-Liste durchgezählt hatte.

»Noch drei bis zum nächsten Zombie«, sagte Conny und steckte sich ein weiteres Stück Schokolade in den Mund.

Die beiden Freundinnen hatten es sich zur Gewohnheit gemacht, die dummen Kommentare der Kunden mitzuzählen und sich nach Geschäftsschluss einen Cocktail zu genehmigen, wann immer ein gewisses Maß voll war: etwa einmal im Monat. Das spielte sich dann meistens so ab, dass Leslie den ganzen Abend lang an einem einzigen Sex on the Beach zuzelte, um schon nach der Hälfte den Grad an Betrunkensein zu erreichen, den sich Conny mit mindestens zwei Zombies mühsam erarbeiten musste. Leslie wurde so schnell knülle, weil sie Koreanerin war, und in ihrer Heimat stellte man zwar hochwertige Tribandhandys her und nähte Hemden für internationale Modefirmen, aber als der liebe Gott in Asien das Enzym verteilt hatte, das Alkohol im Blut abbaut, reichte es nur für jeden Zweiten, und Leslie war leer ausgegangen.

Han Solo meldete sich mit einem drängelnden Piepen. An dem Kopierer lief seit dem Morgen ein umfangreicher Ausdruck von mehreren tausend Seiten, und Leslie ging Papier nachlegen. Conny genehmigte sich noch ein Stück Schokolade, dann widmete sie sich den nächsten Kunden. Ein älterer Herr brachte einen Stapel Bücher, in denen kleine farbige Zettel klebten. Zwei Punks kopierten Flugblätter für eine Demo gegen Rechts und redeten so lange auf Conny ein, bis sie ihnen einen Sonderrabatt einräumte, schon wegen des guten Zwecks. Eine Studentin mit blauen Haaren erkundigte sich, ob das Schild im Fenster noch gelte. »Aushilfe gesucht«, stand dort seit letzter Woche, denn Edgar hatte die nette schwedische Austauschstudentin rausgeworfen, die immer donnerstags kam: Sie wollte den Kunden wiederholt untersagen, Seiten aus Büchern zu kopieren, weil das in ihrer Heimat verboten war. Conny hatte sich für die Frau stark gemacht, schon aus Sympathie für den schwedischen Kopierschutz, aber sie konnte sich nicht gegen Edgar durchsetzen. Er hatte die arme Donnerstagsstudentin gefeuert, dafür kam der faule Montagsstudent nun vorübergehend zweimal die Woche.

Conny selbst gehörte seit dem Tag der Eröffnung vor drei Jahren zum festen Team bei *Star Copies*. Davor hatte sie in einer Kreuzberger Kneipe gekellnert, aber sie musste die schweren Tabletts aus gesundheitlichen Gründen an den Nagel hängen. Groß war die Auswahl damals nicht. Sie hatte keine Ausbildung, zumindest keine abgeschlossene und davon wiederum zwei, eine als Kindergärtnerin, die andere als Hotelfachfrau. Bibliothekarin wäre sie immer schon gern gewesen, den ganzen Tag zwischen Büchern verbringen, aber dazu war es mit Ende 20 zu spät.

»Wissen Sie, Frau Pyper«, hatte ihr der Mann vom Arbeitsamt müde mitgeteilt, »Sie konkurrieren da auf einem engen Markt mit Menschen, die zehn Jahre jünger sind als Sie. Und die haben Abitur.«

»Aber in diesen zehn Jahren habe ich viel mehr Bücher gelesen als die«, hatte Conny entgegnet, aber der Arbeitsamtmann zuckte nur mitleidig mit den Augenbrauen. Dann bot Edgar ihr einen Job an. Ihm gehörte außer der Kneipe schon ein Bowling-Center in Wilmersdorf und ein Wettbüro in Neukölln, wo die Leute ihr Arbeitslosengeld II verjubelten, und nun wollte er noch einen Copyshop eröffnen. So hatte sie sich für eine Existenz als hauptamtliche Kopiererin entschieden. Inzwischen trug sie sogar den Titel der Geschäftsführerin, wenn auch nur »auf dem Papier« – eine Ironie, deren Unterhaltungswert sich in Grenzen hielt, wie Conny fand, denn die Beförderung verschleierte lediglich, dass man nie mehr pünktlich in den Feierabend kam.

Es war etwa halb eins, als Edgar bei *Star Copies* aufkreuzte und Leslie das Weite suchte, das auf 60 Quadratmetern schwer zu finden war, aber Leslie und ihren Chef verband nicht gerade eine Liebesbeziehung.

Edgar war Schwabe und gehörte somit der – gefühlten – zweitstärksten Minderheit in Berlin an, gleich nach den Türken. Er hatte eine Tochter, die in Stuttgart zur Schule ging, und mochte Ende 40 sein. Obwohl Conny schon seit vielen Jahren für ihn arbeitete, kannte sie sein genaues Alter nicht. Edgar trug fast immer seine braune Lederhose, dazu einen schwarzen Schlapphut mit breiter Krempe und einen seitlich gezwirbelten Schnurrbart. Leslie lästerte, dass er sich absichtlich als Hippie verkleidete, weil man dann bereit war, beim Schätzen drei oder vier Jahre abzuziehen.

Connys Chef war genau der Typ Mann, vor dem ihre Lieblingstante sie immer warnte, denn er hatte »Mörderdaumen« – so nannte Tante Cassandra, die sich viel mit esoterischen Lehren beschäftigte, besonders knollige Exemplare, und

Mörderdaumen ließen auf zwei unschöne Charaktereigenschaften schließen: Zum einen auf ein hitziges Temperament, das besonders Leslie oft zu spüren bekam, etwa wenn er sie wieder mal dabei erwischte, wie sie heimlich die Hausarbeiten von Studenten las. Zum anderen besaßen die Träger von knolligen Daumen einen großen Appetit: Wer Edgar je beim Essen eines Apfels beobachtete, bekam eine ziemlich gute Vorstellung von den Ausmaßen seines Hungers, denn selbst das Gehäuse war nicht vor ihm sicher, und mit seinem Schnurrbart, der links und rechts aus seinem Gesicht ragte, wirkte er wie ein gefräßiges Insekt.

In Edgars Begleitung befand sich eine junge Frau, die etwa in Connys Alter sein mochte. Mit jedem Schritt, den sie auf den Parkettfußboden setzte, verursachten die Absätze ihrer Schuhe ein spitzes Klackern.

»Piepchen, das ist Sylvia«, machte Edgar die beiden Frauen bekannt. »Sylvia, das ist meine beste Kraft, Piepchen.«

»Hallo, ich bin Conny«, sagte Conny und sah ihren Chef vorwurfsvoll an.

Sylvia sprach mit einem heftigen schwäbischen Dialekt, so wie Edgar, der in einen putzigen Singsang verfiel, wenn er sich ärgerte, und Conny hielt sie einen Moment lang für die neue Donnerstagsstudentin, denn wenn Edgar etwas für seine Landsleute tun konnte, kannte er keine Grenzen. Schwaben hielten zusammen, vor allem in der Fremde. Wie sich jedoch herausstellte, war Sylvia keine neue Mitarbeiterin, denn als Edgar die Kleine im Laden herumführte, lag seine Hand auf ihrem Hintern, und sein Mörderdaumen bohrte sich in ihr Fleisch.

Conny warf Leslie einen fassungslosen Blick zu. Dann steckte sie sich schnell ein Stück Schokolade in den Mund und verschwand im Büro. In der Verkleidung der Kaffeemaschine betrachtete sie ihr verzerrtes Spiegelbild.

Edgar hatte schon wieder eine Neue! Conny riss Augen und Mund so weit auf, dass ihr Kiefer knackte. Wo lernte Edgar all die Frauen kennen? Vor allem: Was fanden die an seinem lächerlichen Bart? Es war zum Verrücktwerden!

Sie zog ihre Augenbrauen zusammen und legte die Stirn in tausend Falten, bis sie Kopfschmerzen bekam. War es die vierte Freundin in diesem Jahr? Mit ihren Händen an den Schläfen ahmte sie ein Geweih nach und streckte ihrem Spiegelbild die Zunge raus.

Oder schon die fünfte? Conny lutschte gerade an ihrem rechten Daumen und verdrehte dazu die Augen, da steckte plötzlich Edgar seinen Kopf um die Ecke.

»Was tust du da, Piepchen?«

Conny lief dunkelrot an und nuschelte, sie habe sich geklemmt. Edgar schien sich mit der Antwort zufrieden zu geben, denn er fragte:

»Was machst du eigentlich in deinem Urlaub zwischen den Jahren?«

»Lesen.« Conny freute sich schon darauf, Weihnachten mit einem guten Buch zu verbringen. An Heiligabend wollte sie ihre Lieblingstante besuchen, sie zum Gottesdienst begleiten, und danach ins Bett zu ihrem Roman kriechen, wie zu einem Geliebten, und bis zu Leslies Silvesterparty das Haus nicht mehr verlassen.

»Lesen?«, fragte Edgar verwundert.

»Ja«, sagte Conny. »Man nimmt ein Buch, schlägt es auf der ersten Seite auf und verfolgt Wort für Wort, bis man hinten angekommen ist.«

»Und dann?«

»Liest man das nächste.«

»Und dafür nimmst du extra Urlaub?«

Edgar machte ein Gesicht, als hätte sie ihm erzählt, sie würde die Seiten herausreißen und einzeln aufessen. Dabei fiel ihm wieder ein, was er eigentlich wollte, Mittag essen nämlich, und meldete sich ab, um mit seiner neuen Freundin das Restaurant zu testen, das kürzlich nebenan eröffnet hatte. Conny ließ sich einen Salat mitbringen, ohne Dressing.

Kaum waren die zwei verschwunden, kehrte endlich der Montagsstudent von der Auslieferung zurück. Conny war sicher, dass er auf seinen Touren eine längere Pause einlegte, um irgendwo zu frühstücken, aber sie konnte es ihm nie beweisen. Das war auch gar nicht nötig, denn seine Hände sprachen Bände: Es waren rechteckige Handflächen, an denen zu kurze Finger wuchsen. Träger dieser so genannten »Feuerhände« konnten nicht mit ihren Ressourcen haushalten, wie Conny von ihrer Tante gelernt hatte.

Der Montagsstudent steuerte geradewegs auf das Büro zu.

»Edgar schon da?«, wollte er wissen.

»Ist zu Tisch«, informierte ihn Conny etwas knapp und sah demonstrativ auf die Uhr.

»Ich brauche dringend einen Vorschuss«, sagte er.

Aha! Conny hätte ihn darauf hinweisen können, dass heute eine gute Gelegenheit war, nach Geld zu fragen, aber sie mochte den Montagsstudenten nicht besonders, weil er faul war und nach Schweiß stank, und wer nicht arbeitete, fand sie, brauchte auch gar nicht erst mit dem Schwitzen anzufangen. Dabei war Edgar, wenn er eine neue Freundin hatte, der großzügigste Mensch auf der Welt: Als er Natalie kennen gelernt hatte, seine vorletzte Freundin und Kosmetikerin von Beruf, hatte Conny ihn dazu überredet, endlich eine neue Kaffeemaschine zu kaufen, weil die alte kaputt war. Für ihre Bedürfnisse hätte es ein altmodisches Modell mit Schwenkfilter getan, aber Edgar nutzte die Gelegenheit, um vor seiner Freundin aufzutrumpfen, und nun stand ein Automat mit Milchaufschäumer und dem ganzen Gesumse im Büro, der so chic glänzte, dass sich Natalie vor der Verkleidung ihre Lippen nachziehen konnte.

»Und was hast du so an Weihnachten vor?«, fragte der Montagsstudent und postierte sich am Eingang zum Büro, um auf Edgar zu warten.

»Nichts«, sagte Conny, die ihre Pläne nicht erneut diskutieren wollte. Der Montagsstudent betrachtete sie mitleidig, und schon bereute sie ihre Antwort: Offenbar erwartete er, der *jemanden* hatte, dass Menschen, die *niemanden* hatten, genau das an Feiertagen machten: eben *nichts*.

Da Han Solo endlich mit dem Ausdruck fertig war, 5250 Seiten, kommandierte Conny den Montagsstudenten ab, die Seiten zu kleinen Broschüren zu binden, hinten im Laden, wo er schwätzen und schwitzen konnte, wie er wollte.

Als Edgar vom Essen zurückkam, machte er vor seiner Sylvia ein großes Theater darum, die 4 Euro 10 für den Salat von Conny nicht haben zu wollen, dabei ließ er sich sonst jeden Betrag bis auf den letzten Cent rausgeben. Sie steckte das Geld schulterzuckend wieder ein, und das Pärchen verschwand in Edgars Büro, gefolgt von dem Montagsstudenten, der noch nicht mal eine einzige Broschüre geschafft hatte, und als er das Büro nach einer halben Stunde wieder verließ, trat er bereits seinen Feierabend an.

Kurz darauf brachen auch Edgar und seine Freundin wieder auf. Im Rausgehen raunte er Conny zu, für Sylvia gälte ab sofort der *übliche Tarif*. Darunter verstand Edgar, dass seine neue Freundin sich einen Wolf kopieren konnte, ohne etwas dafür bezahlen zu müssen, und dass für seine bisherige Freundin eben diese Sonderbehandlung nun vorbei war.

»Sagst du es ihr, wenn sie kommt?«, flehte Conny Leslie an, die gerade interessiert durch eine frisch gebundene Diplomarbeit zum Thema *Eklektizismus nach Cicero* blätterte. »Ich musste es schon Natalie und Yvonne beibringen.«

»Auf keinen Fall, Frau Geschäftsführerin«, sagte Leslie und machte grinsend einen neuen Strich in ihrer gemeinsamen Liste. »Noch zwei.«

Edgar brauste in seinem Mercedes zu seinem Wettbüro, um auch dort seine neue Freundin vorzuzeigen, damit alle wussten, dass er Weihnachten versorgt war und nicht alleine feiern oder gar ein Buch lesen musste. Conny holte ihren Salat aus dem Kühlschrank und legte 4 Euro 10 auf Edgars Schreibtisch.

# ZWEI
# Advent, Advent

Der 24. Dezember war ein wunderschöner, klarer Wintertag, der für Conny wie jeder andere um 7 Uhr von Wecker Nummer eins eingeläutet wurde. Sie stand auf, stellte die Kaffeemaschine an und ging wieder ins Bett. Abgesehen davon, dass sie nicht gerne früh aufstand, fragte sie sich, wozu es gut sein sollte, an einem Tag wie Heiligabend zu arbeiten. Es verdarb ihr schönes Weihnachtsgefühl, zumal sich Edgar geweigert hatte, die Schaufenster im Laden zu dekorieren. Immerhin konnte sie ihn in diesem Jahr zum ersten Mal überreden, den Darth-Vader-Pappkameraden mit einer roten Weihnachtsmannmütze auszustaffieren.

Um Viertel nach 7 meldete sich Wecker Nummer zwei, ein fetter lila Plüschfrosch, den ihr die Kollegen aus Edgars Kneipe zum Abschied geschenkt hatten und der zur gewünschten Zeit »Anziehen! Anziehen!« quakte. Conny küsste den Frosch jeden Morgen, als hoffte sie, er würde sich in einen netten jungen Mann verwandeln, der »Ausziehen! Ausziehen!« rief, aber es half nichts: Sie musste raus. Conny duschte kurz, dann war der Kaffee endlich durchgelaufen; sie schäumte fettarme Milch auf und kehrte mit der Tasse ins Bad zurück. Bevor sie auch nur einen Tropfen Kaffee zu sich nahm, stellte sie sich auf die Waage. Sie föhnte ihr Haar trocken, bevor es sich zu diesen kleinen verhassten Löckchen kräuseln konnte, trug etwas Lidschatten auf, putzte die Zähne, und erst, nachdem sie mit allem fertig war und den ersten Fuß schon leicht anhob, um herabzusteigen, kontrollierte sie noch eben die Anzeige der Waage, so wie sie in der Zeitung die Ergebnisse der 1. Fußball-Bundesliga überflog. Nun trank sie frustriert ihren Kaffee und betrachtete im Spiegel das, was sie gerne ihre »atemberaubende Figur« nannte: Immer wenn sie Treppen stieg oder die schweren DIN-A2-Papierrollen durch den Laden hievte, bereute sie jedes extra Kilo. Seit ihrer Jugend kreiste sie um ihr Idealgewicht wie die Erde um die Sonne und hielt dabei einen respektvollen Abstand von 10 bis 11,5 Kilo.

Conny kam wie gewöhnlich gegen Viertel vor 9 im Laden an. Sie trug eine schlichte hellblaue Bluse und eine schwarze Stoffhose. In weiter Kleidung fühlte sich Conny am wohlsten, obwohl sie sich manchmal in Jeans und enge Oberteile zwängte, aber nicht, um irgendjemandem zu beweisen, dass sie den Knopf zubekommen hatte, sondern zur Erinnerung, dass sie abnehmen wollte. Bevor sie aufschloss, begrüßte sie auf ihrem morgendlichen Rundgang alle Kopierer mit Namen, strich ihnen zärtlich über die Abdeckplatte und wünschte ihnen fröhliche Weihnachten. Sie wusste nicht genau, warum sie mit den Geräten sprach. Leslie hatte sie deswegen eine Schamanin genannt. Der Schamanismus besaß eine lange Tradition in Korea, und zu seinen wichtigsten Merkmalen gehörte der Glaube, dass neben Menschen und Naturgewalten auch scheinbar tote Objekte beseelt seien. Conny war überzeugt, dass da etwas dran war, wenn sie es auch gleichzeitig für abwegig hielt, dass gewisse Menschen eine Seele besaßen, wie der Montagsstudent zum Beispiel oder die Leiterin des Heims, in dem Tante Cassandra lebte. Außerdem war nicht Conny es gewesen, die Namensschilder auf die Kopierer geklebt hatte. Aber Edgar, dem alten Katholiken, brauchte man mit dem Thema Schamanismus überhaupt nicht zu kommen.

Sie kontrollierte, ob alle Papierschubladen aufgefüllt waren, obwohl sie wusste, dass Leslie dies bereits am Abend erledigt hatte; anschließend spülte Conny noch die Kaffeetassen vom

Vortag und machte den Milchaufschäumer sauber. Zum letzten Mal in diesem Jahr. Nun waren schon wieder zwölf Monate ohne größere Katastrophen vergangen, aber auch ohne nennenswerte Höhepunkte. Männer hatte sie schon länger nicht mehr aus der Nähe gesehen; stattdessen verbrachte sie ihr kümmerliches Leben zwischen Droiden und Jedi-Rittern. Im Grunde fühlte sie sich genauso wie der verkrustete Milchaufschäumer.

Conny seufzte und schloss endlich den Laden auf. Die Sonne schien durch die Schaufenster, und sie genoss die warmen Sonnenstrahlen umso mehr als sie wusste, dass draußen eisige Kälte herrschte. Die Kunden kamen mit roten Bäckchen in den Laden und rieben sich ihre Hände. Die Tatsache, dass Heiligabend war, hielt niemanden davon ab, Conny und ihre Kollegen zu belästigen. In letzter Minute mussten noch schnell Kalender zum Selbstbasteln gekauft, einfallslose Gutscheine laminiert und Baseballkappen mit lustigen Sprüchen wie »Schlafmütze« bedruckt werden.

Am Vormittag stellte sich der neue Pächter des benachbarten Restaurants vor. Jochen hatte ein stupsnasiges Gesicht, das nur etwa halb so groß wie seine Stirn war und etwas von einer Hütte an einem Abhang hatte, die nach tagelangen Regenfällen hinuntergerutscht war, und da hingen nun Augen, Nase und Mund in der unteren Gesichtshälfte und drohten jeden Moment vollständig hinabzustürzen. Jochen brachte selbst gebackene Plätzchen, die er auf einem Weihnachtsteller drapiert hatte. Conny mochte ihn auf Anhieb; was ihr weniger gefiel, war der Ehering an seinem Finger.

Edgar, der alte Fuchs, handelte mit ihm einen Rabatt für die Mitarbeiter von *Star Copies* aus, im Gegenzug durfte Jochen umsonst seine Speisekarten kopieren. Dann tranken sie gemeinsam einen Kaffee auf gute Nachbarschaft, und der Gast lobte Connys fluffigen Milchschaum.

»Gelernt ist gelernt«, meinte sie, und Edgar prahlte: »Von mir.«

Später kopierte Jochen seine Mittagskarte und ließ ein Exemplar im Laden zurück, bei dem Conny seine schöne Handschrift auffiel, doch leider entdeckte sie auch fünf Rechtschreibfehler. Der Wirt war voll des Dankes für den Hinweis, und, wie Leslie hinterher bemerkte, auch der Bewunderung, doch er hielt es nicht für nötig, seine Karte zu überarbeiten. Conny erklärte ihm daraufhin, dass sie bei niemandem essen würde, dessen Auberginengratins mit O begannen, weil sie automatisch von den Fremdkörpern in der Speisekarte auf Fremdkörper im Essen schließen würde. Als sie dann noch vorschlug, er sollte ihr beim nächsten Mal seine Karte einfach vorlegen, bevor er sie kopierte, sie sei ganz gut im Korrigieren, merkte sie zu spät, dass sie wie ihre eigene Mutter klang.

Als Conny noch eine halbe Stunde von ihrem Jahresend-Urlaub trennte, schob eine alte kleine Dame mit roten Bäckchen und Kopftuch einen Gedichtband von Erich Kästner auf den Tresen, der ihr bis knapp unter das Kinn reichte. Sie wollte die Texte so kopiert haben, dass sie sich hochkant auf ein DIN-A4-Blatt erstreckten. Conny stellte ihr den Luke Skywalker entsprechend ein und wollte an den Tresen zurückkehren, als ein Mann in silbergrauem Seidenblouson, giftgrünen Trainingshosen und Gummistiefeln den Laden betrat. Er blieb kurz hinter der Tür stehen, sah sich mit gehetzten Blicken um und wischte die dichten Strähnen seines schlohweißen Ponys aus dem Gesicht.

»Oh, oh«, sagte Conny leise, als Leslie zu ihr trat. Für die Frauen war der Besucher kein Unbekannter. Ihr »Freak« kam schon seit Jahren, wollte aber nie etwas kopieren oder laminieren. Ein wenig wirr hatte er immer schon dahergeredet, obwohl er nicht bösartig wirkte, und nach ein paar Minuten war er jedes Mal wieder verschwunden. Früher konnte man noch eine halbwegs vernünftige Unterhaltung mit ihm führen, doch mittlerweile kam er rein, brüllte mehr oder weniger nachvollziehbare Parolen und lief fort wie ein Kind beim Klingelstreich. Der Mann mochte etwas verrückt sein, aber er war nicht dumm. »Demokratie ist die Unterdrückung von Minderheiten!«, hatte er am Tag vor der letzten Bundestagwahl gebrüllt, »Servietten gehören nicht ins Altpapier!«, bei einer anderen Gelegenheit. Conny hatte sich daraufhin bei dem Entsorgungsunternehmen erkundigt, das man rufen musste, wenn der große Altpapiercontainer im Hof wieder voll war, und tatsächlich: Servietten waren beschichtet und hatten daher nichts im Altpapier zu suchen.

»Adv-v-vent Advent, ein L-lichtlein b-brennt!«, schrie der Freak heute.

Einige Kunden zuckten zusammen und fingen nach einer Schrecksekunde an zu kichern.

»Erst eins, d-dann zwei …«, fuhr der Freak angestrengt fort.

»Willst du mich deinem Onkel nicht endlich mal vorstellen?«, flüsterte Leslie, und Conny musste sich zusammenreißen, um nicht laut loszuprusten.

»… dann d-drei, dann v-v-vier …«

»Wenn der so weiter stottert, ist gleich Ostern«, lästerte Leslie. Conny stieß ihr den Ellenbogen in die Seite.

»… d-dann steht das Christkind vor der T-tür.«

Einige Kunden hatten ihre Köpfe zusammengesteckt und tuschelten. Andere bedachten den Mann mit spöttischem Applaus, doch das schien ihn zu erschrecken, und er verschwand ebenso schnell wie er gekommen war.

»Reizender Herr«, sagte die alte kleine Dame mit den Kästner-Gedichten.

»Wir wollten unseren Kunden dieses Jahr etwas ganz Besonderes bieten«, entgegnete Conny und fragte sich, wie der arme Kerl wohl die Feiertage verbringen mochte.

»Und? Was ist jetzt mit deinem Weihnachtsgefühl?«, fragte Leslie.

»Besser. Danke schön. Ich mag es, wenn Leute noch Gedichte auswendig können.«

Um kurz nach 14 Uhr war es endlich so weit: Conny schloss

das Geschäft ab, und die beiden Frauen verabschiedeten sich. Die Luft draußen war eisig, aber für die nächsten Tage waren mildere Temperaturen vorhergesagt. Es sollte Schnee geben.

»Frohe Weihnachten!«, rief Leslie ihrer Freundin nach. »Und komm zu uns, wenn dir der Stoff ausgeht!«

Leslie hatte zwar *jemanden*, feierte aber mit ihrer Familie, mit ihren Eltern und ihren sieben Geschwistern, denn ihr *Jemand* feierte ebenfalls mit seiner Familie, die in seinem Fall aus einer Frau und einer kleinen Tochter bestand.

»Wir sehen uns Silvester!«, sagte Conny und stieg in die Tram.

Um zu Tante Cassandra zu fahren, musste Conny am Ostkreuz umsteigen. Auch wenn am Heiligen Abend weniger Menschen unterwegs waren als sonst, fiel ihr wieder auf, welch große Affinität die Leute hier zu Jacken und Hosen mit Tarnmuster hatten. Diese Mode, gepaart mit seltsam ausdruckslosen Gesichtern, beunruhigte sie. Dass die Abteile mit jedem Halt leerer wurden und der gefühlte Abstand zwischen den Stationen immer größer, machte es nicht besser. Conny fuhr diese Strecke mindestens einmal pro Woche, aber gewöhnen würde sie sich nie daran.

Das Heim, in dem ihre Tante lebte, lag mitten in einer Wohngegend, wo sich nach Einbruch der Dunkelheit niemand mehr auf die Straße traute, nachdem hier bei Auseinandersetzungen zwischen rivalisierenden Jugendgangs ein Passant beim Versuch zu schlichten erschossen worden war. Conny ließ sich von den bunten Lichterketten in den Fenstern nicht täuschen, die Besinnlichkeit und Harmonie vorgaukelten – da half das schönste Weihnachtsgefühl nicht: Es war ein gefährliches Pflaster, und sie fuhr das letzte Stück von der S-Bahn mit dem Taxi.

Beim *Seniorenstift Rosental* handelte es sich um eine ehemalige Kaserne, in der bis kurz nach dem Mauerfall russische Soldaten untergebracht waren. Von jener Zeit zeugten noch

Reste von Stacheldraht, der über das Dach gespannt war, und auch das Pflegepersonal tat sein Möglichstes, die Erinnerung an die Vergangenheit am Leben zu erhalten, indem es einen militärisch-herrischen Umgangston kultivierte. Immerhin feierte man an Sonn- und Feiertagen einen Gottesdienst, und Connys Großtante, die sehr gläubig war, hatte noch keine Andacht ausgelassen.

Cassandra Goldstein war eine Frau von beeindruckender Größe. Nachdem Conny sie in ihrem Zimmer abgeholt und ihr in den Rollstuhl geholfen hatte, gelang es ihr gerade eben, über den Kopf ihrer Tante hinwegzusehen. Sie fuhren in die kleine Kapelle, die man nachträglich an die Kaserne gebaut hatte. Am Eingang wurden sie mit einem kaum wahrnehmbaren Kopfnicken von der Heimleiterin begrüßt, eine schmale unscheinbare Person, die nie lächelte und deren stumpfes Haar in verschiedene Richtungen über den Kopf gebürstet war.

Bei der Kapelle handelte es sich um einen schlichten, holzvertäfelten Raum, an dessen Kopfende sich ein wuchtiger Altar befand; daneben hatte man eine kleine schiefe Tanne aufgestellt, an deren unterer Hälfte ein paar elektrische Kerzen brannten.

»Es wundert mich, dass sie den Baum nicht mit Stacheldraht geschmückt haben«, flüsterte Tante Cassandra, und Conny kicherte. Ihre Tante sprach mit einer tiefen, leicht brüchigen Stimme, die früher einmal jeden Konsonanten gestochen scharf hervorgebracht hatte; in Folge ihrer Krankheit war ihre Aussprache heute jedoch verwaschen, und sie lallte wie Leslie, wenn die einen im Tee hatte; der Humor aber, für den Conny sie immer schon bewundert hatte, war ihrer Tante nicht verloren gegangen.

»Es riecht nach frischem Harz, sie müssen sie gerade erst geschlagen haben«, sagte Conny, denn Cassandra hatte ihren Geruchssinn verloren, lange bevor man Parkinson bei ihr diagnostiziert hatte. Sie drückte dankbar die Hand ihrer Nichte.

Cassandra, die genau genommen die Tante von Connys Mutter war, war inzwischen 77 Jahre alt und hatte das Heim selber ausgewählt, denn zu ihren Kindern wollte sie nicht, weil die versucht hatten, sie entmündigen zu lassen: Sie hielten sie für verrückt, und so gab es außer Conny niemanden, der die alte Dame regelmäßig besuchte. Tatsächlich lebte Cassandra in ihrer eigenen Welt: So hielt sie etwa Kontakt mit ihren Exmännern, die allesamt verschieden waren. Viermal war sie verheiratet gewesen, und sie hatte alle überlebt. Als Kind hatte Conny Angst gehabt, wenn sie hörte, dass ihre Großtante mit Menschen aus dem Jenseits kommunizierte; inzwischen war sie daran gewöhnt und weit davon entfernt, ihre Verwandte für verrückt zu halten.

Nach dem Gottesdienst kehrten sie in Cassandras Zimmer zurück. Sie bewohnte ein kleines dunkles Apartment im 1. Stock. Außer ihrem Bett besaß sie noch eine alte Kommode und einen kleinen Tisch, an dem sie ihre Mahlzeiten einnahm. Einen Fernseher besaß sie nicht, nur ein kleines Radio, das den ganzen Tag alte Schlager und Operettenmelodien dudelte. Manchmal las sie ein Buch, das Conny ihr mitbrachte, von Zeitungen hielt sie nichts: Was sie zu wissen begehrte, erfuhr sie aus den Karten, die sie sich täglich legte.

Die Frauen aßen zu Abend, dann packten sie ihre Geschenke aus. Im Radio träumte Bing Crosby von weißer Weihnacht.

Nach dem Essen wollte Conny aufbrechen, doch ihre Tante ließ sie nicht so einfach ziehen.

»Wo willst du hin, mein Kind?«

»Ich bin noch verabredet«, sagte Conny, die es nicht erwarten konnte, nach Hause zu ihren Büchern zu kommen.

Tante Cassandra musterte sie fragend, über die Ränder ihrer etwas zu groß geratenen Brille hinweg. Im Kerzenschein wirkte ihr Gesicht maskenhaft und glänzte unnatürlich matt, die Stirn war von großen Falten zerfurcht. Wichtige Muskeln waren gelähmt, und so ließen sich in ihrem Gesicht kaum Gefühlsregungen ablesen.

»Triffst du dich mit dem jungen Mann, den ich in den Karten gesehen habe?«

Cassandra arbeitete frei nach dem System einer französischen Wahrsagerin, die »Die Sibylle von Paris« genannt wurde und die angeblich schon von Napoleon vor seinem Russlandfeldzug konsultiert worden war. Gleich morgens begann Connys Tante zum Aufwärmen mit einer Reihe von drei Karten und philosophierte über das Ergebnis, später legte sie sich ein komplettes Keltisches Kreuz und verbrachte oft ganze Nachmittage mit ihrer Meditation, ohne ihr kleines dunkles Zimmer zu verlassen.

»Wen hast du gesehen?«, fragte Conny.

»Einen jungen Mann. Etwas bedrückt ihn.«

Conny wusste nicht, warum sie an den Schriftsteller denken musste, mit seinen schönen Händen und den traurigen Augen, und sie spürte, wie sie rot anlief.

»Ich glaube, mein Kind, du hast etwas, das er dringend gebrauchen kann.«

»Klar«, sagte Conny und schlüpfte schnell in ihren Mantel. »Bei mir gibt's immer frisches Papier, und meine Maschinen schaffen bis zu 50 DIN-A4-Seiten pro Minute.«

Es war keineswegs so, dass sie noch nie einen privaten Gedanken an den Schriftsteller verschwendet oder darüber spekuliert hätte, was der Name *Posa* auf der Diskette bedeuten mochte, die er ihr alle paar Monate zum Ausdrucken brachte. Trotzdem war es ihr ein wenig unheimlich, dass er nun auch in den Karten dieser Sibylle herumturnte. So beschloss Conny, die Prophezeiung amüsant zu finden. Sie gab ihrer Lieblingstante einen Kuss auf die Stirn und machte sich auf die Heimreise.

Connys Vater pflegte zu sagen: Wenn Conny ein Buch liest, steckt sie so tief drin, dass man nur noch ihre Füße herausschauen sieht. Ihre Mutter drückte es weniger schmeichelhaft aus: »Du verschlingst Bücher«, sagte sie noch heute manchmal, und obwohl das ihr Übergewicht erklärt hätte, gefiel es

Conny nicht, weil sie sich wie ein Ungeheuer vorkam. Überhaupt fand sie Bezeichnungen wie Bücher*wurm* und schlimmer noch: Lese*ratte* geradezu diskriminierend: Sie wollte nicht auf eine Stufe gestellt werden mit dem Tier, das im 14. Jahrhundert die Pest in Europa verbreitet hatte. Konnte man sich kein possierlicheres Wappentier aussuchen? Warum gab es keine Lesehasen? Oder Lesepinguine?

Conny las, was sie in die Finger bekam. Um die immergleichen Liebesromane, die man in ihrer Stammbuchhandlung in der Abteilung »Freche Frauen« fand, machte sie allerdings einen großen Bogen. Wie nach Rezept verliebten sich in diesen Büchern chaotische Frauen, die in hippen Medienberufen arbeiteten, in tolle Männer, und dann waren da ihre besten Freundinnen, die wahlweise in der Gestalt schwuler Arbeitskollegen auftauchten, und gaben Regieanweisungen, etwa, dass man bei der ersten Verabredung nicht zu viel trinken und nicht zu wenig essen dürfte, da es Männer abschreckte, wenn Frauen den ganzen Abend mit spitzen Zähnen an einem Radieschen knabberten, weil das ein Zeichen von Frigidität sei. Und obwohl die Heldin alles falsch machte, wurde sie am Schluss mit einem Happy End belohnt.

Das war etwas an Büchern, das Conny nicht mochte: Happy Ends um jeden Preis! Ihr Leben war das beste Beispiel dafür, dass es keine Happy Ends gab. Nach der Trennung von ihrem letzten Freund hatte sie regelmäßig die »Wiedersehen«-Spalten in den Stadtmagazinen durchforstet, aber nie wollte sie irgendjemand wiedersehen. Immer war sie zur falschen Zeit am falschen Ort gewesen, war mit der falschen Jacke an der falschen U-Bahn-Station ausgestiegen oder hatte im falschen Supermarkt an der falschen Kasse gewartet.

Einmal hatte sie es aus Verzweiflung mit einer Kontaktanzeige versucht. Sie hatte sich viel Mühe gegeben und lange an dem Text gefeilt.

*Junger Mann zum Mitreißen gesucht!*
*Blonde, nicht blöde Endzwanzigerin m. »atemberaubender« Figur fahndet nach Ihm. Größe u. Alter egal, Hauptsache, du bist echt.*

Ausbeute: Ganze drei Zuschriften. Der Erste hatte ihre Anzeige tatsächlich für das Stellenangebot eines Wanderzirkus gehalten und ihr seinen Lebenslauf geschickt. Der Nächste hatte zwar den Witz verstanden, war aber fast doppelt so alt wie Conny, und sie suchte nun wirklich keinen Vaterersatz. Und der Dritte hatte sich unter »atemberaubender« Figur etwas anderes, um nicht zu sagen: Atemberaubenderes vorgestellt und konnte überhaupt nicht darüber lachen, als Conny ihn bei ihrem ersten und einzigen Date aufklärte. Seitdem ließ sie die Finger von Kontaktanzeigen und las stattdessen Romane, bis ihr die Augen brannten.

An jenem Weihnachtsfest begann Conny mit ihrem Lieblingsbuch, *I.M.* von ihrer Namensvetterin Connie Palmen. Sie hatte es schon so oft gelesen, dass sie ganze Passagen auswendig wusste. *I.M.* war die Liebesgeschichte zwischen einer Schriftstellerin und einem Journalisten, autobiographisch, kein bisschen kitschig und *ohne* Happy End. Conny mochte das Paar so sehr, dass sie auch dieses Mal beim Lesen ganz vergaß, neidisch zu werden.

Während sich draußen die ersten Schneeflocken vom Berliner Himmel stürzten und der Stadt neben der weihnachtlichen noch eine winterliche Langsamkeit aufnötigten, mümmelte sich Conny immer tiefer auf ihrem Sofa ein und versank in ihren Büchern. So schaffte sie in ihrem Urlaub nach *I.M.* noch einen ganzen Irving und einen halben Mann.

Silvester allerdings hatte sie genug vom Lesen. Sie ging auf Leslies Party, trank viel zu viel Bowle und knutschte schon vor Mitternacht mit einem Freund des Montagsstudenten herum, den Leslie aus unerfindlichen Gründen eingeladen hatte und der ihr im Vorbeigehen zuflüsterte: »Naaa? Zu viel *nichts* gemacht über Weihnachten, was?«

## DREI
# Männer und Technik

Das neue Jahr war wenige Tage alt, ganz im Gegensatz zu den Batterien, die im Hinterteil von Connys Plüschfrosch steckten: Eines Nachts blieb er einfach stehen. Conny hatte nach dem Klingeln von Wecker Nummer eins Kaffee gekocht und war wieder in ihr Bett zurückgekehrt, in der natürlichen Annahme, dass sie der Frosch in einer Viertelstunde wachquaken würde, doch dann war sie plötzlich aufgeschreckt, um festzustellen, dass es laut Wecker Nummer zwei halb drei war, was nur die halbe Wahrheit war, denn auf Wecker Nummer eins war es bereits kurz nach 8, und sie musste die Uhr ihres Handys zu Rate ziehen, um festzustellen, dass sie tatsächlich verdammt spät dran war.

Conny hasste es zu verschlafen. Hektik konnte sie nicht ausstehen, schon gar nicht am frühen Morgen. Dann kochte auch noch die Milch über, und so schleppte sie sich müde und ohne Kaffee – denn der war inzwischen sowieso ungenießbar – ins Bad. Zum Abschluss ihrer verkürzten Morgenroutine hatte sie sich beide Augen zugehalten und durch die Finger hindurchgeblinzelt, um zu beobachten, wie sich der Zeiger ihrer Waage verdächtig nahe an die 80-Kilo-Marke vorarbeitete. »Stopp!«, hatte sie noch gerufen, aber der blöde Zeiger war einfach weitergeklettert.

Zu spät und zu schwer kam Conny im Laden an, noch dazu mit gekräuselten Löckchen, weil sie aus Zeitnot aufs Föhnen verzichtet hatte. Irgendjemand musste diesen Tag verflucht haben, denn sie wurde schon von Edgar erwartet, der ihr einen Vortrag über Pünktlichkeit hielt und klagte, warum es in Berlin nicht möglich sei, zuverlässiges Personal zu finden. Conny fand seine Vorwürfe unfair, doch sie war zu müde, um zu protestieren und musste dringend ihren Koffein-Haushalt in Ordnung bringen.

Edgar war schon seit dem frühen Morgen im Laden, um den Auftrag eines befreundeten Schwaben zu erledigen, eine Riesensache, »die wo sich über Nacht« bei einem Saufgelage ergeben hatte und »die wo mehrere tausend Seiten« umfasste, sehr eilig das Ganze, und seitdem druckte Han Solo ohne zu klagen, und einer musste zwischendurch die fertigen Seiten herausnehmen, sortieren und binden. Edgar machte seine Geschäftsführerin mit den Details vertraut und verschwand wieder.

Den Vormittag über hatte Conny gut zu tun. Vor allem das Tauwetter machte ihr zu schaffen. Damit niemand auf dem glatten Parkettboden ausrutschte, musste man stündlich den Schneematsch aufwischen, den die Kunden mit ihren Schuhen hereintrugen. Die Fußmatte im Eingang hatte sich bald wie ein Schwamm voll gesogen und war nicht mehr aufnahmefähig. Gegen Mittag hatte Conny das Gefühl, dass Friedrichshain nun komplett schneefrei sein müsste, weil ihr die Leute sämtliche Reste in den Laden geschleppt hatten.

Als Leslie zu ihrer Nachmittagsschicht bei *Star Copies* erschien, wurde sie schon sehnsüchtig erwartet. Sie trug wieder eine dieser Hosen, die ihre Taille so beneidenswert betonten, mit breiten Taschen an der Seite. Auch in sexueller Hinsicht war ihre jüngere Kollegin ihr weit voraus, um einen überentwickelten Daumenballen nämlich, auch »Venusberg« genannt, der ihre stark ausgeprägte Libido verriet, und um mehrere Nasenlängen. Conny wusste ziemlich genau, um wie viele Nasenlängen es sich handelte, denn Leslie gab immer sehr bereitwillig Auskunft über körperliche Ausstattung und

Ausdauer von Dicki, ihrem Liebhaber. Sie nannte ihn immer nur Dicki, weil Dicki von Beruf Politiker war und verheiratet, wenn auch nicht zum ersten Mal, und die Affäre mit Leslie musste unbedingt geheim bleiben. Wenn Conny mal wieder versuchte, die Identität von Dicki zu erforschen, deutete Leslie nur an: »Er ist ständig im Fernsehen.« Sie hatte ihn bei einem Parteitag in der Max-Schmeling-Halle kennen gelernt, wo sie hin und wieder mit Wochenenddiensten an der Garderobe ihr Gehalt aufbesserte. Er hatte seine Kleidermarke verloren und ihr seine Adresse gegeben. Später hatte sie ihm den Mantel in sein Büro gebracht, und dort verführte er sie, zwischen Fraktionssitzung und Verkehrsausschuss. Verliebt war sie nicht in ihn, wie sie immer wieder betonte, aber so lange ihre Familie ihr niemanden zum Heiraten vorsetzte, wollte sie ihren Spaß haben, und, soweit Conny in das Intimleben ihrer jüngeren Kollegin eingeweiht war, hatte sie den auch.«

Als es im Geschäft etwas ruhiger wurde, aßen sie frisches Brot und selbst gemachtes Kimtchi, das Leslies Mutter ihr mitgegeben hatte, ein koreanisches Nationalgericht aus scharf gewürztem, eingelegtem Chinakohl, das in ihrer Heimat zu jeder Mahlzeit gereicht wurde. Conny liebte Kimtchi sehr, weil die Diät-Mafia es nicht mit Punkten verhext hatte und man kein schlechtes Gewissen haben musste, wenn man zu viel verputzte.

Kurz vor Feierabend trat Han Solo in einen Streik. Er hatte einen Großteil seiner Arbeit erledigt, und niemand hätte ihm nach über zehn Stunden Einsatz das Recht auf eine kurze Unterbrechung absprechen wollen, aber er war noch knapp 2000 Seiten schuldig, und Edgars Mitschwabe wollte den Auftrag am Abend abholen. Doch es war nichts zu machen: Han stellte sich stur, kein Knopfdruck konnte ihn zum Weitermachen bewegen.

Conny erreichte Edgar in seinem Wettbüro.

»Wetten, dass er einfach überhitzt ist?« Sie schlug vor, einen Techniker zu Hilfe zu rufen. doch davon wollte Edgar nichts wissen. Er fluchte ein paar Mal und verkündete, er werde persönlich vorbeikommen; den Frauen verbot er, sich dem Kopierer in der Zwischenzeit auch nur zu nähern. Eine Viertelstunde später hatte er alle Klappen und Fächer geöffnet, klopfte ein wenig von vorne gegen das Gerät und trat ihm in die Seite.

»Ich hab da ein ganz mieses Gefühl«, sagte Edgar und versuchte es schließlich mit gutem Zureden und Streicheleinheiten, doch Han Solo blieb stur.

»Vielleicht sollten wir doch jemanden rufen, der wo sich damit auskennt«, unkte Leslie, weil Edgar nach einer halben Stunde immer noch nicht weitergekommen war. Sie sagte es laut genug, damit er es auf jeden Fall hören konnte.

»Hat deine Mutter das Klimbim wieder zu scharf gewürzt?«, gab er zurück.

»Es heißt *Kim-tchi*«, korrigierte Leslie ihn.

»Gesundheit«, sagte Edgar.

Seit er einmal vergeblich versucht hatte, Leslie zu erobern, zankten sich die beiden, wo sie konnten. Leslie wusste, dass Edgars Patriotismus zu seinen wunden Punkten zählte, und wies ihn gerne darauf hin, dass es die Koreaner gewesen waren, die ganze 80 Jahre vor Gutenberg eine Druckerpresse erfunden hatten. Im Gegenzug ließ er keine Gelegenheit aus, die »rote Leslie« an seinen Plänen, die innerdeutsche Mauer wieder aufzubauen, teilhaben zu lassen, was diese nicht verstehen konnte; schließlich war Leslies Heimat immer noch getrennt in eine kommunistische »Ostzone«, die im koreanischen Norden untergebracht war, und in ein kapitalistisches Südkorea, und wenn sie Edgar fragte, warum die Deutschen sich nicht einfach darüber freuen konnten, dass ihr Land nicht mehr geteilt und alles eins sei, dann beschimpfte er sie als Romantikerin und verschwand türenknallend im Büro.

Conny mischte sich nie in den Streit ein. Sie hatte die erste Hälfte ihres Lebens mit der Mauer verbracht, wenn auch auf der bunten Seite, und die zweite Hälfte ohne – sie musste nicht lange überlegen, wie es ihr lieber war.

Plötzlich ertönte das herzerweichende Geschrei eines Babys, es kam aus dem Kinderwagen an der Eingangstür, und offenbar war das Kleine von dem Streit zwischen Edgar und Leslie erwacht. Es gehörte einer alten Schulfreundin von Conny, die gelegentlich vorbeikam, um aktuelle Strickmuster aus Frauenzeitschriften zu kopieren. Die junge Mutter sah erschrocken von Leia Organa herüber und schickte sich an, nach ihrem Baby zu sehen, doch Conny hatte den Kinderwagen schon erreicht und wagte einen vorsichtigen Blick hinein. Das Kleine hörte augenblicklich auf zu schreien und strahlte die freundliche dicke Frau aus seinen blauen nassgeweinten Augen an, als sie es auf den Arm nahm. Die Mutter bedankte sich mit einem erleichterten Blick, und Conny nahm das Kind mit zur Kasse.

»Ich will auch so eins«, sagte sie mit nöliger Stimme und zog eine Schnute.

»Guck mich nicht so an«, sagte Leslie, deren Geschwister zum Teil noch sehr jung waren und die die Begeisterung ihrer Freundin fürs Kinderkriegen nicht recht teilen wollte. »Ich kann dir da nicht helfen.«

Conny untersuchte verzückt die kleinen Fingerchen des Babys, die sich um ihre Zeigefinger wickelten, als Leslie sagte: »Aber vielleicht fragst du den da mal!«

Conny drehte sich um, als sich die Tür öffnete und ein junger Mann etwas vage »Hallo« in den Laden hineinrief. Dann fuhr er sich mit der Hand durch die kurzen Haare und lief elegant an Obi-Wan Kenobi und Meister Yoda vorbei. An der Kasse ließ er noch ein zweites, etwas kräftigeres »Hallo« folgen, so als fürchtete er, seine erste Begrüßung könnte untergegangen sein.

Connys Hand klammerte sich an den Griff der Schublade, in dem sie ihre Schokoladenvorräte hortete.

»Hallo«, erwiderte sie, vielmehr versuchte sie es, aber es kam kein Ton über ihre Lippen.

Ihr Schriftsteller sah furchtbar aus, übernächtigt und blass, seine traurigen Augen waren gerötet, und seine kantigen Gesichtszüge machten Conny heute fast ein bisschen Angst. Er wirkte fahrig und suchte etwas in den Taschen seiner Cordhose, das er aber nicht finden konnte. Erst als er seine Jacke öffnete, unter der ein enges braunes Hemd und eine enge orangefarbene Wollweste zum Vorschein kamen, zog er die schwarze Diskette hervor, auf der mit Bleistift das geheimnisvolle Wort *Posa* geschrieben stand.

»Könntest du das für mich ausdrucken?«

Was für eine Frage! Sie hätte seinen Roman abgetippt, wenn er sie darum gebeten hätte, auf Wunsch mit dem kleinen Zeh. Sie hätte es groß und wieder klein kopiert für ihn, laminiert und sogar höchstselbst gelocht und gebunden.

Leslie stieß ihre Freundin an, um sie daran zu erinnern, dass sie aufhören musste, den traurigen Schriftsteller anzustarren, und dass es langsam an der Zeit war, ihm die Diskette abzunehmen. Conny hielt sie in der Hand und betrachtete sie wie einen wertvollen Schatz. Das Baby ihrer Freundin wollte danach greifen, aber Conny konnte es in letzter Sekunde verhindern.

»Ich könnte das nicht«, sagte sie und war dankbar, als Leslie ihr das Kind abnahm, das sofort wieder anfing zu weinen.

»Was?«, fragte der Schriftsteller.

»Schreiben«, erklärte Conny.

»Wer sagt denn, dass *ich* es kann?«

»Du tust es immerhin!«

Der Schriftsteller schien ihre Löckchen anzustarren, und Conny hielt sich schnell eine Hand vor die Stirn, damit er ihre albernen Kleinmädchenlocken nicht sah.

»Hast du Kopfschmerzen?«, fragte der junge Mann.

Conny spürte, wie sie rot wurde, und zog ihre Hand zurück, nicht ohne zu versuchen, schnell noch ein paar Löckchen glatt zu ziehen.

»Schreiben ist nicht so toll, wie du vielleicht denkst.« Er klang ein wenig feindselig.

»Warum lässt du es dann nicht einfach?«, mischte sich Leslie ein.

»Ich kann nicht«, sagte er.

»Siehst du.« Conny schenkte ihm ein aufmunterndes Lächeln.

Der Schriftsteller starrte sie überrascht an, und sie schob die Diskette zufrieden ins Laufwerk. Der Rechner brauchte eine Weile, bis er das Dokument gefunden und vollständig geöffnet hatte, dann endlich sah Conny das Wunderbare: Das Manuskript war seit seinem letzten Besuch auf über 200 Seiten angewachsen.

»Fertig?«, fragte sie aufgeregt.

»Und wie!«

Conny linste verstohlen auf den Bildschirm, wo sich die erste Seite aufgebaut hatte.

In memoriam Felix Kaiser

Während sie sich unterhielten, scrollte Conny heimlich im Dokument nach unten, um einen Blick auf den Text zu erhaschen. Doch sie kam nicht weit, denn unterdessen hatte sich der Freak ins Geschäft geschlichen, und er wäre fast unbemerkt geblieben, doch seine Gummistiefel verursachten ein erbärmliches Quietschen, sobald er den nassen Parkettboden betrat. Er blickte um sich, als sei die Polizei hinter ihm her, und blieb mitten im Laden stehen. Dann hefteten sich seine Augen auf Conny, und als fiele ihm endlich ein, was er ihr immer schon hatte sagen wollen, brüllte er: »W-w-wer sich nicht selbst b-befriedigt …«

Conny und der Schriftsteller sahen einander erschrocken an. Sie versuchte sich an einer entschuldigenden Geste, aber das schien ihn noch mehr zu verwirren.

»Gehört der zu dir?«, fragte Edgar, und Conny konnte vor lauter Schreck nur mit dem Kopf schütteln.

»… w-wird nicht g-genug geliebt!«, schloss der Freak seine Ansprache.

»Machen Sie, dass Sie hier rauskommen!«, schrie Edgar zurück, in einer Lautstärke, dass die Spitzen seines Schnurrbarts erzitterten. Der Freak ließ sich nicht lange bitten und verschwand. Angesteckt von der Brüllerei stimmte auch das Baby mit ein, und um das Chaos komplett zu machen, drängelte sich Edgar nun zwischen Conny und Leslie und begann, am Rechner herumzuhantieren.

»Entschuldigt, aber bei Han Solo hat offenbar die Kühlung ausgesetzt. Ich muss den Auftrag an Mace Windu umleiten, sonst wird das heute nicht mehr fertig.«

Conny musste tatenlos zusehen, wie der Roman des traurigen Schriftstellers vom Bildschirm verschwand. Edgar überreichte ihm seine Diskette, die er zwischen Zeigefinger und seinem Mörderdaumen hielt.

»Tut mir Leid, junger Mann, aber wir haben hier gerade ein technisches Problem. Ausdrucke sind leider momentan nicht möglich. Vielleicht wollen Sie morgen wiederkommen.«

Der traurige Schriftsteller warf Conny einen hilflosen Blick zu. Sie musste sich schleunigst vergegenwärtigen, auf welcher Seite der Theke sie stand, um nicht gegen ihren Chef aufzubegehren. Weil sie aber das Gefühl hatte, schnell etwas Versöhnliches anbieten zu müssen, hörte sie sich vorschlagen: »In der Straße hinter der Sparkasse gibt's noch einen Copyshop, ich würde es mal da versuchen.«

Ihr Lieblingskunde machte ein Gesicht, als wäre er gerade geohrfeigt worden. Leslies Blick fragte, ob Conny noch alle Toner im Kasten hatte, und das Baby schrie um sein Leben. Edgar anzusehen traute sich Conny erst gar nicht. Denn vermutlich würde sie es selbst bald in dem Copyshop hinter der Sparkasse versuchen können: auf der Suche nach einem neuen Job. Doch Edgar war so erfüllt von Zufriedenheit darüber, dass er seinem Mitschwaben den Auftrag gesichert hatte, dass er pfeifend zu Han Solo zurückkehrte, die offenen Klappen schloss, den Stecker rauszog und in die Hände klatschte. Er werde in einer Stunde zurück sein, rief er den Frauen zum Abschied zu, und hielt dem Schriftsteller die Tür auf, der nun ebenfalls den Rückzug antrat.

»Worauf wartest du noch?!«, zischte Leslie und reichte das weinende Baby endlich an die besorgte Mutter weiter.

»Mit dem Schreikrampf? Den hebe ich mir für heute Abend auf.«

»Du musst ihn aufhalten, Conny! Ich schaff das hier schon!«

Conny hielt es für eine Schnapsidee, dem Mann nachzustellen, und sie rechnete sicher damit, dass er um die nächste Ecke gebogen sein würde, doch als sie auf die Straße trat, stand er mit einem rostigen Damenfahrrad an der Ampel. Sie drehte sich zu Leslie und rieb demonstrativ ihre Oberarme, weil es verdammt kalt draußen war ohne Mantel, doch ihre Kollegin gab ihr durch die Scheibe zu verstehen, dass sie sich gar nicht einbilden sollte, wieder hereinzukommen.

Der Schriftsteller hatte inzwischen die Straße überquert, und Conny schlängelte sich durch die wartenden Autos quer über die Straße, um hinterherzukommen. Er schien nicht besonders in Eile zu sein, und obwohl er mit dem Fahrrad unterwegs war, gelang es ihr mühelos, ihm auf den Fersen zu bleiben. Beruhigt stellte sie fest, dass der Weg, den er nahm, nicht zu dem Copyshop führte, den sie ihm empfohlen hatte.

Conny dachte nicht im Traum daran, ihn aufzuhalten, was sollte sie auch sagen? Aber höchstwahrscheinlich wohnte er in der Nähe und vielleicht war es möglich, wenigstens seinen Namen zu erfahren.

So unauffällig wie möglich schob sich Conny an den Häuserwänden entlang und hatte Mühe, sich von den Menschen, die ihr entgegenströmten, nicht abdrängen zu lassen. Dann bog ihr Schriftsteller plötzlich ab, er schien es nun doch eilig zu haben, denn er trat kräftiger in die Pedale, und sie verlor ihn kurz aus den Augen. Beim Erreichen der Straßenecke stellte Conny fest, dass sie sich an jenem monumentalen Platz befand, wo die eindrucksvolle Frankfurter Allee zu der nicht minder eindrucksvollen Karl-Marx-Allee wurde, an deren fernem Ende die diesige Silhouette des Fernsehturms zu sehen war. Zu DDR-Zeiten hatte man hier am Frankfurter Tor zwei wahre Wohnpaläste mit Kuppeltürmen errichtet, neoklassizistisch, neunstöckig und inzwischen unter Denkmalschutz. In einem dieser Hochhäuser schien der junge Mann verschwinden zu wollen.

Conny begann zu rennen. Als sie näher kam, stellte sie fest, dass er nicht hineingegangen war; vielmehr schob er sein Fahrrad durch ein Portal aus dicht gedrängten Säulen, deren Schultern eine Teillast des Hauses trugen. Zum Dank hatte man sie mit Graffiti verschandelt.

Dahinter lagen, gut abgeschirmt von dem Lärm der viel befahrenen Alleen, weitere Häuser, kleiner und weit weniger prachtvoll. Trotz Seitenstichen lief Conny weiter, und nach ein paar Metern entdeckte sie einen Platz, auf den die Straße hinter einer Kurve zulief. Beim Näherkommen entdeckte sie im Schatten einer prächtigen alten Linde eine Buchhandlung. Ihr Schriftsteller ging hinein.

Als Conny den Baum erreichte, war sie völlig außer Atem und lehnte sich erschöpft an den mächtigen Stamm. Sein rostiges Fahrrad stand vor dem Laden, und sie versuchte, ihn hinter den kleinen Schaufenstern zu entdecken, doch vergeblich. Conny musste ausharren, bis er wieder herauskam.

Sie erinnerte sich gut an ihre allererste Begegnung vor etwas mehr als einem Jahr. Wie aus dem Nichts war er eines Tages an der Kasse aufgetaucht, hatte sie mit seinen großen traurigen Augen angesehen und ihr etwas zögerlich seine Posa-Diskette überreicht.

»Könntest du das bitte für mich ausdrucken?«, hatte er gefragt, als rechnete er realistisch damit, dass Conny sein Anliegen abweisen könnte. Während des Ausdrucks war er keinen Zentimeter von Mace Windus Seite gewichen, so als hätte er Sorge, dass jemand seinen Schatz stehlen könnte, und das hatte Conny neugierig gemacht. Daraufhin hatte sie sich in einer Leihbücherei nach dem Namen Posa erkundigt, aber man konnte ihr nicht weiterhelfen. Dann hatte sie es in dem

Buchkaufhaus versucht, wo sie ihre Romane bezog. Dort verwies man sie an Schillers Drama *Don Carlos*, dort gebe es einen Marquis dieses Namens. Also war er doch Student? Conny hatte ihn bei seinem folgenden Besuch gefragt: »Soll ich die Arbeit binden?« Doch er hatte abgelehnt und seinen Ausdruck in einen zerfetzten braunen Umschlag gesteckt. Beim Bezahlen hatte Leslie listig gefragt, ob er studierte, doch er verneinte.

»Kannst du eigentlich davon leben?«, hatte sich Conny noch erkundigt.

»Wovon?«

»Bist du denn kein Schriftsteller?«

»Nein«, sagte er abweisend. Doch Conny ließ sich nicht entmutigen.

»Aber du schreibst doch Geschichten?«, fragte sie.

»Das ist nicht dasselbe.«

Eine SMS von Leslie riss Conny aus ihren Gedanken.

»Ich will alles *wippen*!«

Leslie hatte Probleme mit dem Textschreibprogramm ihres Handys und pflegte ihre Nachrichten etwas vorschnell abzuschicken, ohne sie Korrektur zu lesen: Natürlich wollte sie alles *wissen*.

»Ich auch!«, schrieb Conny zurück.

Denn noch immer hatte sie keinen Schimmer, wovon der Roman ihres Dichters handelte: *In memoriam Felix Kaiser*. Wie passte das nur mit Schillers Posa zusammen?

Der traurige Schriftsteller ließ sich nicht blicken. Conny eignete sich nicht als Privatdetektivin, das hätte sie Leslie gleich sagen sollen. Außerdem war es verdammt kalt. Sie wartete schon seit 20 Minuten. Ihre Beine hatten sich in zwei Eisklötze verwandelt, die nicht mehr zu ihrem Körper zu gehören schienen. Sie beschloss aufzugeben.

»Und?«, fragte Leslie, als Conny schockgefroren in den Laden zurückkehrte.

»Nichts«, sagte sie und lief geradewegs ins Büro, um sich einen Kaffee zu machen.

»Muss dein frustrierter Dichter immer so ernst gucken?«, rief Leslie ihr nach. »Das ist ja wie bei dem Jungen, der sein Lachen verkauft hat.«

»Timm Thaler«, sagte Conny.

»Auf jeden Fall hat dein Timm Thaler heute ausgesehen, als hätte er jemanden umgebracht.«

»In memoriam Felix Kaiser«, murmelte Conny nachdenklich.

»Was?«

»Ach nichts.«

»Vielleicht schreibt er wirklich einen Krimi! Vielleicht ist Posa der Name des Kommissars?«, mutmaßte Leslie und fügte mit verstellter Stimme hinzu: »*Kommissar Posa, kommen Ihnen die elf Einschusslöcher in der Brust der Leiche nicht auch merkwürdig vor? – Ja, ich vermute stark, dass eine der Kugeln tödlich war.*«

Conny wärmte sich an einem extrastarken Milchkaffee auf, doch er schmeckte ihr nicht, und sie fühlte sich müde und erschöpft. Den Schriftsteller war sie ein für alle Mal los, da hatten Edgar und der Freak ganze Vorarbeit geleistet, und sie selber hatte ihm den finalen Tritt versetzt.

Conny wollte nur schnell nach Hause, den dummen Plüschfrosch, der an allem Schuld zu sein schien, an die Wand klatschen und ins Bett gehen, doch sie hatte ihrer Tante versprochen vorbeizukommen.

»*Entrez!*«, rief Cassandra, und Conny nahm an, dass ihr vierter Ehemann, Jacques, auf ein Pläuschchen vorbeigekommen war. Denn außer ihrer Tante war niemand zu sehen. Sie saß an ihrem Tisch, auf dem noch das Tablett von der letzten Mahlzeit stand, und hielt ihrer Großnichte die Wange zum Begrüßungskuss entgegen.

Conny hörte eine Weile geduldig zu, ehe sie beschloss, das schmutzige Geschirr hinauszutragen, um Tante Cassandra mit ihrem Ex-Mann allein zu lassen.

»Was gab es denn zum Abendessen?«, fragte sie im Hinausgehen.

»Das darfst du mich nicht fragen, ich hatte noch keins«, erwiderte Tante Cassandra.

Conny kam ins Zimmer zurück. »Und was ist mit dem Tablett?«

»Das war das Mittagessen. Wie spät ist es denn, mein Kind?« Cassandras gerötete Augen sahen sie durch ihre große Hornbrille an. Seit der Lähmung vermochte sie nicht mehr zu zwinkern, sodass ihre Augen unter Trockenheit litten und oft entzündet waren.

»Halb acht! Hast du keinen Hunger?« Conny musterte ihre Großtante ungläubig.

»Eine Kleinigkeit sollte ich wohl noch essen, bevor ich meine Tabletten einnehme.«

Conny lief einen schlecht beleuchteten Gang entlang und suchte nach einem Hinweisschild zur Küche. Hier und da hörte sie hinter den Türen Schusswechsel oder kreischende Frauen, denen es an den Kragen ging – schwerhörige Heimbewohner, die sich mit dem Vorabendkrimi die Zeit bis zum Schlafengehen vertrieben.

Es war gespenstisch, Conny traf nie andere Heimbewohner auf den Fluren. Manchmal beschlich sie das unheimliche Gefühl, dass in den Zimmern, aus denen die lauten Fernsehgeräusche kamen, längst niemand mehr wohnte. Ein Geisterhaus, in dem es nur noch ihre Tante gab. Und ihre toten Ex-Männer.

»Kann ich Ihnen helfen?«, sagte plötzlich eine Stimme.

Conny erschrak. Wie aus dem Nichts stand die Heimleiterin vor ihr.

»Sie sind doch die Kleine von Frau Goldstein aus der Esoterik-Abteilung«, sagte die Frau, und ihre schmalen Augen wanderten missbilligend zwischen Conny und ihrer Armbanduhr hin und her. »Je später der Abend …«

»… umso hungriger die Bewohner«, entgegnete Conny,

nachdem sie sich wieder gefasst hatte. »Meine Tante hat kein Abendessen bekommen.«

»Ich bin sicher, Ihre Tante irrt sich.« Die Heimleiterin bewegte beim Sprechen kaum ihre Lippen. »Wer müßig in den Tag hinein lebt, kann schon mal das Gefühl für die Zeit vergessen. Da hält man das Abendessen leicht für das Mittagessen.«

Conny verspürte wenig Lust, mit der Frau zu streiten. »Meine Tante hat Hunger.«

»Wenn einem Bewohner seine Portion nicht mehr reicht, kann er sich selbstverständlich für den nächsten Tag ein neues Menü zusammenstellen.«

»Wo bekomme ich etwas zu Essen?«, wiederholte Conny ungeduldig.

»Bedaure«, sagte die Heimleiterin und nahm ihr das Tablett ab, »die Küche ist nicht mehr besetzt. Meine Mitarbeiter wollen auch irgendwann ihren Feierabend haben. Gute Nacht.«

Der schwere Teppichboden verschluckte ihre Schritte, sodass sie dahin zu schweben zu schien, und Conny lief es kalt den Rücken hinunter, weil sie sich für einen Moment vorstellte, dass auch die Heimleiterin nur ein Geist war, der in diesem Haus herumspukte. Außerdem machte sie sich Sorgen um ihre Tante. Wenn sie nun wirklich langsam den Verstand verlor und nicht mehr wusste, was sie sagte? Der Arzt hatte sie gewarnt, Verwirrtheit gehörte zu den Nebenwirkungen ihrer Medikamente.

Als Conny zurückkehrte, lehnte ihre Tante über dem Tisch und mischte mit zitternden Händen die Karten. Im Hintergrund dudelte das Radio eine süßliche Operettenmelodie.

»Sie sind weg«, sagte sie.

»Wer?«

»Jacques und Theo. Mein erster Mann kreuzte auf und wurde ungehalten. Theo war immer schon schrecklich eifersüchtig auf die Männer, mit denen ich nach seinem Tod zusammen war.«

Conny mochte für heute nichts mehr von Verstorbenen hören und öffnete eine Packung Kekse. Es beruhigte sie ein wenig, dass ihre Tante sie mit großem Appetit verdrückte.

»Ich habe Jacques gesagt, dass du gleich zurück bist, aber er wollte nicht bleiben.« Cassandra legte mit ihren zittrigen Fingern die Karten in Dreierreihen auf dem Tisch ab.

»Er wird es überleben, Tantchen.« Conny füllte die Schnabeltasse ihrer Tante mit Tee, damit sie sich nicht an den trockenen Keksen verschluckte.

»Vielleicht isst du ab morgen einfach wieder im Speisesaal, dann können sie dich nicht mehr übergehen«, schlug Conny vor, doch davon wollte ihre Tante nichts hören. Genauso wie sie es ablehnte, von einem bestimmten Pfleger mit seinen »Mörderdaumen« angefasst zu werden, weigerte sie sich hartnäckig, mit fremden Leuten an einem Tisch zu essen. Cassandra Goldstein war immer schon sehr eigensinnig gewesen.

»Weißt du, was ich in den Karten sehe? Das gefällt mir gar nicht.«

Conny musste niesen. »Ich will es nicht wissen«, sagte sie und betrachtete misstrauisch die oberste Reihe aufgedeckter Symbole. Sie hielt nichts davon, Details über ihr Leben im Voraus zu erfahren, denn wo blieb da die Spannung? Sie las bei Büchern ja auch nicht zuerst die letzte Seite.

»Du musst auf dich aufpassen, mein Kind.« Tante Cassandra legte ihre zitternde Hand auf den Arm ihrer Großnichte.

»Was soll das heißen?«

»Du bekommst überraschend Besuch.«

»Ich?« Conny musste erneut niesen, und ihr Kopf dröhnte.

»Dein Besucher ist in Spionage verwickelt. Oder Diebstahl. Oder beides, das kann ich nicht genau erkennen.«

»Spionage?«

»Mach nicht so ein Gesicht, Cornelia. Die Karten lügen nicht. Der Anker, der Fuchs und schließlich der Haufen Mäuse – in einer Reihe! Es kann nicht anders sein.«

Conny wollte ihrer geliebten Tante gerne glauben, aber wer

sollte schon zu Besuch kommen? Und vor allem: Was sollte er stehlen? Bei ihr gab es nichts zu holen, außer Bücher.

»Wie es aussieht, steckt eine Frau dahinter.«

»Was für eine Frau?«

Es wurde immer wirrer, was Tante Cassandra von sich gab, und Conny machte sich nun ernsthaft Sorgen. Sie bat ihre alte Tante, die Karten nicht mehr in ihrem Namen zu befragen, dann half sie ihr bei der Abendtoilette und brachte sie schließlich ins Bett.

# VIER
# Die Karten lügen nicht (I)

Am nächsten Tag fühlte sich Conny sehr krank. Sie war schlapp, und ihr Hals tat weh, aber zur Arbeit ging sie trotzdem. Das bereute sie bald, denn jeder Handschlag strengte sie furchtbar an. Han Solo dagegen hatte sich wieder gefangen, obschon Conny das dumpfe Gefühl beschlich, dass er sich bei allem mehr Zeit ließ als sonst. Edgar jedenfalls stolzierte mit geschwellter Brust vor Han auf und ab, zufrieden mit seinem Reperaturerfolg, aber Conny war böse, schließlich hatte er den traurigen Schriftsteller vertrieben; nun würde sie nie erfahren, was dieser Felix Kaiser mit dem Marquis de Posa zu schaffen hatte. Bloß weil Edgar es seinem blöden schwäbischen Freund recht machen wollte. Warum war er nicht in Stuttgart geblieben? Er schimpfte sowieso immer nur, dass in Berlin alles schlechter sei als zu Hause. Sollte er doch zurückgehen, mitsamt seinen schwäbischen Freunden, die wo sich nach Berlin verirrt hatten. Ohnehin stellte sie sich Stuttgart oft als verlassene Geisterstadt vor, in der Edgars arme Tochter durch leere Gassen irrte, weil all ihre Freunde in die Hauptstadt gezogen waren.

Kurz vor der Mittagszeit kam Nachbar Jochen und legte artig seine Speisekarte vor. Doch Conny dröhnte der Kopf, das Nachdenken fiel ihr schwer. Sie wusste nicht so recht, ob man Rucolasalat vielleicht doch mit zwei c schrieb, und schließlich gab sie Jochen und seiner Karte ihren Segen und verwies ihn zum Kopieren an Anakin Skywalker, aber Jochen wollte lieber zu Luke, und Conny machte seufzend einen Strich auf ihrer Liste.

Weil ausgerechnet heute alle Welt ihre Führerscheine doppelseitig kopiert, Hinweisschilder laminiert und Versicherungen per Fax gekündigt haben wollte, war den ganzen Tag lang kaum Zeit für einen Kaffee, und wenn Conny nicht noch eine abgelaufene Packung Pralinen im Schrank gefunden hätte, das vergessene Weihnachtsgeschenk einer Stammkundin, wäre sie vermutlich verhungert.

Conny füllte Obi Wans Papierschubladen nach, als sie Schreie von draußen hörte. Fragend sah sie zu Leslie, die sich gerade zwei Weinbrandbohnen auf einmal in den Mund steckte und nichts zu bemerken schien. Conny stand auf und entdeckte eine Frau mit blauer Wollmütze, die mit ihrem Rollstuhl vor der Tür stand und mit einem weißen Taschentuch winkte, das sich aus der Nähe als Brief entpuppte. Die Frau war wütend, weil sie es nicht in den Laden schaffte, zwei behindertenungerechte Stufen verhinderten dies, und bat, nein, befahl, ihren Brief an die oben links vermerkte Nummer zu faxen.

Eine Entschuldigung murmelnd verschwand Conny im Geschäft. Das Faxgerät befand sich im Büro, gleich bei der Kaffeemaschine. Es ging ins Ausland, Conny hatte die Vorwahl noch nie in ihrem Leben gesehen, und während sie darauf wartete, dass der Brief versendet wurde, machte sie sich einen Kaffee und kämpfte gegen die Versuchung an, die Zeilen der Frau zu lesen.

Nach einer Weile begann das Faxgerät, auf seine gewohnt schräge Art zu pfeifen, und der Brief der Rollstuhlfahrerin quälte sich langsam hindurch.

»Conny, wir haben Besu-huch!«, rief Leslie mit überkandidelter Stimme, und Conny fragte sich, wer aufgetaucht sein mochte, um ihre Kollegin derart in Verzückung zu versetzen.

»Komme sofort!« Das Fax war schon fast durch, fehlte nur noch der Sendenachweis.

»Wir hatten schon Angst, du kommst nie wieder«, hörte sie Leslie sagen, so laut, dass es sicher noch Jochen nebenan in seinem Restaurant verstehen konnte.

Conny schöpfte Verdacht und riskierte einen vorsichtigen Blick um die Ecke. Als sie feststellte, um wen es sich bei ihrem Besucher handelte, rettete sie sich schnell zurück ins Büro. Ihr Lieblingskunde war zurückgekehrt! Connys Herz begann zu rasen. Dann fiel ihr ein, dass sie seit dem gestrigen Auftritt des Freaks offiziell frigide war, und beschloss, sich solange zu verstecken, bis ihr Besuch gegangen war. Am liebsten hätte sie sich dem Brief hinterher gefaxt, um möglichst schnell möglichst weit weg zu sein.

»Ich hoffe, ich komme nicht wieder ungelegen«, sagte der Schriftsteller.

»Keine Angst«, beruhigte Leslie ihn. »Der böse Mann mit dem Hut ist nicht da.«

In Connys Nase begann es zu kribbeln, und sie musste niesen.

»Gesundheit, Conny!«, rief Leslie extralaut.

Seufzend nahm Conny das Fax der Rollstuhlfahrerin und all ihren Mut zusammen und wagte sich aus ihrem Versteck. Mit ihrem Schriftsteller vermied sie direkten Augenkontakt. Stattdessen blickte sie auf seine Hände und musste mit Bedauern feststellen, dass sie in braunen wollenen Fingerhandschuhen steckten.

Conny beeilte sich, den Sendenachweis an den Brief zu heften, und gab sich ganz besondere Mühe beim Abgleich der Kanten.

»Los, frag ihn!«, sagte Leslie und stieß ihre Freundin in einer Weise an, die sie offenbar für unauffällig hielt.

»Was denn?«, fragte Conny und da bemerkte sie es: Die Packung mit den Weinbrandbohnen war leer, Leslie hatte fast alle allein verdrückt.

»Ich glaube ja, du schreibst Liebesromane«, sagte Leslie, und ihr Gesicht war rot wie der Querbalken der nordkoreanischen Nationalflagge. »Aber meine Freundin Conny glaubt …«

»Leslie, lass ihn doch!«, flehte Conny. Sie fürchtete, dass dem Schriftsteller das Geschwätz auf die Nerven ging. Er ließ sich nun mal nicht gerne über seine Arbeit ausfragen.

»Conny freut sich, dass du wiedergekommen bist, aber sie kann das nicht so zeigen.« Leslie trat einen Schritt zur Seite, um Conny ihren Lieblingskunden zu überlassen, und raunte ihr zu: »Die Diskette ist schon drin.« Leslie hatte eine mordsmäßige Weinbrandfahne.

»Ich muss das hier erst erledigen«, sagte Conny und wedelte mit dem Fax in der Luft herum. Ihr Herz schlug so schnell, dass sie Angst hatte, jeden Moment zu hyperventilieren.

»Musst du nicht!«, presste Leslie hervor, und der Schriftsteller sah verwirrt zwischen den beiden Frauen hin und her.

»Soll ich später nochmal wieder kommen?«, schlug er vor.

»NEIN!«, antworteten die beiden im Chor.

Die Besuche des Schriftstellers standen unter keinem guten Stern: Wenn der Freak Conny nicht gerade als frigide beschimpfte oder Edgar irgendwo den Stecker rauszog, musste sich Leslie sinnlos mit Weinbrandbohnen abschießen!

Um der wartenden Kundin ihren Brief zurückzubringen und abzukassieren, rauschte sie schließlich aus dem Geschäft. Draußen fühlte sie sich schon viel wohler, es war bitterkalt, aber erfrischend, das tat ihrem erhitzten Kopf gut. Conny spürte wenig Lust, wieder ins Geschäft zurückzugehen. Während ihr die Frau im Rollstuhl erzählte, dass der Brief für ihren Freund bestimmt war, der in Übersee lebte, beobachtete sie durch das Schaufenster, wie Leslie mit dem Schriftsteller sprach, und fragte sich, ob es klug gewesen war, die beiden allein zu lassen. Weniger aus Angst, Leslie könnte sich an ihn heranwerfen; vielmehr fragte sie sich, was ihre Freundin in ihrem beschnapsten Zustand für einen Unsinn über sie erzählen mochte. Sie konnte sein Gesicht nicht sehen, weil er ihr den Rücken zuwandte. Er stand etwas abseits, um den Ausdruck seines Manuskripts zu überwachen, und Leslie winkte ihr zu. Von der Handbewegung her war es mehr ein Reinwinken, mit einer Tendenz zum seitlichen Hin- und Herwischen, das Connys Zurechnungsfähigkeit in Frage stellte. Auf jeden Fall war es auffällig genug, dass sich bald auch ihr Schriftsteller umdrehte, und Conny rettete sich mit einem Sprung zur Seite, wo man sie nicht mehr entdecken konnte. Dort harrte sie einen Moment aus und überlegte, was zu tun sei. Zurück konnte sie nicht, wenigstens vorläufig nicht, und so beschloss sie, bei Jochen zu warten. Der strahlte über seine untere Gesichtshälfte, als hätten sie sich hundert Jahre nicht gesehen.

»Kommst du zum Essen? Wir haben frischen Rucolasalat mit Putenbruststreifen und Pinienkernen. Den magst du doch so gerne.«

»Danke, ich kenne die Karte«, sagte Conny und kam sich schäbig vor, weil sie Jochen benutzen musste, um heil aus ihrem Schriftsteller-Drama herauszukommen.

»Aber ich wollte eigentlich nur fragen, ob ich kurz bei euch telefonieren kann? Leslie geht es nicht gut und … sie macht alles kaputt!«

»Was fehlt ihr denn?«, rief Jochen besorgt.

»Ein Enzym.«

Erschrocken reichte ihr Jochen sein Telefon. »Was Ansteckendes?«

Aber sie wählte bereits die Nummer von *Star Copies*. Leslie war sofort am Apparat.

»Ist er weg?« Conny legte ihre Hand wie einen Schirm an den Hörer, während sie sprach.

»Conny?«, kicherte sie. »Wo bist du?«

»Nicht meinen Namen sagen! Am besten, du antwortest nur mit Ja oder Nein. Bist du mit ihm fertig?«

»Nein. Aber wieso kommst du nicht einfach zurück?«

Jochen hantierte neben ihr an der Kaffeemaschine herum.

Es war ein Fabrikat mit matter Oberfläche, sonst hätte Conny sich schnell mit ein paar Grimassen abreagieren können.

»Das erklär ich dir später. Ich bin bei Jochen, ruf mich an, wenn er weg ist.«

Als sie auflegte, stand ein dampfender Espresso neben ihr.

»Probleme?«, fragte Jochen und machte ein besorgtes Gesicht.

»Abgesehen davon, dass ich mich gerade total zur Uschi gemacht habe, brauche ich wohl einen neuen Job«, sagte Conny düster.

»Du kannst jederzeit bei mir anfangen.«

»Lieb von dir.« Conny musste so heftig niesen, dass sie das Gefühl hatte, ihr platzte der Kopf.

Jochen strich verlegen über einen Stapel Speisekarten. »Außerdem dachte ich, vielleicht könnten wir zwei Hübschen mal was trinken gehen. Ganz unverbindlich natürlich.«

»Natürlich«, sagte Conny, die im Moment ganz andere Sorgen hatte.

»Ich bin vielleicht gerade nicht die beste Gesellschaft. Meine Frau und ich leben in Trennung, aber … na ja, du kannst so gut zuhören.«

Conny hörte von fern ein Tröten, wie man es in Quizshows benutzte, wenn der Kandidat eine falsche Antwort gegeben hatte: Männer wollten meistens nur darum mit Conny ausgehen, weil sie nicht gleich weglief, wenn sie ihre Sorgen auspackten.

»Mit dir vergeht die Zeit so schnell«, fuhr Jochen fort. »Du bist so …«

*Witzig*, wollte er wohl sagen, und Conny hörte es schon wieder tröten. Das einzige, womit man als Besitzerin einer goldenen Ulla-Popken-Kundenkarte mit atemberaubender Figur bei Männern zuverlässig punkten konnte, war Humor. Es war zum Heulen.

Das Tröten stellte sich als Telefonklingeln heraus. Jochen war schneller und überreichte ihr den Hörer.

»Hast du Lust wieder rüberzukommen?«, fragte Leslie. »Der Boss ist da.«

»Worüber habt ihr euch denn so unterhalten, der Schriftsteller und du?«

»Harry Potter und Star Wars«, sagte Leslie.

»Harry Potter und Star Wars?«, fragte Conny.

»Dein trübseliger Freund meint, man merkt genau, an welchen Stellen die Rowling abgeschrieben hat. Wenn du mich fragst, hat der nicht alle Toner im Kasten.«

»Wenn du mich fragst: Du bist total blau!«

Bei ihrer Rückkehr wurde Conny strahlend von Leslie empfangen, die gerade eine Diplomarbeit abkassierte.

»Du wirst mich lieben«, sagte sie.

»Hat Edgar gefragt, wo ich bin?«, wollte Conny wissen.

»Ja«, sagte Leslie.

»Und? Was hast du gesagt?«

»Dass du bei Jochen bist und Verstecken spielst.«

»Sehr witzig, du Schnapsdrossel.« Conny musste wieder niesen.

»Willst du es jetzt wissen?«, fragte Leslie.

»Was denn?«

»Was der große Dichter so schreibt!«

»Sag bloß, er hat es dir erzählt?« Conny wollte schon neidisch werden, aber da schüttelte Leslie den Kopf und trommelte auf dem Monitor des Rechners herum.

»Du kannst es lesen, wenn du willst.«

Conny brauchte einen Moment, bis sie verstanden hatte, was die Trommelei zu bedeuten hatte. »Seine Geschichte ist da drin?«, fragte sie aufgeregt und spürte ein neues Kribbeln in ihrer Nase aufsteigen.

Leslie grinste nur.

»Du hast sie gespeichert?«

»Wie sollen wir sie sonst lesen?«

Bevor Leslies schmaler Zeigefinger die Enter-Taste drückte und damit den Befehl zum Ausdruck gab, zählte sie einen Countdown, als ginge es darum, eine Rakete mit dem ersten koreanischen Astronauten ins All zu schicken. Unterdessen lief Conny zu Han Solo und nahm ungeduldig das erste Blatt entgegen. Sie mochte das Gefühl von warmem Papier in ihren Händen, wenn es frisch aus dem Kopierer kam. Sie rieb es zwischen den Fingern, während sie die bekannten Worte auf dem Deckblatt las:

In memoriam Felix Kaiser

»Das ist ja wie Weihnachten!«, rief Conny aufgeregt und griff nach der nächsten Seite.

Posa: Kaisers neue Kleider
Ein Roman.

Connys Gedanken überschlugen sich. *Kaisers neue Kleider* klang nun wirklich nicht nach einer Liebesgeschichte, geschweige denn einem Kriminalroman. Während sie noch auf den Titel starrte, langte ihre Hand blind nach der nächsten Seite, um das Rätsel endlich zu lüften, doch das Ausgabefach war leer. Plötzlich stellte sie fest, dass das monotone Rumoren im Innern Han Solos aufgehört hatte.

»Hast du den Druck abgebrochen?«

Leslie schüttelte den Kopf.

Da sah Conny es: Han Solos Display meldete Papierstau! Sie öffnete den Kopierer und zog ein zerknittertes Blatt hervor. Es war die dritte Seite des Manuskripts, der Prolog. Er begann mit den Zeilen:

Alle in der Band hielten Felix für so eine Art Erlöser. Deshalb habe ich nie was gesagt, obwohl ich ihn von Anfang an komisch fand. Vielleicht hätte ich sie warnen sollen. Schon wie

er nach dem Auftritt der Frogs beim Straßenfest einfach hinter die Bühne kam – Cordmütze, dunkle Locken, Sommersprossen –, und wie er gleich auf dicke Hose machte: »Wollt ihr euer Leben lang die Klamotten anderer Leute auftragen?« Coverversionen, meinte er. Das war das, was
verdammte

er große Felix

und

Death M

pupsi

Der Rest war unlesbar. Han Solo hatte den Toner über die ganze Seite verschmiert. Schimpfend entfernte Conny die anderen eingeklemmten Blätter und wischte ihre schmutzigen Finger daran ab. Dann schloss sie wieder alle Klappen.

»Versuch es nochmal!«, bat sie Leslie.

Aber Han Solo hatte endgültig den Geist aufgegeben. Dieses Mal willigte Edgar zähneknirschend ein, einen Profi zu rufen. Der schraubte und klopfte bis zum Abend an dem armen Han herum. Als der endlich wieder lief, schrieb der Techniker eine saftige Rechnung und meinte, es wäre nur halb so teuer gewesen, hätte nicht irgendein Amateur am Gerät herumgefummelt. Edgar brachte den Mann zur Tür und kehrte kreidebleich an die Theke zurück. Sogar die Spitzen seines Schnurrbarts schienen nach dem Schock herabzuhängen.

»Weißt du, wie viel das in Mark ist?!«, lamentierte er und machte ein Gesicht, als hoffte er, Conny würde sich großzügig an der Begleichung der Rechnung beteiligen.

»Die Mark ist abgeschafft, Edgar. Ich weiß nicht, was es da umzurechnen gibt«, sagte Conny ungerührt und putzte sich die Nase, die sich anfühlte, als sei sie auf die doppelte Größe angeschwollen. Ihr Feierabend hatte längst begonnen, und sie konnte es nicht erwarten, endlich ins Bett zu kommen, aber sie wollte *Star Copies* nicht ohne die Geschichte von Felix Kaiser verlassen. Allerdings war es unmöglich, an sie heranzukommen, solange sich Edgar im Laden befand. Doch der, vom mangelnden Mitgefühl seiner Geschäftsführerin offenbar schwer enttäuscht, beschloss, auf den Schreck in seine Kneipe zu fahren und dort seinen Kummer zu ertränken, und so konnte Conny endlich den Roman des traurigen Schriftstellers ausdrucken. Vorsichtshalber überließ sie die Arbeit Han Solos Kollegen Mace Windu, der den Prolog zuverlässig und knitterfrei zutage förderte.

Coverversionen, meinte er. Das war das, was Henning und die anderen früher spielten. Ja, die Golden Frogs waren eine verdammte Coverband, aber alle fanden's prima. Sie waren glücklich. Bis der große Felix Kaiser auftauchte.
Henning und Konstantin kannten sich noch aus der Schulband. Danach stolperten sie von einem Projekt zum nächsten. Henning spielte Baß und sang in mehreren Jazzcombos, womit er sogar etwas Kohle verdiente. Konstantin trommelte sich durch die übelsten Musikrichtungen, von Blues über Crossover, von Punk bis Death Metal. Er trat in den letzten Hütten auf, bei jedem noch so pupsigen Festival. Solange es irgendwo Freibier gab, war er dabei und fütterte seine Wampe.
Dann passierten zwei Dinge. Der Plattenladen, in dem Henning nebenbei jobbte, machte dicht, und Konstantins Band wurde verboten. Gewaltverherrlichende Texte, angeblich. Also taten sich die zwei zusammen. Der eine hatte zu wenig Geld, der andere zu viel Zeit. Sie einigten sich auf Coverversionen, tanzbares Zeug, was die Leute eben hören wollten.
Ihren Keyboarder fanden sie per Aushang in ihrer Stammkneipe. Mounib war mit 21 noch verdammt jung, aber schon verheiratet. Er war der einzige, der anrief. Wie der kleine Scheißer später zugab, hatte er den Zettel komplett abgenommen statt nur einen der Schnipsel mit der Telefonnum-

mer. Typisch Mounib, aber man konnte ihm nicht böse sein (nicht deswegen wenigstens). Schließlich spielte er nicht nur Keyboard, sondern auch sensationell Trompete.
Sie nannten sich »Golden Frogs«. Keine Ahnung, wie man auf so einen bekifften Namen kommt. Als Henning mich fragte, ob ich ihnen die Tonfrau mache, war es jedenfalls schon zu spät. Er kam aus dem gleichen Kaff wie ich, früher waren wir Nachbarn. Ich habe ihm und seiner Mutter oft die Fahrräder repariert, nachdem sich der Alte mit einer anderen abgesetzt hatte.
Ich war damals gerade arbeitslos, und alles war mir lieber als zu Hause sitzen und Däumchen drehen. Außerdem fand ich Technik schon immer spannend. Mit zehn, als all die anderen Mädchen noch ihren Puppen Abendkleider an- und auszogen, habe ich mein erstes Radio auseinandergeschraubt. Ich wollte herausfinden, wie es funktioniert. Seitdem weiß ich es.
Mounib bekam es überhaupt nicht geregelt, daß eine Frau den Ton machen sollte. Als ich ihm dann zum ersten Mal begegnete, mit kurzrasierten Haaren und Latzhose, checkte er sofort, was los war. Das machte es nicht leichter. Aber nach ein paar Auftritten kriegte er sich wieder ein. Später verschaffte er mir sogar eine Ausbildung in der Werkstatt seines Alten.
Nach zwei mageren Jahren lief es mit den Frogs plötzlich sensationell gut, und Hennings Tante Mona begann, die Sache zu managen. Auch sie hatte mit unserem kleinen Macho zu kämpfen, der sich von einer Frau nichts vorschreiben lassen wollte. Als endlich Ruhe war, hatten wir noch ein gutes Jahr zusammen. Mit Auftritten bei Schützenfesten, Firmenjubiläen und Hochzeiten waren wir jedes Wochenende on the road. Hennings Freundin beschwerte sich schon, weil sie sich kaum noch sahen, aber sie hätte ja mitkommen können. Konstantin war happy, weil es neben Freibier auch überall einen amtlichen Scheck gab. Mounib wurde nach jedem Kon-

zert belagert, großer Schnepfen-Alarm, aber damals lehnte er immer noch brav ab, wegen seiner Ollen. Ich war mit der Ausbildung fertig und wurde von seinem Vater übernommen. Wenn wir zu Auftritten fuhren, lieh er uns seinen VW-Bus. Wir waren eine große Familie.

Dann kreuzte aus heiterem Himmel Felix Kaiser auf und machte alles kaputt.

Als Connys Komplize Mace endlich alle Seiten ausgespuckt hatte, machte sie sich voller Vorfreude auf den Heimweg. Sie konnte es nicht erwarten, alles über Felix' Schandtaten zu erfahren.

# FÜNF
# Auftritt: Posa

Conny las in der S-Bahn weiter, auch wenn sie in den paar Minuten bis zur Schönhauser Allee, wo sie noch einmal umsteigen musste, kaum etwas schaffte. Sie zog die Seiten nicht ohne Stolz aus ihrer Tasche, war sie doch mit einiger Sicherheit die Erste, die den Roman ihres Schriftstellers zu Gesicht bekam, und wenn sich ein Sitznachbar auf verdächtige Weise herüberzulehnen schien, dann presste sie das Manuskript schnell an ihre Brust, damit es kein Unbefugter las.

Die Geschichte der Band faszinierte sie, schon weil sich damit eine Welt vor ihr auftat, von der sie nicht allzu viel wusste. Das Lesen lenkte Conny davon ab, wie erschlagen sie sich fühlte. Sie fröstelte am ganzen Körper, nur ihre Stirn war so heiß, dass sie sich an die Scheibe des Zugs lehnte, um sie etwas abzukühlen. Zu Hause setzte sie sich mit dem Manuskript auf den Badewannenrand, während sie ein heißes Vollbad einlaufen ließ. Später war das Wasser schon ausgekühlt, als sie sich endlich aufraffen konnte, die Badewanne wieder zu verlassen und die Seiten für zwei Minuten aus der Hand zu legen. Anschließend lag sie mit Felix, Henning, Konstantin und Mounib im Bett und steckte so tief in der Geschichte, dass nur noch ihre Füße herausschauten.

Die Golden Frogs hatten sich inzwischen in die Band *Posa* verwandelt. Die Jungs nahmen ein Demotape mit ein paar Songs auf, die Felix geschrieben hatte, und schickten es an verschiedene Plattenfirmen. Aber niemand schien sich für sie zu interessieren. Susanne, die Erzählerin, von der Conny nicht sicher war, ob sie sie mochte, hatte es natürlich vorher gewusst! Doch dann schlug Felix vor, persönlich zu den Plattenfirmen zu fahren und unplugged im Foyer zu spielen. Schließlich konnten sie sogar aus drei Angeboten wählen, und schon bald gingen sie auf ihre erste …

Das Telefon klingelte, aber Conny hielt sich die Ohren zu und las weiter. Aber dann bimmelte es wieder, diesmal war es das Handy, und sie trennte sich nur widerwillig von ihrem Roman.

»Hast du schon geschlafen?«

»Mama, es ist halb neun!« Manchmal fragte Conny sich, was ihre Mutter für eine absurde Vorstellung von ihrem Leben hatte.

»Du meldest dich gar nicht! Interessiert es dich nicht, wie es deiner alten Mutter geht?«

»Wie geht es dir, Mama?«

»Das fragst du doch nur so!«

Conny musste niesen.

»Bist du krank?«

»Nein.« Conny putzte sich leise die Nase. Sie wusste, was es bedeutete, wenn ihre Mutter erfuhr, dass sie krank war. Sie würde kommen und sie zwingen, scheußliche Tees zu trinken, und wenn man sie erst in die Wohnung gelassen hatte, würde sie alles umräumen, und man fand nichts wieder.

»Warum erfahre ich nie, wenn mein Kind krank ist?«

»Mama, ich bin nicht …«

»Ich komme morgen vorbei! Ich lasse doch meine Tochter nicht im Stich. Hinterher heißt es wieder, ich kümmere mich nicht genug um dich.«

»Das ist wirklich nicht …«

Aber ihre Mutter hatte bereits aufgelegt, und Conny durfte ganz ohne weitere Unterbrechungen ihr erstes Posa-Konzert erleben.

Das erste Mal richtig schlimm aufgespielt hat sich Felix in Kiel. In der Halle war es abartig heiß, und wir schwitzten wie die Tiere. An der Decke sammelte sich Kondenswasser, das als pißwarmer Sommerregen wieder runterkam. An dem Abend habe ich ernsthaft überlegt, eine Glasscheibe übers Pult zu schrauben. Mona hatte mir ihren Schirm gebracht, aber damit kam ich mir vollkommen tantig vor. Ich war froh, als alles vorbei war.

»Oder habt ihr keine Eier?« grölten die Leute den Jungs nach *Dreier* entgegen, der ersten Zugabe, aber eigentlich heißt es am Schluß: »Oder hast du keine Eier?« Die Radios fanden die Stelle uncool und blendeten den Song vorher aus. Andere Sender boykottierten ihn komplett. Dabei geht es in *Dreier* gar nicht ums Ficken. Ein Vater jagt seinen Sohn im Schwimmbad die Treppe zum Drei-Meter-Brett hoch, damit er runterspringt – eine Art Mutprobe, die ihn zum Kerl machen soll. Trotz allem Geschrei um den Text war der Song ein Hit geworden, der erste für die Jungs. Und auch ihr Album *['po:sa]* enterte ein Jahr nach der Veröffentlichung endlich die Top Ten.

Damals in Kiel klatschten sich die Leute die Hände wund. Felix stemmte seine honigfarbene Gitarre in die Luft und strahlte übers ganze naßgerockte Gesicht. Mit seiner Cordmütze wirkte er wie der nette Junge von nebenan. Alles Show.

»Danke *schön*!«

Felix konnte nicht normal Dankeschön sagen. Er betonte es immer so affig. Vermutlich, weil er sein Danke*schön* mehr rief, als daß er es sagte. Das Rufen folgt gleich ganz anderen Gesetzen als das Sagen, hat er mir mal in seiner arroganten Art erklärt, und Felix hatte als Songschreiber natürlich mehr Ahnung vom Vertonen und Betonen als ich, also bitte*schön*!

Hinter ihm konnte ich die verschwitzten, aber glücklichen Gesichter der anderen sehen. Meine Jungs hatten ein gutes Konzert gespielt, einen »supi Gig«, wie Mona immer sagte, damit es nicht so auffiel, daß sie viel zu alt war für den Job.

Natürlich war es der Hammer, vor ausverkauftem Haus zu spielen. Denn es war gar nicht lange her, daß bei Posa-Konzerten noch mehr Leute auf der Bühne standen als davor.
*Dreier*, die aktuelle Single, spielten sie wie immer am Schluß, es war das Highlight jeder Show. Schon nach kurzer Zeit konnte ich ihn mitrülpsen. Henning lachte sich immer halbtot, wenn ich es ihm vormachte, aber er meinte, ich soll es bloß nie Felix hören lassen.
Die Band und ich kamen zeitgleich in der Garderobe an, die im Keller unter der Halle lag. Sie bestand aus nicht viel mehr als einem alten gammeligen Sofa, zwei Spiegeln und einem Tisch. Darauf belegte Brötchen, darunter jede Menge Bier.
Mona strahlte über ihr rundes Gesicht und empfing uns mit den Worten: »Der Gig war echt supi, Leute!«
Dann versorgte sie die Jungs mit Handtüchern. Weil es in der Garderobe arschkalt war, bestand sie darauf, daß alle schnell trockene Sachen anzogen. Mounib hatte sich inzwischen daran gewöhnt, vor Mona und mir zu strippen. Aber von Henning wußte ich, daß er in Gemeinschaftsduschen immer noch seine Unterhose anließ. Frage: Haben Türkenjungs untenrum was zu verbergen, von dem ich nichts weiß?
Konstantin gönnte sich erst mal ein Bier, mit dem Umziehen ließ er sich Zeit. In seinen kurzen Hosen, die er sogar im Winter trug, wirkte er wie ein dicker Tanzbär. Aber angeblich brachten ihm die Shorts auf der Bühne Glück. »Gehen wir nicht mehr raus?«
»Wir haben schon alle Songs gespielt«, sagte Henning, und sein schmächtiger weißer Oberkörper verschwand in seinem Lieblingspulli.
»Was ist? Soll ich anfangen abzubauen?« Unser Backliner steckte seinen Kopf zur Tür rein. Aus der Halle war entfernt Applaus zu hören und Sprechchöre. »Zu! Ga! Be!«
Mona zeigte nach oben. »Aber sie klatschen immer noch.«
»Die wollen uns.« Konstantin, der Tanzbär, begann vor Freude auf und ab zu hüpfen.

»Die *lieben* uns«, sagte Mounib, der gerne in größeren Kategorien dachte, und cremte seine Lippen ein, die von der Blaserei schnell trocken und spröde wurden.

»Und wenn wir einen Song wiederholen?« schlug Henning vor.

»Nicht noch mal *Dreier!*« sagte ich und spürte, wie sich Felix' Blicke in meinen Rücken bohrten.

»Spielen wir doch einfach eins der alten Frogs-Cover!« meinte Konstantin. »Die haben wir noch alle drauf, das reicht locker für drei Stunden Programm.«

Plötzlich wurde es ganz still in der Garderobe. Alle sahen zu Felix. Als hätte er Konstantins Vorschlag nicht gehört, nahm er ein Bier und ließ sich auf die Couch fallen. Seine nassen langen Haare fielen ihm ins Gesicht wie ein Vorhang, hinter dem er sich versteckte. Ich trank einen großen Schluck Cola und ließ einen fetten Rülpser fahren.

»Was ist?« Mounib konnte es nicht erwarten, zurück auf die Bühne zu stürmen. Seine Trompete hielt er schon bereit.

Aber Felix machte auf beleidigt. Man merkte, daß er noch nie vorher in einer Band gespielt hatte.

»Nur eins«, plapperte Konstantin weiter. »Eins, bei dem du den Text auch kannst.«

»Stimmt«, sagte Felix und schrammelte gelangweilt auf seiner Klampfe. »Das wäre ganz gut. Ich bin ja der Sänger.«

Ich weiß nicht, warum ich zu Mona rübersah. Vielleicht habe ich so was wie ein Machtwort erwartet. Statt dessen fummelte sie an ihrer Bubikopf-Frisur herum und starrte an die Wand, wo sich die Bands nach dem Auftritt verewigt hatten. *Wir sind berühmter als Jesus*, hatte Felix dazugekritzelt. Angeblich von Lennon.

»Also noch nicht abbauen?« fragte der Backliner und schob sich ein halbes Käsebrötchen zwischen die Backen.

Konstantin und Mounib tauschten nervöse Blicke.

»Susanne, machst du bitte das Licht im Saal an? Die Show ist vorbei.«

Das kam von Henning, dem einzigen, von dem ich mir was sagen ließ. Ich zuckte mit den Schultern und ging zur Tür. Bevor ich die Garderobe verließ, sah ich noch, wie seine Heiligkeit mit einem selbstgefälligen Grinsen die Gitarre weglegte.

Conny las noch ein bisschen weiter, aber ihr fielen immer wieder die Augen zu. Schon als Kind war sie spätestens nach einer halben Seite eingeschlafen, die ihr Vater vorgelesen hatte. Conny konnte über den Gelben Seiten ebenso gut einschlafen wie über ihrem Lieblingsbuch. Ausschlaggebend war sowieso nur die Horizontale, nie der Inhalt des Werkes. Seit Conny wieder allein schlief, fand sie auch jede Stelle wieder, über der sie eingenickt war. Ihr letzter Freund hatte zwar immer das Buch von ihrer Brust genommen, einen Zettel hineingelegt und es auf den Nachttisch gelegt, doch wenn sie am nächsten Tag weiterlesen wollte, fand sie nie zurück in die Geschichte, und das frustrierte sie. Erst nach Jahren, in denen außer Lesen nun wirklich nichts mehr stattfand in ihrem Bett, hatte sie entdeckt, dass er immer ein paar Seiten im Voraus zu markieren pflegte. Sie hatte ihn 50-Mal darauf angesprochen, aber er hatte es jedes Mal abgestritten; erst beim 51. Mal gab er zu, dass es als Witz gemeint war. Aber Conny wusste nicht, was daran lustig sein sollte, wenn man in seinem eigenen Bett keinem mehr trauen konnte.

Über Nacht kam das Fieber und am nächsten Morgen in aller Herrgottsfrühe Connys Mutter. Cordula Pyper war eine Frau von matronenhafter Figur – eine kompaktere Ausgabe ihrer Tochter, die den Kampf gegen die Kilos schon lange aufgegeben hatte. Wann immer Conny ihrer Mutter begegnete, war es, als schaute sie in einen Spiegel, der ihr die Zukunft zeigte. Sie hatte gelesen, dass Dicksein vererbbar war, zu mindestens einem Drittel sei die Veranlagung schuld am Gewicht, und es war frustrierend sich vorzustellen, dass immer auch ihre Mutter mit auf die Waage stieg. Conny war, in der Sprache der Äpfel, nicht weit vom Stamm gefallen, und es war ihre Horrorvision, dass sie an ihrem bevorstehenden 30. Geburtstag beginnen würde, von den Druckstellen her zu faulen.

Schnaufend stand Mutter Pyper in der Wohnungstür und schimpfte. Dass sie von Wilmersdorf bis zu Connys Wohnung fast eine Stunde gebraucht hatte, weil der BVG mitten im Berufsverkehr eingefallen war, ihre Gleise auszubessern und man die halbe Strecke in Bussen im Stau verbrachte! Wie man überhaupt auf die Idee kommen konnte, nach Pankow zu ziehen, ans Ende der Welt! Und warum Conny sich ein Haus ohne Aufzug hatte aussuchen müssen!

»Schön, dass du gekommen bist«, stöhnte Conny.

Die erste Amtshandlung ihrer Mutter bestand darin, Edgar anzurufen. Conny ließ es geschehen, denn ihr Chef nahm jede Krankmeldung und jeden Urlaubsantrag als persönlichen Affront, und er hätte es fertig gebracht, seine Geschäftsführerin zum Arbeiten zu überreden, zumal die Inventur anstand. Dankbar, dass sie in diesem Jahr keine Büroklammern zählen musste, schlief sie wieder ein. Cordula Pyper machte ihrer Tochter kalte Wadenwickel gegen das Fieber. Außerdem kochte sie Tee, schnitt etwas Obst auf und brachte ihr am Nachmittag Schokoladen-Muffins, die Conny so gern mochte.

»Sie sind noch warm. Ich habe sie selbst gemacht.«

Conny staunte. Sie konnte sich nicht erinnern, dass ihre Mutter je etwas gebacken hatte, und bereute es, sie gelegentlich zu unterschätzen. Conny war gewissermaßen bei Tante Cassandra aufgewachsen, die ersten Jahre bis zur Schule, weil ihre Mutter nach der Geburt schnell wieder in ihrem Beruf als Lehrerin arbeiten wollte, und sie hatte es im Laufe der Zeit sogar bis zur stellvertretenden Schulleiterin gebracht. Später hatte es Connys Mutter bereut, die ersten Jahre verpasst zu haben, denn ihre Großtante und selbst ihr Vater, dessen Praxis sich im Haus befand, waren dem Kind immer näher gewesen, und Cordula Pyper hatte wirklich alles getan, um ihr Kind besser kennen zu lernen: Sie hatte ihr Tagebuch gelesen, sich mit ihren Freundinnen getroffen und versucht, den Kontakt zur Tante zu unterbinden, aber das hatte Mutter und Tochter nur noch weiter voneinander entfernt. Obwohl die beiden in derselben Stadt wohnten, sahen sie sich selten. Cordula Pyper reiste permanent um die Welt. Oft erfuhr Conny ihren Aufenthaltsort nur von Postkarten, und wenn die bei ihr ankamen, war ihre Mutter schon längst weitergereist. Conny konnte es sich mit ihrem Copyshop-Gehalt nicht leisten, um die Welt zu fliegen, ohnehin bevorzugte sie diejenige Form des Verreisens, bei der man den Deckel eines Buches öffnete und fast augenblicklich davonflog, abtauchte oder von einem Strudel mitgerissen wurde und auf eine 200- oder mehrseitige Reise mit ungewissem Ziel ging.

Obwohl sie keinen Appetit hatte, probierte Conny einen Muffin, doch beim ersten Bissen verzog sie das Gesicht.

»Was?«, fragte ihre Mutter.

»Sind da Rosinen drin?« Conny schüttelte sich. »Ich mag doch keine Rosinen.«

Cordula Pyper schien einen Moment überlegen zu müssen. »Sind doch nur ganz kleine, Cornelia.«

Conny war zu schwach, um zu streiten. Sie lag auf dem Sofa und schlief die meiste Zeit. Nach zwei Tagen legte sich das Fieber. Zwar hatte sie gehofft, die Krankheit und die damit einhergehende Appetitlosigkeit hätten sich positiv auf ihr Gewicht ausgewirkt, doch beim Wiegen stellte sie fest, dass das Gegenteil der Fall war: Der Zeiger wollte wieder hoch hinaus. Conny klebte kurzerhand das Display von der 80-Kilo-Marke aufwärts ab.

Sie wollte endlich den Roman des traurigen Schriftstellers weiter lesen, wollte erfahren, ob sich die merkwürdigen Spannungen innerhalb der Band legten, doch sie konnte das Manuskript nirgendwo finden. Die ganze Wohnung suchte sie ab, bis es ihr einfiel. Natürlich, ihre Mutter hatte aufgeräumt. Womöglich hatte sie es weggeworfen! Doch im Mülleimer fand

Conny nur eine leere Verpackung, in der ihre Mutter die Muffins gekauft hatte, und warf enttäuscht die restlichen Küchlein fort.

Als Cordula Pyper zu ihrem täglichen Krankenbesuch erschien, musterte sie ihre Tochter skeptisch.

»Du siehst blass aus, Cornelia. Ich habe doch gesagt, dass du im Bett bleiben sollst.« Dann verschwand sie in der Küche, wo sie sich Kaffee kochte und Tee für Conny.

»Ja, Mama.«

»Hast du noch Fieber?«

»Nein, Mama.«

»Und du willst wirklich keinen Kuchen?«

»Ich habe deine köstlichen Muffins vernichtet«, sagte Conny säuerlich.

Ihre Mutter ließ sich nichts anmerken. »Das freut mich. Du musst schließlich etwas essen, wenn du morgen wieder anderen Leuten Bilder ihrer Lieblingskatze auf die Kaffeetasse drucken willst.«

Conny überhörte den Sarkasmus. Längst hatte sie sich damit abgefunden, dass selten etwas, das sie tat, auf mütterliche Zustimmung stieß. Wenigstens war das Connys Eindruck, seit sie durchs Abitur gefallen war. Sie hatte nicht den Ehrgeiz besessen, die Prüfungen nachzuholen, und auf die ständigen Ermahnungen ihrer Mutter reagierte sie zusätzlich auch noch trotzig. Damit hatte sich das Studieren erledigt, und für eine stellvertretende Schulleiterin war es intolerabel, dass ihre Tochter davon lebte, anderen Leuten die Busfahrpläne klein zu kopieren und zu laminieren, weil die sich nicht merken konnten, ob der Bus nun um fünf vor oder nach halb fuhr.

»Klar, Mama.« Conny fühlte sich eigentlich noch nicht fit genug zum Arbeiten, doch sie ertrug keine Krankenbesuche mehr von ihrer Mutter.

Cordula Pyper kam mit zwei Tassen und einem Teller zurück, auf dem zwei dicke Kuchenstücke lagen. Zunächst vernichtete sie die Käsesahnetorte. Conny wärmte sich die Hände an ihrem Salbeitee und beobachtete ihre Mutter. Ihr Daumen, der auf der Kuchengabel lag, erinnerte in seiner knolligen Form an Edgars Mörderdaumen, wobei er bei Cordula Pyper etwas quadratischer geraten war und ihren Hang zur Strenge verriet, vor allem mit anderen.

»Du hast doch beim letzten Mal aufgeräumt«, sagte Conny schließlich.

»Das war auch bitter nötig«, sagte ihre Mutter und wandte sich dem zweiten Stück zu, einer Mokkatorte, die nach Cognac duftete.

»Ich vermisse einen Roman …«

»Du immer mit deinen Büchern!« Über ihrem Mund klebten Schokoladenreste, und Conny tippte sich kommentarlos an die Oberlippe, um sie darauf hinzuweisen.

»Es ist kein Buch, noch nicht. Nur ein Manuskript. Es lag auf meinem Nachttisch.«

»Ach, du meinst die Geschichte von dieser Band«, sagte ihre Mutter hinter der Serviette, mit der sie sich den Mund abwischte.

Conny brauchte einen Moment, bevor sie begriff. Sie setzte sich etwas ruckartig auf und verschüttete ihren Tee. »Mama! Du hättest mich fragen können, bevor du es nimmst!«

»Hättest du es mir erlaubt?« Cordula Pyper balancierte das verbleibende Stück ihrer Torte vom Teller in den Mund und ließ sich viel Zeit mit dem Kauen.

Conny schwieg. Sie war selten sprachlos, aber ihre Mutter schaffte es immer wieder.

»Siehst du …«, sagte die und pickte mit dem Zeigefinger die letzten Schokoladenkrümel vom Teller.

Für einen Moment überlegte Conny, ob sie sich auf den Boden werfen und angesichts der Herzlosigkeit ihrer Mutter brüllen und mit den Fäusten trommeln sollte, aber dann fiel ihr ein, dass sie keine fünf mehr war.

»Wann kriege ich es wieder?«

»Sobald ich damit fertig bin.«

Conny ließ sich zurück aufs Sofa fallen, verschränkte die Arme vor der Brust und sah demonstrativ an die Decke.

»Dann will ich dich nicht länger vom Lesen abhalten.«

Bis 21 Uhr musste Conny warten, dann endlich erreichte sie Leslie zu Hause. Ihre Freundin hatte sich ebenfalls ein Exemplar des Posa-Romans ausgedruckt und war nun die einzige Hoffnung.

»Was passiert nach dem Auftritt im zweiten Kapitel? Warum ist Felix so komisch? Und kann Susanne bitte endlich aufhören zu rülpsen?«

»Hast du noch Fieber, Conny?«

»Meine Mutter hat den Roman entführt und ich will wissen, wie es weitergeht.«

»Hat sie Lösegeld verlangt?«

»Das ist nicht witzig, Leslie! Also, was passiert im dritten Kapitel?«

»So weit bin ich noch nicht.«

»Dann lies es mir vor!«

»Aber Dicki kommt gleich.«

»Mitten in der Woche?«, fragte Conny erstaunt.

»Seiner Frau hat er erzählt, sie hätten noch spät Präsidiumssitzung«, erzählte Leslie und erschrak, weil sie etwas ausgeplaudert hatte, was niemand wissen durfte. »Ich meine, er gehört natürlich gar nicht zum Präsidium, aber …« Sie versuchte, zurückzurudern, aber Conny sah ihre Chance gekommen.

»Nur ein halbes Kapitel«, bettelte sie. »Dann sag ich auch niemandem ein Wort.«

»Miese Erpresserin!« Leslie begann zu lesen.

Die erste Posa-Tournee dauerte knapp sechs Monate. Wir spielten am Arsch der Welt und wunderten uns, daß er noch zu Deutschland gehörte. Irgendwann war es bei 14jährigen Mädels dann plötzlich wahnsinnig angesagt, zu Posa zu gehen und in Ohnmacht zu fallen. Der Rekord der ersten Tour

lag bei acht in nur einem Konzert, aber das war in Bielefeld, und was gab es da sonst schon an Gelegenheiten, um mal eben bewußtlos zu werden.
Felix ging das Gewimmel der Sanitäter immer ziemlich auf den Sack. Aber ich glaube, in Wirklichkeit nervte ihn was anderes. Er wollte, daß die Leute seinen schlauen Texten lauschen anstatt zu kreischen.

»Nimm Reich-Ranicki, Goethe und die Schillerstraße
Aber nicht dein Leben
Nimm die Alpen, Haider und das 2:3 von 78
Aber nicht das Leben
Nimm den Terror und, wenn's sein muß, auch den Papst
Aber nicht das Leben
Das Leben ist viel zu kurz,
um es so schrecklich ernst zu nehmen.«

Nachdem sich herumgesprochen hatte, daß die Jungs ganz anständige Konzerte spielten, mußten die ersten Shows wegen des Andrangs in größere Locations verlegt werden. Hier war der Sound etwas kniffeliger, und es gefiel mir, die Sache auszutüfteln.
Ansonsten war der Job easy. Man mußte immer etwas Baß in Hennings Stimme pumpen und Konstantins Schlagzeug herunterpegeln, damit er nicht alle anderen übertönte. Felix, unsere Diva, meckerte beim Soundcheck grundsätzlich, daß er *überhaupt* nicht zu hören sei. Ich machte sein Mikro dann etwas lauter, um es beim Konzert wieder auf Normal runterzuregeln. Die Jungs ertrugen sein Gezicke, also mußte ihn jemand etwas grober anfassen.
Was am Touren total nervte, war das Catering. Wenn es backstage Nudeln mit dünner roter Soße gab, dann galt das schon als Festessen. Außerdem war Henning Veganer, und das überforderte die meisten Veranstalter. Also gaben wir, sobald wir den jeweiligen Venue erreichten, Riesenbestel-

lungen beim Pizzaservice oder den ansässigen Chinarestaurants auf und kurbelten so die lokale Wirtschaft an. Nach den Konzerten fuhren wir meist mit der Roadcrew in eine Kneipe oder einen Club und ließen es krachen. Danach ging's für ein paar Stunden zur Ausnüchterung in ein billiges Hotel. Felix und Henning teilten sich ein durchgelegenes Bett. Die beiden waren inzwischen dick befreundet und hockten oft zusammen, um neue Songs zu schreiben. Konstantin und der Backliner schliefen mit Mounib im Zimmer und beschwerten sich regelmäßig, daß der nachts seine Trompete zersägte: Er schnarchte wie ein Ostrusse.

Wann immer Mona vorbeischaute, ein-, zweimal im Monat, kam sie mit auf mein Zimmer. Sie hatte ein schlechtes Gewissen, weil sie fand, sie sollte sich mehr um die Jungs kümmern. Aber sie hatte ja noch ihren Job als Musiktherapeutin bei den Behinderten. Nicht daß sie sich über den Erfolg der Jungs nicht freute. Aber manchmal hatte ich den Eindruck, daß ihr der viele Trubel nicht recht war. Schließlich hatte alles mal ganz entspannt angefangen mit ein, zwei *supi Gigs* am Wochenende – das ließ sich regeln, wenn man nebenher arbeitete.

Einmal nachts im Hotel, als die anderen mal wieder bis zum Augenstillstand feierten, packte sie aus. Wir lagen schon im Bett – eins dieser alten Dinger, die allein beim Hingucken quietschten. Ich war schon fast eingenickt, als Mona plötzlich sagte:

»Ich glaube, dieser Felix ist ein Glücksfall für die Band.«

Ich antwortete nicht. Mona hatte ja keine Frage gestellt.

»Und er hat wohl recht: Coverversionen sind was für Leute, die nichts zu sagen haben.«

»Blödsinn«, sagte ich. Mir ging das Geschwätz von der bösen Coverversion auf die Nerven. Wenn damals nicht irgendwelche jamaikanischen Freaks auf die Idee gekommen wären, Countrymusik nachzuspielen und ein bißchen aufzupeppen, gäbe es heute keinen Reggae. Ist doch wahr!

Mona war eine Weile still. Dann fuhr sie flüsternd fort: »Jetzt sind meine Jungs zum ersten Mal auf großer Tournee. Wenn das so weitergeht, werden sie sich bald nach einem richtigen Manager umsehen ... Was wird dann aus mir?«

»Gute Nacht, Mona.«

Sie tat mir leid, aber ich brauchte meinen Schlaf, und so drehte ich mich unter ohrenbetäubendem Quietschen und Knarzen auf die Seite. Es war schon spät, und am nächsten Tag mußte ich die Herren Popstars 600 Kilometer quer durch die Republik kutschieren.

»Und ich muss mich jetzt umziehen«, schloss Leslie.

»Gehört das noch zum Kapitel?«, stichelte Conny, die sich nun schon viel besser fühlte. Ihre Freundin war zwar eine lausige Vorleserin, die treffsicher die falschen Stellen betonte und viel zu schnell durch den Text hastete, aber Conny war ihr unendlich dankbar.

»Bis morgen, Conny!«

»Du bist ein Schatz. Ich hoffe, dein Präsidiumsmitglied weiß das zu würdigen.«

## SECHS
# Ganz die Tochter

Bei *Star Copies* warteten einige böse Überraschungen auf Conny: Im Hof stapelte sich das Altpapier, weil sich niemand zuständig gefühlt hatte, den Entsorger anzurufen, und sie musste Luke Skywalker vorübergehend stilllegen, weil er via Display verlangte, den Magenta-Toner nachzufüllen, aber im Lager fand sie nur noch Cyanblau, Yellow und Schwarz. Dazu kam, dass im Kühlschrank nur die extradicke Kondensmilch stand, dabei war bekannt, dass Conny ihren Kaffee nur mit fettarmer Milch trank. Zum Glück konnte ihr Jochen aushelfen, als Dankeschön, weil sie seinen *Nitza*-Salat gerettet hatte.

Am Nachmittag empfing Edgar zwei Männer in schlecht sitzenden Anzügen. Nach einer Weile zitierte er Conny in sein Büro. Das bedeutete im Allgemeinen Ärger. Die Männer saßen um seinen Schreibtisch herum, die Köpfe in Baupläne und Kalkulationen vertieft, und rauchten. Die Stimmung war angespannt, und Conny rechnete mit dem Schlimmsten. Aber dann musste sie bloß Kaffee machen.

»Drei Machiato«, orderte Edgar aus der dichten Rauchwolke heraus, und Conny verstand. Offenbar wollte er den Besuch mit ihrem fluffigen Milchschaum gefügig machen.

»Politiker oder Banker«, tippte Leslie, als Conny aus dem Büro kam.

»Ich glaube, Edgar hat vor, einen neuen Laden aufzumachen.« Sie rieb sich die Finger ihrer rechten Hand, in denen es manchmal verdächtig kribbelte, wenn sie ihr Gelenk zu sehr strapazierte, doch es war lange nicht so schlimm wie früher, als sie noch in der Kneipe geschuftet hatte.

»Wahrscheinlich muss er sich ablenken«, sagte Leslie und erzählte, dass Sylvia ihn verlassen hatte, weil er sich mehr um seine Geschäfte statt um sie gekümmert hatte.

»Der Arme«, sagte Conny, und Leslie sah sie an, als sei sie plötzlich schwachsinnig geworden.

»Darf ich den Klatsch der Damen kurz stören?«, fragte eine korpulente ältere Frau, die am Tresen stand und aufmerksam die Preislisten studierte.

»Mama!«, rief Conny. »Was machst du denn hier?«

Cordula Pyper zog eine Grimasse. »Ich wollte wissen, wo meine Tochter ihre Talente verschwendet.«

Sprachlos folgte Conny ihrer Mutter, die im Geschäft auf und ab schritt wie eine Inspektorin des Gewerbeamtes. Glücklicherweise konnte sie sich zurückhalten, mit dem Zeigefinger über die Ladentheke zu wischen. Vor Darth Vaders pappigem Alter Ego blieb sie stehen.

»Was ist das denn für ein Vogel?«

Conny zog eine theatralische Grimasse. »Ssscht! Du hast den schlimmsten Schuft der ganzen Galaxie vor dir«, sagte sie und machte die beiden miteinander bekannt.

»Was sollen all diese seltsamen Namen?«, erkundigte sich Cordula Pyper ungerührt und deutete auf Meister Yoda.

Conny erklärte es ihr. Es war ihrer Mutter anzusehen, dass sie nicht allzu viel von *Star Wars* hielt, und unversehens fand sich Conny in der Rolle von Edgars Verteidigerin wieder.

»Kopierer durchnummerieren kann jeder. Sagt mein Chef.«

»Nur er selber kann es offenbar nicht«, stänkerte ihre Mutter, und Leslie brach beinahe zusammen vor Lachen.

Doch Cordula Pyper verspürte offenbar nur wenig Lust, Edgars Geschäftsidee ausführlicher zu diskutieren, und so kam sie endlich auf den Anlass ihres Überraschungsbesuches zu sprechen.

»Ich muss mit dir reden.«

»Ich könnte schwören, dass wir das gerade tun.«

»In Ruhe, Cornelia.«

»Hast du meinen Roman mitgebracht?« Conny war immer noch sauer, dass ihre eigene Mutter sich am Manuskript des traurigen Schriftstellers vergriffen hatte.

»Ich warte nebenan auf dich.«

Jochens Restaurant war schon gut gefüllt, als Conny endlich Feierabend hatte. Die meisten Tische waren belegt, und selbst an der Bar gab es kaum noch einen freien Platz. Hauptsächlich Paare, junge und alte, solche, die angeregt miteinander schwatzten, und solche, denen schon vor Jahren der Gesprächsstoff ausgegangen war. Blassblauer Zigarettendunst lag in der Luft, und ein schmaler, rothaariger DJ mit überdimensional großen Kopfhörern legte alte Soul- und Funkplatten auf.

Conny fand ihre Mutter hinter einem Viertelliter Rotwein.

»Blatina«, erklärte sie ihrer Tochter, »den haben wir letztes Jahr in Dalmatien nur getrunken.« Conny fürchtete einen der berüchtigten Reiseberichte. Diavortrag ohne Dias, wie Conny sie heimlich nannte, aber heute verzichtete ihre Mutter auf landeskundliche Erläuterungen. Stattdessen zog sie einen dicken braunen Umschlag aus ihrer Tasche hervor und legte ihn auf den Tisch.

Jochen kam zu ihnen, um Conny freudestrahlend zu begrüßen. Dabei erkundigte er sich, ob es sich bei ihrer Begleitung um ihre Schwester handelte. Conny fragte sich, ob sie wirklich so alt aussah oder ob Jochen nicht nur an einer Rechtschreibschwäche litt, sondern schlicht und einfach blind war.

Cordula Pyper sah belustigt zu ihm auf. »Junger Mann, wollen Sie mich oder meine Tochter beleidigen?«

Um davon abzulenken, dass er knietief im Fettnapf stand, erzählte Jochen, dass Conny ihn und seine Speisekarte täglich vor größeren Dummheiten rettete, und ihre Mutter sagte: »Das hat sie von mir.«

Conny orderte kommentarlos einen Salat, ohne Schafskäse.

»Reizender Mann«, sagte ihre Mutter, als Jochen noch nicht ganz außer Hörweite war. »Kennst du ihn näher?«

»Er ist verheiratet, Mama.«

»Aber er sieht dich auf eine ziemlich unverheiratete Weise an.«

»Was sind es für Neuigkeiten, die du mir mitteilen wolltest?«

»Ich habe die Geschichte von Felix und seinen Freunden bis zum Ende gelesen ...«

»Das unterscheidet uns«, sagte Conny trocken.

»... und ich bin enttäuscht, Cornelia.«

Sie hätte es wissen müssen. Ihre Mutter und sie mochten wie Schwestern aussehen, aber sie waren grundverschieden, nicht zuletzt, was ihren Büchergeschmack anging. Wie konnte man den Posa-Roman für enttäuschend befinden? Conny war sicher nicht ganz unparteiisch, aber das Wort ›enttäuschend‹ passte hier genauso wenig wie Rosinen in Schokoladenmuffins.

Sie wollte nichts weiter hören und sagte: »Es hat dich ja niemand gezwungen.«

»Tut mir Leid, wenn ich mich für die Hobbys meiner Tochter interessiere.«

»Du hättest fragen können, Mama.«

»Möchtest du wissen, was ich dir zu sagen habe?« Cordula Pyper fuhr fort, ohne eine Antwort abzuwarten: »Ich bin enttäuscht, weil du mir nichts davon gesagt hast. Ich finde das Manuskript sehr gelungen.«

»Wirklich?« Conny staunte. Redeten sie von der gleichen Geschichte?

»Es ist unterhaltsam. Gut geschrieben.«

Conny erwiderte nichts. Sie wartete auf den Haken.

»Ich verstehe Felix und seine Besessenheit ganz gut. Dass er nach Echtheit strebt und Originalität«, fuhr ihre Mutter fort. »Aber diese Diskussion ist uralt. Von den über 30 Stücken, die

Shakespeare geschrieben hat, ist nicht eine Geschichte original von ihm, er hat immer existierende Stoffe verarbeitet. Auch *Hamlet* ist nur eine Adaption. Ein gelungenes Drama, aber letztendlich auch eine Art Coverversion.«

Ha! Natürlich ließ sich ihre Mutter die Gelegenheit zum Vortrag nicht nehmen. »Und sonst?«, fragte Conny ohne großes Interesse.

»Ich finde, Susanne ist ein bisschen stereotyp geraten. Warum hat sie Latzhosen an? So was tragen Lesben doch heutzutage gar nicht mehr!«

Conny fragte sich, wie viele Lesben ihre Mutter wohl kannte, um das beurteilen zu können. Ihre Laune verschlechterte sich minütlich. Sie rief nach Jochen und bestellte ein Glas Wein.

»Außerdem kommt das Ende ein wenig unvermittelt. Dass Felix im Wahn diesen jungen Mann umbringt ...«

»Mama, nicht das Ende verraten!« Es wurde immer schlimmer.

»Sei nicht albern, Cornelia!«

»So weit bin ich noch nicht.«

»Was soll das heißen? Du hast es doch geschrieben!«

Jetzt verstand Conny die Aufregung. »Der Roman ist nicht von mir.«

»Von wem ist er *denn*?« Es gelang ihrer Mutter nicht, eine gewisse Enttäuschung zu verbergen.

Jochen brachte das Essen, doch Conny war der Appetit vergangen. Sie stocherte lustlos in ihrem Salat herum.

»Von einem Freund. Ich habe ihn nur ... Korrektur gelesen«, log sie und wurde prompt rot.

»Aber du hast keine Fehler angestrichen.«

»Ich habe keine gefunden.«

»Ich schon.«

Conny hasste ihre Mutter dafür. Plötzlich war sie wieder fünf. Sie hatte etwas ausgefressen, verstrickte sich in Lügen, und ihre Mutter bohrte so lange, bis sich Klein-Conny endlich verriet.

»Kenne ich ihn, deinen ›Freund‹?«, wollte sie nun wissen, und an der Art, wie sie das Wort Freund betonte, wurde offensichtlich, dass sie ihrer Tochter nicht glaubte.

»Nein«, sagte Conny. Als würde ihre Mutter irgendeinen ihrer Freunde kennen!

»Sag deinem ›Freund‹, dass ich die Geschichte für hervorragend halte. Ich wünsche deinem ›Freund‹ viel Erfolg bei der Suche nach einem Verlag.«

Es war schon spät, als Conny heimfuhr. Der Ärger auf ihre Mutter war inzwischen verpufft. Es stimmte sie milde, dass sie den traurigen Schriftsteller gelobt hatte. In der S-Bahn packte sie seinen Roman aus und blätterte vor bis zum vierten Kapitel. Auf halbem Weg schrie sie vor Entsetzen laut auf. Sie hätte es wissen müssen. Ihre Mutter konnte es einfach nicht lassen: Jede Seite war voll mit Anmerkungen. Den Satz Aber das war in Bielefeld, und was gab es da sonst schon an Gelegenheiten, um mal eben bewußtlos zu werden hatte sie kommentiert mit: »Wann warst du denn jemals in Bielefeld?«

Und so ging es immer weiter. Überall waren Fehler angestrichen, wie in einer verdammten Klassenarbeit!

Als im September das zweite Album von Posa herauskam,
krachte es direkt auf Platz 2 der Charts. Der Titel *Das Leben* ?
*ist eine der spannenderen Veranstaltungen* war so sperrig,
daß er nicht in die Liste paßte, die in den Plattenläden hing. dass passte
Schon die erste Single *Schuhbidu* ging weg wie geschnitten
Brot, eine Reggaenummer über eine Frau mit ausgewachsenem Schuhtick, die ihren Freund vorm Geschäft anbindet, wo
er wie ein Hund vergessen wird und den Mond anheult. Das
Video lief damals auf Dauerrotation im Musikfernsehen, weil ?
dieses extrem schneckige Supermodel mitspielt. bitte?
Aus dem zweiten Album stammt auch die Ballade *Warum*
*kannst du kein Schwein sein?*, die später ausgekoppelt ?
wurde, und *An Alpha beten*, der einzige Posa-Song, den
Henning jemals gesungen hat. Seine sanfte Stimme paßte passte

einfach besser zum Text. Es war mir sofort aufgefallen, als Felix uns den Song zum ersten Mal vorspielte, und meinen Vorschlag fanden alle sofort megagut. Na ja, Felix war etwas weniger spontan.

Mit *Sabine Sabine* haben wir uns aber tierischen Ärger eingehandelt. Nicht nur wegen dem Text.

immer: des Textes

»Sabine Sabine, wo bist du?
Sabine Sabine, sag doch was, frag doch was
Sabine Sabine,
Warum tust du uns das jeden Sonntag an?
Sabine Sabine, rette uns
Sabine Sabine, vor dir«

Was Sabine aber richtig bockig machte: Wir hatten den Song mit einem funkigen Groove unterlegt, der wohl zu sehr an die Erkennungsmelodie ihrer Sendung erinnerte. Man traf sich vor Gericht, und jeder kriegte, was er brauchte: Die anderen Recht und Posa Publicity. Es kam damals sogar in den Abendnachrichten.

Wie wäre es mit «schmissigen Rhythmus»?

Nach dem zweiten Album konnten sich die Jungs ihr ruhiges Leben endgültig abschminken. Henning blieb nicht mal mehr Zeit, seiner Perle nachzutrauern, die ihn nach der ersten Tour verlassen hatte. Musikzeitschriften zerrten die Jungs auf das Titelbild, das sonst für überzüchtete Pop-Girlies oder schlecht rasierte Rocker abonniert war. Die Jungs spielten live in der einzig wahren deutschen Late-Night-Show. Das war cool, auch wenn der Moderator ihren Namen nicht kannte und sein mopsiger Freund aushelfen mußte.

musste

Allerdings ließen sich die Jungs nicht von jeder Pappnase vorführen. Die beiden öffentlich-rechtlichen Klatsch-Onkels, die von Haus aus Fußballkommentatoren waren und auch gerne im Strafraum ihrer Gäste wilderten, schickten zwar jede Woche einen Brief. Aber der mit der Brille war ihnen zu schmierig, der mit den Ohren zu schmusig. Auch der Metzger

wer

bekam einen Korb. Mounib und Konstantin wollten zwar sehr gerne auf seine fahrbare Couch, aber Felix meinte, das Publikum sei so stulle, daß es mit seinen Texten eh nichts anfangen könne.
So lehnten sie viele Interviews ab, weil sie sich selber nicht zu wichtig nahmen. Und sie bestraften die Medien dafür, wenn die es taten. Zum Beispiel bei der Homestory, die als Bonusfeature auf der zweiten Live-DVD erschienen ist: Bevor die Kameras kamen, tauschten die Jungs ihre Adressen und stolperten durch fremde Wohnungen. Die Reporter wunderten sich zwar, als sich unser Quoten-Türke grinsend mit den Platten verdienter Deutschrocker knipsen ließ. Aber selbst als Konstantin ins Schwitzen kam, weil er die Existenz eines islamischen Gebetbuchs auf seinem Nachttisch erklären mußte, schnallten sie es immer noch nicht.
Natürlich gingen wir auch wieder auf Tournee. Die Jungs hatten jetzt so viele Songs im Gepäck, daß es theoretisch immer für mehrere Zugaben reichte. Es hätte sich eh niemand mehr getraut, das Thema Coverversion anzusprechen. Die Jungs beteten Felix an. Sie wären mit nichts als einem Kotelett bekleidet im Tigerkäfig aufgetreten, wenn der Meister es von ihnen verlangt hätte.
Zum ersten Mal spielten die Jungs in Österreich (neuer Ohnmachtenrekord in Salzburg: 14!). Zwei Gigs hatten wir auch in der Schweiz, wo die Eltern von Felix wohnten. Doch sie kamen nicht zur Show. Er meinte hinterher, sie seien zu alt für Rockkonzerte, und angeblich machte es ihm nichts aus. Aber ich habe genau gesehen, wie er sie während des gesamten Auftritts im Publikum gesucht hat.
Es war die erste Tour unter der Regie des neuen Managers – und auch die einzige, aber das konnte damals ja niemand ahnen. Mona hieß jetzt Peter, und Peter hatte die Ausstrahlung eines Versicherungsvertreters. Dafür war er im gleichen Alter wie wir, und vor allem kannte er sich aus im Musikgeschäft: Er war bei einer Massenentlassungswelle unserer Plattenfir-

ma rausgeflogen, und die Band hatte ihn adoptiert, teils aus Mitleid, teils aus Not.

Zum erweiterten Anhang gehörte nun auch ein Koch, der dafür sorgte, daß wir eine warme Mahlzeit am Tag bekamen. Er achtete darauf, daß die Jungs ihre Kohlenhydrate nicht nur in flüssiger Form zu sich nahmen. Das galt vor allem für Konstantin, der sich oft schon lange vor dem Eintreffen am jeweiligen Venue das erste Pils gönnte. Im Bus sang er so lange »Der Kopf tut weh, die Füße stinken, höchste Zeit, ein Bier zu trinken«, bis ich an der nächsten Tanke rausfuhr.

*Wo hast du denn das her, Cornelia?*

Außerdem waren neuerdings auch Background-Sängerinnen und zwei Verkäuferinnen für den Merchandising-Stand mit an Bord. Um die beiden sollte ich mich kümmern, wenn Peter nicht da war (meistens also), und ich hatte festgestellt, daß eine von beiden besonders schau war: Sie hatte Augen in einem Grün, das meilenweit leuchtete. Um sie wollte ich mich besonders gut kümmern.

*schlau?*

Aber nicht nur die Familie war größer geworden. Auch die Hallen, die Posa jetzt rockte, waren mitgewachsen – auch hinter der Bühne, wo man sich nicht mehr vorkam wie Tierschutzaktivisten in einem Hühnerkäfig, die im Selbstversuch auf die unmenschliche Unterbringung von Legehennen aufmerksam machten.

*in denen*

Außerdem gab es bei einigen Konzerten ein Vorprogramm. Das besorgte meistens eine Ska-Kapelle aus Rostock, die wir bei einem Open-Air-Festival im Sommer kennengelernt hatten. Felix brachte 1000 Skarat als Vorgruppe ins Gespräch, weil er scharf war auf die Sängerin (was er natürlich nicht zugeben wollte). Alice war Puertoricanerin und schüttelte bei ihren Auftritten so unverschämt ihre Hüften, daß uns allen ganz schwindelig wurde. Also hatten die Herren Popstars nichts gegen ein bißchen Arschwackeln beim Vorspiel einzuwenden.

*Meinst du vielleicht Skat?*

Es war richtig rührend, wie die Posa-Jungs väterliche Gefühle für die Nachwuchsband entwickelten. Sie beobachteten an den jungen Kollegen Anfängerfehler, die sie selber gemacht hatten. Sie gaben ihnen Tipps im Umgang mit kontrollsüchtigen Plattenfirmen und unverschämten Veranstaltern. Wenn sie gemeinsam auftraten, teilten sie auch ihren Koch und ihre Kohlenhydrate mit 1000 Skarat, und es dauerte nicht lange, bis ein Posa-Mitglied mit Alice neben dem Tisch auch noch das Bett teilte: mein Freund, der stille, zurückhaltende Henning.

Mit der Liebe unter Konzertreisenden war es so eine Sache. Niemand schläft im kalten, grauen Winter gern allein. Konstantin war manchmal so schräg drauf, daß er sogar mich anbaggerte. Einmal versuchte er nachts, in meine Koje zu kommen.

»Vergiß es!« fuhr ich ihn an.

»Bin ich dir zu dick?« fragte er. »Ich kann abnehmen.«

»Glaub mir: An der Stelle, wo es drauf ankäme, willst du nicht abnehmen.«

Wenn es aber zwei erwischt hatte, ging der Streß erst richtig los. Unterschiedliche Tourpläne rissen Henning und Alice immer wieder auseinander. Manchmal konnten sie bei zwei Konzerten in Folge backstage knutschen, dann wieder sahen sie sich zwei lange Wochen gar nicht. Während der eine in Flensburg in die Saiten griff, stand die andere in Füssen und sang arschwackelnd »I love you« vor lauter falschen Leuten. Die einzigen, die sich dann die Hände rieben, waren ihre Mobilfunkanbieter. Das ständige Gepiepe von ein- und ausgehenden SMS wiederum nervte vor allem diejenigen, die mit dem Verliebtsein gerade nicht an der Reihe waren. So wuchsen mit dem Erfolg und den Hallen auch die Spannungen innerhalb der Band.

Felix ließ sich zuerst nichts anmerken. Schließlich waren wir bei der vorigen Tour auch gnädig mit Mounib gewesen, und der und seine Schickse hatten sich in diesem Jahr schon deutlich weniger zu sagen. Wahrscheinlich wollte Felix nicht als schlechter Verlierer dastehen.

Aber dann spielten wir in Hannover. Es war ein durchschnittliches Konzert. Nicht Grammy-verdächtig, aber auch nicht besonders schlecht. Die Sanis fischten immerhin neun ohnmächtige Hühner aus der Menge. So schlimm kann es also nicht gewesen sein. Aber dann hörte ich zufällig, wie Felix beim Abbau mit Konstantin flüsterte.

»Henning patzt in letzter Zeit immer öfter, er ist so unkonzentriert. Ist dir das nicht aufgefallen? Ich werde das Gefühl nicht los, das geht schon so, seit diese Alice aufgetaucht ist.«

Konstantin war schon total drüber und lallte etwas, das ich nicht verstand. Ich lief in die Garderobe, wo ich auf Henning stieß, der gerade aus der Dusche kam. Ich erzählte ihm, was ich gehört hatte, und er rastete völlig aus. Er hatte seine Freundin seit einer Woche nicht gesehen und wartete schon den ganzen Tag auf eine Nachricht.

Danach ging ich zum Merchandising-Stand, um mich um die Frau mit den sensationellen Augen zu kümmern. Sie hieß Daniela, wie ich inzwischen wußte.

Die Sache mit Felix hätte ich völlig vergessen, aber ein paar Minuten später kam ich aus der Halle, um Daniela einen neuen Karton mit Tour-T-Shirts aus dem Nightliner zu holen, da stand er mit Henning vorm Bus.

»Aber du mußt an deinem Spiel arbeiten!« rief er.

Sein Atem war in der kalten Nachtluft zu sehen. Während des Konzertes hatte es heftig geschneit, der erste Schnee in diesem Winter, und der Parkplatz leuchtete unwirklich.

»Und wenn nicht, was willst du dann machen?« brauste Henning auf. »Mich aus der Band werfen, so wie du es geschafft hast, meine Tante loszuwerden?«

Keiner von beiden schien zu bemerken, wie ich an ihnen vorbeilief und im Bus verschwand. Von drinnen hörte ich ihre Stimmen lauter werden.

»Langsam, langsam! Wir waren uns alle einig, daß Mona von dem Job als Managerin überfordert war. Das hat sie selber zugegeben.«

»Ja, nachdem du sie vor versammelter Mannschaft zur Rede gestellt hast.«
»Es geht doch hier gar nicht um Mona.«
»Nein, es geht aber offensichtlich auch nicht darum, wie gut oder schlecht ich Baß spiele.«
»Was soll das heißen?«
Ich hatte den Karton mit den T-Shirts inzwischen gefunden, zögerte aber noch, den Bus wieder zu verlassen.
»Du bist eifersüchtig!« brüllte Henning.
»Auf wen?« Felix stellte sich ahnungslos.
»Auf Alice!«
»Warum sollte ich eifersüchtig sein auf eine Frau, die nie da ist?«
Diese kleine Pißnelke!
Ich hörte, wie von draußen etwas gegen den Nightliner schlug. Dann folgten ein Schrei und dumpfe Geräusche, wie von Fausthieben. Als ich aus dem Bus stürzte, lag Felix rücklings in einem Schneehaufen. Henning, der etwas kleiner war, kniete auf seinem Oberkörper und kloppte ihn zu Brei.
»Seid ihr bescheuert?« schrie ich. Dann umklammerte ich Henning fest von hinten und zog ihn von Felix weg. »Die Leute am Merchandising-Stand kommen nicht mehr klar, weil denen alles weggekauft wird, wo eure blöden ~~Fressen~~ drauf (Gesichter) sind, und ihr habt nichts Besseres zu tun, als euch zu verdreschen?«
Felix spuckte Blut in den Schnee und funkelte mich feindselig an, als hätte ich ihn vermöbelt.
»Warum sucht ihr euch nicht eine Lichtung im Wald, wo ihr euch im Mondschein duellieren könnt«, schlug ich vor. »Das hat dann wenigstens Stil.«
Ihre Gesichter waren knallrot. Keiner traute sich, den anderen anzusehen. Felix war verletzt, er blutete am rechten Auge. Seine Mütze lag im Schnee.
Ich verschwand mit einem satten Rülpser, in den ich eine Extraportion Verachtung packte, in der Halle. An der Tür stieß ich

auf die anderen Jungs, die erschrocken zusammenzuckten. Offenbar hatten die Memmen gelauscht. Als Mounib fragte, was los sei, klopften sich Felix und Henning den Schnee von den Hosen und antworteten im Chor: »Nichts.«
Und weil nichts war, hatten die zwei auch keine Lust mehr, mit uns auf die Piste zu gehen.

Conny war inzwischen mit erhöhtem Puls heimgekommen und las stehend im Hausflur. Die Lampe über ihrer Tür ging immer wieder aus, und Conny lehnte sich an den Schalter, um schnell wieder Licht zu machen können. Sie suchte blind nach dem Schlüssel, während ihre Augen wie magisch von den letzten Seiten angezogen wurden: Sie mochte die Geschichte des traurigen Schriftstellers, mochte sie mehr, als sie sich jemals hätte träumen lassen, und die Tatsache, dass sie die Erste war – mal von ihrer Mutter abgesehen –, die seinen Roman las, machte sie glücklich.

Endlich fand Conny ihren Schlüssel, und sie öffnete die Tür. Sie nahm Susanne und die Jungs mit ins Schlafzimmer und hätte gerne noch weiter gelesen, aber es war nichts zu machen: Kaum lag sie im Bett, wurde sie furchtbar müde. Gähnend ließ sie das Manuskript ihres Schriftstellers auf das benachbarte Kopfkissen sinken und schlief ein. Im ihrem Kopf spukten Andeutungen von Susanne, dass ein großer Fernsehauftritt bevorstand, bei dem neuer Ärger drohte.

# SIEBEN
# Endspurt

Am nächsten Morgen verließ Conny ihre Waage ebenso glücklich, wie sie sie betreten hatte: Über Nacht hatte sie auf wundersame Weise Gewicht verloren, und der Zeiger machte erstmals seit langem wieder unterhalb der Klebeband-Markierung Halt. Zur Feier des Tages kaufte sie am S-Bahnhof eine Tafel Zartbitterschokolade. Es war die einzige Sorte, die sie nicht mochte, aber Zartbitter hatte kaum Kalorien, und Conny schwor sich, sie werde sich an den Geschmack schon gewöhnen.

»Was ist denn mit dir passiert?«, fragte Edgar, als er gegen Mittag ins Geschäft kam.

Conny freute sich über das, wie sie annahm, versteckte Lob für ihre verlorenen Pfunde und behauptete, sie teste eine neue Diät.

Edgar musterte sie von oben bis unten, dann sagte er: »Nein, das ist es nicht.«

Enttäuscht lief Conny ins Büro, um die Kaffeemaschine zu befragen, aber die hatte nur das alte Conny-Gesicht auf Lager, das sie schon kannte. Edgar folgte ihr.

»Übrigens, Piepchen, warst du schon mal in einem Waschsalon?«

»Ist deine Waschmaschine kaputt?«, fragte Conny, denn das hätte erklärt, warum er seit drei Tagen das gleiche Oberhemd trug.

Edgar rollte mit den Augen. »Warst du oder warst du nicht?«

»Ich habe eine Maschine zu Hause, Edgar.«

»Und wenn du *keine* hättest, *würdest* du in einen Waschsalon gehen?« Edgar machte eine erklärende Bewegung mit zwei Fingern, als hätte er es mit einer Schwachsinnigen zu tun.

Conny schüttelte den Kopf.

»Und wenn du noch nebenbei im Internet surfen könntest?«

Sie verstand nicht, was das eine mit dem anderen zu tun haben sollte. »Ich würde lieber ein Buch mitnehmen und lesen.«

Es war Edgar anzusehen, dass dies nicht die Antwort war, die er sich erhofft hatte, und so schickte er seine Geschäftsführerin ungeduldig fort. Conny und ihr Spiegelbild in der Kaffeemaschine tauschten einen ratlosen Blick aus, dann verschwanden sie wieder. Seit Edgar von dieser Sylvia verlassen worden war, verhielt er sich sonderbar.

Als Jochen später zum Kopieren seiner Abendkarte kam, glaubte auch er, eine Veränderung an Conny wahrzunehmen. Während sie sich seines *Brokohli*gratins und des Geflügel*raguhs* annahm, spürte sie, wie er sie die ganze Zeit anstarrte. Es machte sie nervös.

»Also irgendwas ist heute anders mit dir.«

Conny versuchte nochmal, ihre verlorenen Pfunde anzubringen, und Jochen nahm die Erklärung wohlwollender auf, auch wenn er nicht restlos überzeugt schien.

»Ich finde nicht, dass du abnehmen musst.«

Sie lächelte dankbar.

Dann senkte Jochen seine Stimme. »Wir wollten doch mal zusammen ausgehen.«

Conny zog es vor, das Thema nicht weiter zu vertiefen, weil ihr Chef um sie herumstrich. Auch Jochen befragte er nach seinen Waschsalon-Erfahrungen, doch der erklärte, dass seine

Frau ihm nach wie vor die Wäsche machte, und Edgar gab entnervt auf.

Conny nutzte die Gelegenheit, sich zurückzuziehen, bevor die beiden Männer auf die Idee kamen, ihre geheimnisvolle Verwandlung in ihrem Beisein zu erörtern.

»Sieh mich mal an!«, bat sie ihre Freundin.

»Und?« Leslie zuckte mit den Schultern.

»Hab ich einen Toast auf dem Kopf? Oder Marmelade im Gesicht?«

»Ich weiß nicht, was du meinst.«

»Danke! Das ist genau das, was ich hören wollte«, freute sich Conny.

Doch als am Nachmittag der Freitagsstudent seinen Dienst antrat, musste erneut Connys Äußeres diskutiert werden. Die Unterarme des jungen Mannes waren komplett zutätowiert, und Edgar hatte ihm das Tragen kurzärmeliger Hemden bei der Arbeit verboten, woran sich der Freitagsstudent freilich nur im Winter hielt. Auf dem Kopf trug er etwas, das in der langen Geschichte der Frisuren ohne Vorbild war.

»Hey, hast du die Haare anders? Sieht gut aus!«, begrüßte er Conny.

Die bedankte sich artig. Wenn sich ein Blinder zu ihrem Äußeren äußerte, musste sie sich nicht aus der Ruhe bringen lassen. Sie schickte den Freitagsstudenten ins Lager, verschiedene Prospekte wollten ausgeliefert sein, doch als er am Abend von seiner Tour zurückkam, hatte er es.

»Jetzt hab ich es!«, sagte er und strahlte sie triumphierend an.

Conny tat ihm den Gefallen und erkundigte sich höflich nach seiner Entdeckung.

»Ich weiß jetzt, was es ist«, sagte er. »Es sind nicht die Haare. Du bist verliebt!«

»Quatsch!« Conny wurde es zu bunt, und so schloss sie sich mit dem Manuskript des traurigen Schriftstellers auf dem Klo ein.

Die Sendung fand nach zwei Offdays zu Hause in Berlin statt, und so hatte jeder die Gelegenheit genutzt, mal wieder in die eigene Matratze zu furzen. Peter und ich sammelten die Jungs am Samstagnachmittag mit dem Bus ein. Doch als wir zur verabredeten Zeit bei Konstantin klingelten, öffnete niemand die Tür.

Daß er den Auftritt verpennt haben sollte, war ausgeschlossen, undenkbar; ich meine, ich kenne niemanden, der den Mist guckt, aber angeblich ist es immer noch die erfolgreichste Show in ganz Europa. So was vergißt man nicht!

Wir versuchten, Konstantin übers Handy zu erreichen. Nichts. Als jemand das Haus verließ, stürmten wir hinein und veranstalteten einen Trommelwirbel an der Wohnungstür, aber unser Drummer blieb verschwunden. Nach einer halben Stunde begann Peter zu drängeln, wir müßten notfalls einen Leihtrommler für den Abend chartern, doch davon wollten wir nichts wissen.

Endlich öffnete sich die Tür.

»Was'n los?« gähnte Konstantin, und wer sich nicht vorstellen kann, daß jemand binnen 48 Stunden verwahrlosen kann, dem lieferte unser Schlagzeuger einen sensationellen Gegenbeweis. Seine wenigen Haare standen ihm fettig glänzend vom Kopf, und er stank aus jeder Pore wie ein angestochenes Bierfaß. Als er uns erkannte, fing er an zu heulen und wollte allen um den Hals fallen. Aber Felix und Henning zerrten ihn kurzerhand unter die Dusche, wo sie feststellen mußten, daß Konstantin zu allem Überfluß auch noch in seine Lieblingsshorts gekackt hatte ...

Nach einer halben Stunde und zwei Pötten Kaffee war er endlich transportfähig. Auf der kurzen Fahrt leerte Konstantin fast zwei Flaschen Wasser. Im Bus sprach niemand ein Wort; nicht einmal ein fetter Rülpser, den ich in das Schweigen knallte, konnte die Stimmung herumreißen.

In der Halle angekommen, schaffte es Konstantin schon, die Garderobe ohne fremde Hilfe zu erreichen. Als die Aufnahmeleiterin kam, um mit den Jungs den Ablauf des Abends durchzusprechen, verkauften wir ihr sein Zittern als Anzeichen von gesteigertem Lampenfieber. Seine dunkel unterlaufenen Augen waren hinter einer Sonnenbrille versteckt. Zur Sicherheit hatte ihm Peter Redeverbot erteilt, und auch das Ausatmen sollte er sich möglichst verkneifen. Die Vorsichtsmaßnahmen waren allerdings überflüssig. Denn die Aufnahmeleiterin hatte nur Augen für Mounib, der ohne falsche Bescheidenheit zurückstarrte – zum Wohle der Band, versteht sich.

Den Soundcheck brachten sie problemlos über die Bühne, und abgesehen davon, daß Konstantin vor Aufregung zwei Paar Drumsticks zerkloppte, ließ er sich nichts anmerken; da Ausdruck
es schon spät war und der Mob in die Halle gelassen werden sollte, blieb den Jungs keine Zeit mehr, ihren Song komplett durchzuproben; die Kamerafahrten sollten eben in der Show improvisiert werden.

Der Posa-Auftritt war für 21 Uhr 35 vorgesehen, und im Laufe des Abends besserte sich Konstantins Zustand. Um kurz vor halb zehn klopfte die Aufnahmeleiterin an die Garderobentür, um Mounib (wir anderen schienen für sie schon nicht mehr zu existieren) mitzuteilen, daß sich der Ablauf des Abends um eine halbe Stunde verzögerte. Peter verließ die Garderobe, um eine zu rauchen. Konstantin begann wieder zu zittern. Wie ein aufgeschrecktes Huhn lief er in der Garderobe auf und ab. Als wir ihn aufforderten, sich endlich wieder hinzusetzen, druckste er erst mal herum, doch dann rückte er raus mit der Sprache.

»Ich weiß, Leute, ich hab Mist gebaut. Mann, ich hab euch so vermißt, unsere Auftritte und die Zeit im Bus, Susannes Gute-Nacht-Rülpser und wenn Mounib im Schlaf wieder Trompeten zersägt.«

Mounib, der sich gerade zum zweiten Mal die Lippen eincremte, zeigte ihm den Mittelfinger. Henning sah nervös zu Felix. Der saß auf einer Bierkiste, wie um zu verhindern, daß jemand auch nur einen einzigen Tropfen Alkohol anrührte.

Ein Blinder konnte sehen, daß es schon den ganzen Nachmittag in ihm brodelte und kochte.

»Ehrlich!« fuhr Konstantin fort, »und ich krieg einen Anfall, wenn ich daran denke, was passiert, wenn die Tour vorbei ist.«

»Könnten wir da vielleicht nach dem Auftritt drüber ...«, begann Felix.

»Es gibt keinen Auftritt«, unterbrach ihn Konstantin mit Pipi in den Augen. »Ich hab noch nie ohne meine Shorts gespielt. Ich bring das

Ein brutales Klopfen brachte Conny in die Wirklichkeit zurück, und sie schreckte zusammen.

»Bist du da immer noch drin?«, rief der Freitagsstudent durch die Toilettentür.

»Musst du mal?«, rief Conny zurück.

»Nein. Aber du hast Feierabend.«

»Danke für den Hinweis.« Conny wollte zurück in die Posa-Garderobe, doch sie hatte den Freitagsstudenten noch nicht weggehen hören.

»Spionierst du etwa durchs Schlüsselloch?«

»Äh … nein … Was machst du da?«

Conny seufzte. »Ich vergnüge mich hier mit ein paar Jungs.«

»Also dann, bis nächste Woche!«

Endlich.

Felix sprang von seiner Bierkiste auf. Ich dachte, gleich knallt er ihm eine vor den Bug. Konstantin duckte sich. Doch Felix griff hinter sich und zog eine Flasche aus dem Kasten.

Wie passend »Offenbar ist es das, was du brauchst, nicht deine scheiß Hosen!«

Konstantin schüttelte den Kopf.

Felix ließ sich von Henning ein Feuerzeug geben und öffnete damit die Flasche, die er Konstantin in die Hand drückte. »Trink!«

Der Auftritt der Jungs lief dann doch noch glatt. Konstantin trommelte, als ging es um sein Leben. Mit ihrem Song, der normalerweise vier Minuten dauert, waren sie schon nach dreieinhalb durch. Ohnmachten: Fehlanzeige. Dafür hielten kreischende Mädchen im Publikum Plakate hoch, auf denen sie Henning und Felix Heiratsanträge machten. »Mounib, ich will ein Kind von dir!« hatte eine Frau auf ein Bettlaken gepinselt.

Nach ihrem Auftritt durfte die Band endlich aufs Sofa. Der Oscar-Preisträger, der als erster Gast begrüßt worden war, hatte sich längst wieder verabschiedet. Geblieben war ein Sportreporter, der bei der Fußball-WM sein 1000. Spiel für den Sender kommentiert hatte, und zwei Comedians, die seit kurzem eine ziemlich angesagte Show auf dem Sender hatten. Dann war da noch diese attraktive Schauspielerin um die 50. Sie war zum 37. Mal in der Show zu Gast und beklagte sich wie immer, daß man sie auf Rollen attraktiver Frauen um die 50 festlegte, wies aber sehr charmant darauf hin, daß der Sender am nächsten Tag einen neuen Film zeigte, in dem sie wieder eine attraktive Frau um die 50 spielen durfte.

Nach einem Verlegenheitsinterview ging es ans Wetten. Ein österreichischer DJ behauptete, jeden Hit der letzten 30 Jahre allein am digitalen Ausschlag des Intros in seinem Mischpult erkennen zu können. Der Loser scheiterte an Rick Astleys »Never gonna give you up«, das er für einen Song der Rolling Stones hielt. Damit war die Band aus dem Schneider, die gegen den Ösi gewettet hatte. Der Moderator hatte nämlich angedroht, mit den Jungs am Ende der Sendung den Abspann zu singen.

Nach der Show hielt Peter ihnen in der Garderobe eine Standpauke, gegen die das Duett mit dem Moderator das reinste Picknick gewesen wäre. Er beschränkte sich nicht auf Konstantins Ausfall am Nachmittag, auch die Schlägerei zwischen Felix und Henning kam auf den Tisch. Es fragte niemand, wie Peter davon erfahren hatte, und ich dachte nicht daran, es ihnen auf die Nase zu binden.

»Es interessiert mich überhaupt nicht, was ihr für Probleme habt. Ich bin nicht euer Kindermädchen! Aber wenn ihr zwischendurch einen freien Tag braucht, kann ich das regeln. Schwere Grippe. Arm ab. Oma überfahren. So ein Konzert kann man am Ende der Tour nachholen. Ihr seid im Moment der absolut heiße Scheiß, die Mädels haben überhaupt nicht mehr aufgehört zu kreischen. Das gab's seit Take That nicht mehr. Also tut mir den Gefallen ... tut euch den Gefallen und macht euch nicht alles kaputt.«

Soll das ein Kompliment sein?

Als Peter fertig war, fühlte sich niemand mehr wie der heiße Scheiß. Posa – das waren vier kleine Rotzlöffel, die Bockmist gebaut hatten. Mounib war clever genug, nicht zu fragen, was er eigentlich verbrochen hatte. Die vier machten Gesichter, als erwarteten sie, ohne Nachtisch ins Bett geschickt zu werden. Doch Peter verdammte sie dazu, sich auf der Aftershowparty zu vergnügen und den Journalisten in den Arsch zu kriechen. Mir verbot er, sie vor 1 Uhr früh in den Bus zu lassen. Dann verschwand er, ohne sich zu verabschieden.

Als ich die Herren Popstars später zu dritt nach Hause fuhr (Mounib hatte noch etwas mit der Aufnahmeleiterin zu erledigen), fragte Konstantin, ob er bei einem von uns übernachten dürfte. Er fürchtete sich davor, alleine zu sein. Das Bier, das Felix ihm vor dem Auftritt aufdrängen wollte, hatte er abgelehnt und seitdem keinen Tropfen Alkohol mehr getrunken. Derselbe Felix bot ihm nun seine Couch an.

Conny verschlang Seite um Seite. Als das Kapitel zu Ende war, musste sie sich regelrecht zwingen, nach Hause zu gehen. In der S-Bahn holte sie die Geschichte wieder hervor und versank so tief darin, dass sie nicht bemerkte, dass sie längst an der Schönhauser Allee vorbeigefahren war. Erst als ihr ein fieser Dönergeruch in die Nase zog, weil ihr neuer Sitznachbar sein Abendessen verzehrte, sah sie kurz auf. Hinter dem Fenster entdeckte sie dampfende Fabrikschornsteine und Industriespeicher von beeindruckender Größe und schlichter Schönheit. Vor einem Gebäude, auf dem in gelben Buchstaben der Name *Behala Westhafen* zu lesen war, arbeitete in grellem Neonlicht ein Kran, der wie ein überdimensionales Insekt wirkte, das auf seinen Hinterbeinen stand.

Conny überlegte kurz, auszusteigen und zurückzufahren, aber dann fiel ihr ein, dass sie in der Ringbahn saß, die die Berliner Innenbezirke in einem großen Bogen umfuhr, und bevor sie in der Kälte auf die nächste Bahn wartete, würde sie einfach bleiben, wo sie war, und lesen, bis sie wieder ihre Haltestelle erreichte.

Als sie endlich nach Hause kam, blieben ihr nur noch etwa 40 Seiten. Heute Abend würde sie das Ende der Geschichte erfahren, und niemand konnte sie davon abhalten! Vorher aber musste sie essen. Sie kochte einen großen Topf Nudeln, dazu rührte sie eine Käsesahnesauce mit frischem Knoblauch an – ein Privileg, das sie an ihrem Solo-Dasein schätzte, und Conny genoss ihren schlechten Single-Atem immer sehr, weil ihr früherer Freund eine solche Abneigung gegen Knoblauch hatte, dass er damit sogar Vampire in den Schatten stellte.

Nachdem sie fertig war, schaltete sie ihr Handy lautlos, stöpselte das Telefon aus und ging mit ihrem Abendessen ins Wohnzimmer. Dort stieg sie feierlich wieder in den Roman des traurigen Schriftstellers ein, wo sich auf den letzten Seiten die Ereignisse überstürzten. Nach dem Fernsehauftritt zogen die Plattenverkäufe sensationell an.

»Warum gehen wir nicht heute Nacht in das teuerste Hotel am Platz und feiern bis zum Augenstillstand?«, schlug Felix vor, und die Band und ihr Anhang folgten. Auch Conny schloss sich an, mit einem Glas Rotwein, das sie sich nach dem Essen genehmigte. Doch die Party entwickelte sich zu einem Fiasko. Statt im Freudentaumel gipfelte die Handlung in einer hässlichen Szene, in deren Verlauf ein Hotelzimmer in Brand geriet und ein Unschuldiger ums Leben kam. Der

Roman endete jäh mit einem lauten Knall, und alles war aus! Vor Schreck musste Conny aufstoßen, und sie fand sich unfreiwillig in einer Wolke ihres privilegierten, knoblauchgeschwängerten Single-Atems wieder, die sie mit der Hand zu verscheuchen versuchte.

Dabei starrte sie entsetzt in die rechte untere Ecke des Manuskripts. Seite 232. Das konnte unmöglich das Ende sein! Da fehlte etwas, das spürte sie!

Conny sah in dem Umschlag nach, in dem ihre Mutter ihr das Diebesgut ausgehändigt hatte. Nichts.

Es war beinahe Mitternacht, aber es half nichts: Sie musste Leslie anrufen. Ihre Frage duldete keinen Aufschub.

»Wie viele Seiten hat dein Manuskript?«

»Können wir das morgen klären? Dicki ist gerade hier …«

»Es ist wichtig!«

Leslie legte den Hörer neben das Telefon und sagte etwas zu Dicki. Der reagierte in einem Tonfall, der nicht gerade Entzücken offenbarte. Conny wollte sich lieber nicht vorstellen, wobei sie die zwei gestört hatte. Dann kehrte Leslie zurück.

»232«, sagte sie.

»Was sind die letzten Worte?«

»Hier steht was von einem Fernseher.«

»*Der Fernseher war schneller als er*?«

»Warum fragst du mich, wenn du es weißt?«

»Du hast ihm ein unvollständiges Manuskript geklaut!«, brauste Conny auf.

»Es ist nicht geklaut!«, erwiderte Leslie beleidigt.

»Aber es ist nicht fertig!«

»Dann ist doch alles gut!«

Conny versuchte sich zu beherrschen. »Was ist daran gut, Leslie?«

»Wenn es nicht fertig ist, besteht die Chance, dass dein depressiver Dichter irgendwann wieder kommt und uns den Rest bringt.«

# ACHT
# Warten

Seit Conny bei *Star Copies* arbeitete, brauchte sie keinen Kalender mehr. Viele jahreszeitlich bedingte Massenbewegungen schlugen sich in ihrem kleinen Mikrokosmos im Verhalten der Kunden nieder. Etwa im Mai, wenn fleißig geheiratet wurde, dann brachten die Leute ihre Hochzeitszeitungen, um sie drucken und binden zu lassen. Die Phase der Großaufträge für Abi-T-Shirts war dann schon fast vergessen und der Anblick der jungen glücklichen Absolventen gab Conny jedes Mal einen Stich, und sie legte ihren Urlaub immer so, dass ihr das möglichst erspart blieb.

Als ihr nun »weiße Flecken« an einem Kopierer gemeldet wurden, wusste Conny, dass der Winter bald vorüber war: Diese Art Verschmutzung kam nicht häufig vor, aber wenn, dann war es ein Zeichen dafür, dass es wieder Zeugnisse gegeben hatte. Schüler, Jungs zumeist, motzten sich hier im Laden ihre Noten auf, um die anschließende Konfrontation mit den Eltern heil zu überstehen.

Die empörte Kundin kam mit einem Kochbuch und einem Stapel Kopien an die Kasse und breitete ihre Rezepte auf dem ganzen Tresen aus. Auf jeder ihrer Kopien befand sich eine weiße Stelle, immer auf exakt gleicher Höhe, in der unteren Hälfte, leicht links von der Mitte, sodass man nicht genau wissen konnte, wie viel Gänseleber für die Füllung des *Huhn Albuféra* benötigt wurde.

»Sehen Sie nur, was für eine Schweinerei!« Die Hobbyköchin breitete immer mehr verdorbene Rezepte auf dem Tresen aus: *Kastanien-Hasen-Ragout, Burgunder Hammel-Carré, Kartoffeln Alphonso* und *Grenobler Forelle*. Conny bekam Hunger.

»Das bezahle ich nicht!«, schimpfte die Frau. Andere Kunden waren aufmerksam geworden und starrten Conny an, als habe sie persönlich die Sauerei auf R2-D2s Abdeckplatte veranstaltet.

»Natürlich nicht.« Conny bot der Frau an, auf Padmé Amidala auszuweichen, und ging den Tatort untersuchen. Ein weißer Klecks, groß wie ein Daumennagel, prangte auf der Glasplatte. Conny stand jedes Mal staunend vor den angetrockneten Tipp-Ex-Ergüssen, wobei sie nicht genau wusste, worüber sie sich mehr wundern sollte: über den Mut der Jungs, in der Öffentlichkeit Urkunden zu fälschen, oder darüber, dass man es immer erst hinterher bemerkte, wenn die Flecken schon angetrocknet und die Jungs über alle Berge waren und sich beim Verzehr des *Entrecôte vert-pré* herausstellte, dass es zäh war, weil man es 20 statt zehn Minuten gegrillt hatte.

Einmal wäre Conny vor Rührung fast geplatzt, als eine Schirmmütze mit Knirps drunter, kaum älter als zehn, mit seinem Zeugnis vor sie hin trat und um ihre Komplizenschaft warb, indem er sich nach Tipps erkundigte, wie sich so ein Dokument am besten frisieren ließe, ohne dass man es herausfand. Der Kleine hatte es ihr angetan, weil sie die Vier in Sport entdeckte, die zwischen all den Einsern und Zweiern tatsächlich ein wenig fehlplaziert wirkte, aber kein erkennbarer Beinbruch war.

»Ich kann dir leider nicht helfen«, sagte Conny. Dann nahm sie eine Flasche Tipp-Ex aus der Schublade, stellte sie gut sichtbar vorne auf die Theke und begann sehr konzentriert, hier und da Papierschubladen nachzufüllen. Nachdem sie damit fertig war, war der Kleine weg und sie entfernte von Leias Glasplatte die Reste des Tipp-Ex, das schon langsam antrocknete. Erst als sie Feierabend machen wollte, fand sie neben der

Kasse das 20-Cent-Stück. Der Kleine hatte sich nie mehr blicken lassen. Wie viele Jahre waren seitdem vergangen! So viel Zeit, in der sie selber einen kleinen Schirmmützenträger hätte produzieren können.

Geräuschlos ging der Februar ins Land. Mittlerweile hatte auch Leslie die Geschichte vom Aufstieg und vom Fall der Band Posa ausgelesen und für gut befunden, auch wenn sie sich Connys Meinung nicht anschließen wollte, dass der Satz Der Fernseher war schneller als er unmöglich der letzte sein konnte.

Aber Conny gab die Hoffnung nicht auf. Eines Tages würde der Schriftsteller kommen und das fällige letzte Kapitel abliefern. Sie *musste* wissen, wie es nach der Party im Hotel weiterging. Es war eine Sache, das Lesen eines Buches mittendrin abzubrechen, weil man es nicht mochte – da konnte sie gnadenlos sein. Aber bei dieser Geschichte war es anders. Sie *liebte* sie, und das hätte sie ihrem neuen Lieblingsautor bei Gelegenheit gerne mitgeteilt. Was wiederum völlig unmöglich war. Denn sie durfte seinen Roman offiziell ja gar nicht kennen, lesen, mögen.

Es wurde Frühling, leider nur auf dem Papier, und im April erhörte Conny Jochens Bitten und ging zwei-, dreimal mit ihm aus. Er führte sie in die Kneipen, wo er schon mit seiner Frau gewesen war. Sie hörte sich Schauergeschichten über sie an und heiterte ihn anschließend mit Anekdoten über ihren Exfreund auf. Sie kannte das schon: Man begehrte sie als Seelsorgerin und Komikerin, vielleicht noch als Korrekturleserin, aber als Frau? Bislang hatten die beiden auch nur wie zwei Teenager in Jochens Auto herumgeknutscht. Für mehr war Conny noch nicht bereit, hatte sie ihm erklärt, und sein Gesicht war in der unteren Hälfte ganz feierlich geworden.

»Ich kann warten«, hatte er gesagt.

*Das wirst du auch müssen*, hatte Conny gedacht.

Dann kam die Zeit des kollektiven Heiratens und der dazugehörigen Zeitungen, doch Conny verspürte in diesem Jahr wenig Lust, die romantischen Angelegenheiten fremder Leute zu laminieren, und so wälzte sie, wenn möglich, die ganze lästige Hochzeitsabteilung auf Leslie und die Studenten ab.

Seufzend steckte sich Conny ein Stück Schokolade in den Mund. Hinter dem Fenster beobachtete sie ein Grüppchen Bauarbeiter. Einer steuerte halb nackt einen kleinen orangefarbenen Bagger, sein sehniger Oberkörper glänzte in der Sonne. Sie rissen den Bürgersteig vor dem Geschäft auf, dort sollte ein Fahrradweg gebaut werden. Edgar schimpfte jeden Tag, dass ihm die Kunden wegblieben, aber davon hatte Conny noch nichts bemerkt. Wenigstens die Hühner aus dem Friseursalon nebenan gewannen der Baustelle etwas Praktisches ab. Im Fenster hing ein handgemaltes Schild:

*10 % Rabatt für gut aussehende Bauarbeiter*

Von diesem unfreiwilligen Highlight abgesehen langweilte sich Conny immer öfter bei *Star Copies*, und so reagierte sie ungewollt schnippisch, als am Nachmittag die Kundin mit den Flyern vor ihr stand: Sie hatte 1000 Stück auf 500 Seiten gedruckt und begehrte, mit der Technik der Schneidemaschine bekannt gemacht zu werden.

»Das Geheimnis besteht darin, aus einer Seite eine halbe zu machen und dabei die Finger ganz zu lassen«, erklärte Conny, und während sie es der Kundin vormachte, fiel ihr Blick auf das Flugblatt. Eine Buchhandlung lud zum Einkauf im Ausverkauf.

»Kann ich dir vielleicht gleich einen Stapel hier lassen?«, fragte die Frau beim Bezahlen, doch Conny musste ablehnen, weil Edgar Flugblätter in seinem Laden nicht gut haben konnte.

›Da guckt man mal eben nicht genau hin, und sofort legen einem irgendwelche Autonome Flugblätter hier hin, wo drinsteht, dass man am 1. Mai Ziegelsteine in Hausnummer Sowieso ins Schaufenster werfen soll, und schwupp! hat einen die Polizei am Schlafittchen. Aber nicht mit mir!‹, pflegte er zu predigen und erstickte damit jede Diskussion.

Aber weil Conny ganz grundsätzlich fand, dass Leute, die mit Bücher handelten, keine grundsätzlich schlechten Menschen sein konnten, behielt sie ein Flugblatt für sich. Als sie sehr pünktlich Feierabend machte, verspürte sie keine gesteigerte Lust, nach Hause zu fahren. Die Sonne strahlte, die Frühlingsluft war angenehm mild, eine leichte Brise strich über ihre Nase, und Conny machte sich auf den Weg zur Buchhandlung Schöndienst.

Sie hatte noch nie von dem Laden gehört, überhaupt kaufte sie ihre Romane lieber in großen Buchkaufhäusern, weil sie dort fast immer fand, was sie wollte, und sie hasste es, auf ein Buch warten zu müssen, selbst wenn es mit der Bestellung nur bis zum nächsten Vormittag dauerte, aber was sollte sie dann morgens auf dem Weg zur Arbeit in der S-Bahn lesen? Außerdem genoss sie es, auf mehreren Etagen an Tausenden von Büchern entlangzuspazieren. Dabei bedachte sie die Angestellten mit neidischen Blicken und mit mitleidigen die Kundinnen, die vor dem Regal mit den Frauenbüchern standen. Anders als in den kleinen Buchläden wurde man hier nicht von übereifrigen Verkäufern bedrängt, und Conny konnte sich Zeit lassen, bei einem Kaffee herauszufinden, ob ihr zukünftiger Roman zu ihr passte. Nein, sie war keine Freundin dieser verwinkelten, fensterlosen Schläuche, in denen man sich an anderen Kunden, sofern vorhanden, vorbeizwängen musste, ohne dabei den klapprigen Drehständer mit den englischen Krimis umzustoßen, der sich sowieso nicht mehr drehen ließ.

Als sie bei der Buchhandlung ankam, verkündeten breite Schilder in Leuchtfarben in den Fenstern die Geschäftsaufgabe am 20. Mai, einen Tag nach ihrem Geburtstag, und die alte Linde vor dem Haus stand in voller Blüte. Conny verschlug es fast den Atem, und ihr Herzschlag beschleunigte sich: Hier war einst der traurige Schriftsteller verschwunden, als sie ihn verfolgt hatte.

Eine Türglocke kündigte Conny an. Neben der Kasse saß ein weißhaariger Herr in einem Klappstuhl, vertieft in ein

Buch. Ansonsten gähnte der Laden vor Leere. Conny grüßte den Mann, doch er schien sie nicht zu bemerken, und so begab sie sich in die zweite Hälfte des Alphabets, um nach Neuerscheinungen ihrer Lieblingsautoren zu suchen. Hier wurde es so eng, dass sie sich nur seitwärts fortbewegen konnte.

»54einhalb Minuten«, sagte eine Stimme, die zu dem Mann im Klappstuhl gehören musste.

Conny drehte sich herum. »Bitte?«

»Vor 54 Minuten und 30 Sekunden habe ich diese verdammte Türglocke zuletzt gehört. Solange hat sich niemand hierher verirrt«, sagte der Verkäufer, ohne von seinem Buch aufzusehen. »Und in elf Minuten werden es zwei Stunden, dass ich zuletzt etwas verkauft habe.«

Es war nicht klar ersichtlich, ob der Mann mit Conny sprach oder nur laut dachte, weil seine Nase immer noch in der Lektüre steckte. »Und wissen Sie, was es war?«

»Was?« Conny hasste es, auf die Folter gespannt zu werden.

»Eine verdammte Postkarte!« Geräuschvoll klappte der Mann sein Buch zu. »Gestern hat mein Sohn vorgeschlagen, Flugblätter zu drucken, um auf meine alten Tage neue Kunden herzulocken. Eine Riesenidee, wie man sieht.«

Zum Gegenbeweis zeigte ihm Conny ihr Flugblatt, aber der alte Mann winkte ab.

»Seit wann geht das schon so?«, fragte sie.

»Zu lange.« Es klang, als wollte der Buchhändler mit seiner Antwort das Gespräch beenden, und Conny beschloss, sich dem Buchstaben V zu widmen. Dazu musste man sich an einem Drehständer mit englischen Krimis vorbeizwängen, und nachdem sie es geschafft hatte, stand der Mann plötzlich neben ihr. Aus der Nähe wirkte er trotz seiner weißen Haare jünger, sie schätzte ihn auf Anfang 60. Er trug Turnschuhe und T-Shirt zu seinem braunen Cordanzug, und seine winzige Brille saß wie eine Zange in seinem Gesicht.

»Früher liefen die Geschäfte noch. Natürlich gab es vieles nicht, wegen der Zensur. Kafka zum Beispiel war verpönt, weil man seine Texte als zu pessimistisch erachtete, und die Leute im Arbeiter- und Bauernstaat sollten nicht zusätzlich deprimiert werden. Arbeiterliteratur, ja, die die Leute zu guten sozialistischen Menschen erziehen sollte, die gab es in rauen Mengen, aber wer wollte das denn lesen! Also hat man das eine oder andere schwarz verkauft, an Leute, die man kannte. Aber es lief.«

Der Buchhändler nahm seine Brille ab und rieb die dunklen Druckstellen an seinen Nasenflügeln.

»Und heute? Glauben Sie nicht, dass es besser ist, nur weil es alles gibt! Die meisten Geschichten wiederholen sich sowieso.«

Er setzte seine Brille wieder auf und funkelte Conny an, als sei sie persönlich verantwortlich. »Vor allem habe ich mich geweigert, hier jeden Mist zu verkaufen, der auf den Markt kommt. Die Biographie von diesem Musikfuzzi zum Beispiel, dieser Hanswurst aus Hamburg. So ein Buch verschandelt einem doch den ganzen Laden. Wenn es jemand bestellt, bitte sehr. Natürlich nur gegen Vorkasse, sonst sitzt man hinterher auf dem Mist, wenn es niemand abholt, und mein Lager ist zu klein für so einen Schund. Aber das ist ja nächste Woche endlich vorbei.«

»Das tut mir Leid«, sagte Conny.

»Und Sie? Sind Sie gekommen, um mich auszufragen oder wollen Sie etwas kaufen?«

Conny wollte lieber wieder gehen, allerdings traute sie sich nicht, das Geschäft mit leeren Händen zu verlassen. Also zog sie schnell ein Buch aus dem Regal und stellte sich an die Kasse.

»Ach was!«, rief der Buchhändler. »Werden Sie glücklich damit!«

Conny überlegte, ob sie das Geschenk akzeptieren oder das Buch zurückstellen sollte, und so stand sie eine Weile unschlüssig im Gang.

»Wissen Sie, was mein Problem ist? Soll ich's Ihnen sagen?«, fing der Buchhändler von neuem an. Connys Nicken war mehr als Antwort auf die erste Frage gemeint, doch der Mann legte bereits los.

»Mein Vater hat den Laden nach dem Krieg eröffnet, und ich habe das Geschäft übernommen, kurz bevor er starb. Auch wenn ich ganz andere Pläne hatte, aber danach fragte damals niemand. Wir hatten treue Kunden, aber sie sind entweder mit meinem Vater gestorben oder mit mir alt worden. So ein junges Ding wie Sie ist mir hier schon lange nicht mehr untergekommen, aber um den Schnitt zu senken, kommen Sie zu spät.«

Conny begann den kauzigen Mann zu mögen. Sie hätte ihm gerne geholfen, doch sie wusste nicht, wie. Sie konnte schlecht seine ganzen Regale leer kaufen.

»Wann haben Sie denn ihr Geschäft zum letzten Mal renoviert?«, fragte sie vorsichtig.

»Was meinen Sie? Hätte ich vielleicht eine dieser neumodischen, seelenlosen Kaffeemaschinen in meinen Laden stellen sollen oder was?«

Conny errötete leicht, weil der seelenlose Kaffee, den sie so gerne mochte, so großes Unheil anrichtete, und so verlegte sie sich aufs Schulterzucken.

»Investieren!«, fuhr der Alte fort, »für wen denn? Es gibt niemanden, der den Laden übernehmen will.«

»Sagten Sie nicht … Ihr Sohn?«

»Der Junge hat immer schon gemacht, was er wollte.« Damit setzte sich der Mann zurück auf seinen Klappstuhl und versank wieder in seine Lektüre.

»Ich würde es sofort machen.« Conny betrachtete den Laden mit neuen Augen. Ein eigener Laden voller Bücher und vielleicht einer Kaffeemaschine *mit* Seele, das wäre etwas! Als Erstes würde sie die blöden Drehständer rauswerfen und durch ein oder zwei gemütliche Sessel ersetzen.

»Wie man sich das entgehen lassen kann«, ereiferte sie sich und bemerkte dabei nicht das Schellen der Türglocke. »Entschuldigung, aber Ihr Sohn ist ein Idiot! Dem würde ich was erzählen!«

»Da bin ich aber gespannt«, sagte plötzlich eine Stimme neben ihr.

Es war der traurige Schriftsteller.

Conny folgte ihm durch die Straßen von Friedrichshain und versuchte Schritt zu halten. Inzwischen wusste sie, dass er Anno hieß und Student der Philosophie war, dass er aber gerade nicht studierte, weil er an einer Geschichte schrieb, weswegen er aber noch lange nicht *Schriftsteller* genannt werden wollte, weil das für ihn nicht bloß Bezeichnung einer Tätigkeit war, sondern ein Werturteil. Alternativ schlug er *Geschichtenschreiber* vor oder einfach: *Schreiber*. Für Conny war das schwer nachvollziehbar. Ebenso wenig verstand sie, warum Anno nicht die Absicht hatte, die Buchhandlung seines Vaters zu übernehmen, schien er doch Bücher mindestens genauso zu lieben wie sie selbst, und so schwärmten sie einander auf ihrem Spaziergang von ihren Lieblingsromanen vor.

»Schon mal *I.M.* gelesen?«

»Nein, aber kennst du den *Steppenwolf*?«

Conny folgte ihm, obwohl sie keine Ahnung hatte, was er im Schilde führte, und es war ihr auch egal. Er wollte ihr etwas zeigen, hatte er gesagt, nachdem er in seinem engen weißen Hemd und seiner Cordhose neben ihr aufgetaucht war. Natürlich hatte sie für einen Moment gedacht, er wollte ihr seinen fertigen Roman zeigen, aber warum mussten sie dazu die Buchhandlung verlassen?

Sie konnte noch kaum fassen, dass sie tatsächlich mit dem *Geschichtenschreiber* unterwegs war. Das ist der Mann, der sich Posa ausgedacht hat?, staunte sie, während sie hinter ihm her trottete. Er hat Menschen wie die unmögliche Susanne und den Trompete zersägenden Mounib erschaffen?! Und wundervolle Songtexte geschrieben? Warum ist er nicht zufriedener? Ich an seiner Stelle würde durch die Straßen *tanzen*!

Als sie das Frankfurter Tor passierten, blicke sie an den neun Stockwerken der Wohnpaläste hinauf zu den Kuppeltürmen und stellte sich vor: Anno würde den ganzen Tag dort oben sitzen und an seinen Texten feilen, und wenn Conny abends von der Arbeit heimkam, hörte sie schon von der Straße das Hämmern seiner Schreibmaschine, und dann würde er ihr vorlesen, was er am Tag geschrieben hatte, und sie würde ihm sagen, dass sie es großartig fand. Vielleicht würde Conny bei *Star Copies* kündigen; dann könnte sie all seine Manuskripte abtippen und auf Rechtschreibfehler hin absuchen. Und schließlich würde er ihr all seine Bücher widmen, denn wozu war man sonst verheiratet? Sie könnten zusammen auf Lesetour gehen, die sie als seine Managerin selbstverständlich für ihn organisierte, und vielleicht würde sie ihn auf Rechercheereise begleiten, wenn die Kinder erst mal alt genug …

»Kommst du?« Anno war schon einige Meter vorgelaufen, und Conny beeilte sich aufzuschließen, ohne jedoch zu überholen. Ausgerechnet heute trug sie diese hautenge Hose, die sie ans Abnehmen erinnern sollte, und sie achtete peinlich darauf, dass er sie nicht von hinten sah.

»Hier!« Er war vor einem China-Restaurant stehen geblieben und deutete durchs Fenster. »Die haben vor einem halben Jahr neu aufgemacht.«

Conny erwartete, dass sie hineingehen und eine Kleinigkeit essen würden, doch stattdessen lief Anno einfach weiter, ohne eine Erklärung. Er schien immer noch böse zu sein, dass sie ihn einen Idioten genannt hatte.

Zehn Minuten später machte er erneut Halt. Sie standen vor einem dieser 1-Euro-Läden, und Conny schaute durch die schmutzigen Scheiben.

»Weißt du, was hier vorher drin war?«, fragte Anno und setzte seine Führung fort.

Conny zuckte mit den Schultern, doch sie beschlich eine leise Ahnung, und während sie in Gedanken neben ihm her trottete, bemerkte sie nicht, dass er den Weg zu *Star Copies* eingeschlagen hatte.

»Unser kleiner Rundgang ist beendet«, sagte er, als sie vor dem Copyshop angekommen waren.

»Oh«, sagte Conny enttäuscht. Sie fühlte sich wie ein kleiner Hund, der ausgerissen war und den man nun zurück nach Hause gebracht hatte. Die Bauarbeiter hatten längst Feierabend. Drei große Pakete verschnürter roter Steine standen auf dem Gehweg oder was davon übrig war.

»Seit wann arbeitest du hier?«, fragte Anno.

»Von Anfang an.«

»In diesem Laden standen nicht immer Kopierer.«

»Vermutlich nicht«, sagte Conny.

Leslie hatte sie entdeckt und winkte ihnen zu.

»Genauso wie im Schnäppchenladen vorher teurere Artikel verkauft wurden und wie in dem China-Restaurant früher nicht gekocht wurde. Es waren Buchhandlungen. Buchhandlungen, in denen nie jemand was gekauft hat.«

Conny verstand, was Anno ihr sagen wollte, und war ein wenig gerührt, dass er das Bedürfnis hatte, sich ihr gegenüber zu rechtfertigen, doch hundertprozentig war sie nicht von seiner Beweisführung überzeugt. Nur weil andere gescheitert waren, hieß das doch nicht, dass man einfach aufgeben durfte. Trotzdem schämte sie sich ein bisschen.

»Okay, ich nehme es zurück«, hörte Conny sich sagen.

»Was?«, fragte Anno.

»Den Idioten.«

Anno zuckte mit den Schultern. »Geschenkt.«

»Ich wusste ja nicht, dass wir von dir reden.«

»Was macht das in der Sache für einen Unterschied?«

Für Conny machte es einen gewaltigen Unterschied, aber das konnte sie nicht so einfach zugeben.

»Es ist nur so schade, dass dein Vater den Laden zumachen muss, an dem er ganz offensichtlich hängt«, wich sie aus.

»Er ist eben nicht mehr der Jüngste«, entgegnete Anno.

»Außerdem hat er nie was davon gehalten, seinen Laden zu modernisieren. Das rächt sich irgendwann.«

Es klang für Connys Geschmack etwas merkwürdig, wenn ein junger Mann in abgewetzten Cordhosen, der an der alten Rechtschreibung hing und auf einem klapprigen Damenrad durch die Stadt fuhr, eine Lanze fürs Modernisieren brach, und so nickte sie nur stumm.

»Auch auf die Idee mit den Flugblättern musste man ihn erst bringen.«

»Vielen Dank übrigens für die Vermittlung.«

»Ich wusste, dass der Ausdruck bei dir in guten Händen ist«, sagte Anno, und Conny spürte, wie sie rot wurde.

»Tja dann«, sagte sie und stieg die Stufen zum Laden hinauf.

»Musst du noch arbeiten?« fragte Anno.

»Nein … äh, doch. Ja. Arbeiten. Ich arbeite hier.«

Conny sandte Leslie flehende Blicke durch die Eingangstür und formte ihre Lippen zu einem stummen Hilfeschrei. Was redete sie für einen Unsinn? Natürlich arbeitete sie hier. Hier hatten sie sich kennen gelernt. Hier hatte Leslie ihm seinen Roman gemopst.

»Schade, ich dachte, wir könnten noch etwas spazieren gehen«, sagte Anno nun.

»Eine Sekunde«, sagte Conny und rannte in den Laden.

»Wie sehe ich aus?«, rief sie aufgeregt nach Leslie, die gerade der neuen Donnerstagsstudentin die verschiedenen Bindungsarten erklärte.

»Ist das auf der Baustelle da dein autistischer Autor?«

Conny lief auf die Toilette. Dort machte sie sich frisch, hauchte ihren Atem in die vorgehaltene Hand und putzte dann notdürftig mit dem Finger ihre Zähne.

»Leihst du mir deinen Lippenstift, Leslie? Und was für die Augen?«

»Auf keinen Fall!«

»Du bist grausam, und ich hasse dich.«

Leslie öffnete die Tür und betrachtete ihre Freundin wie ein ungezogenes Kind. »Du willst nicht leichenblass hier reinkommen und angemalt bis über beide Ohren wieder rausgehen.«

»Worüber soll ich bloß mit ihm reden?« Conny zog eine Grimasse, als stünde der schlimmste Moment ihres Lebens bevor.

»Über seinen Roman!«

»Er weiß nicht mal, dass ich ihn gelesen habe.«

»Dann sag's ihm!«

»Er hält mich sicher für frigide«, sagte Conny zerknirscht.

»Beweis ihm das Gegenteil!«

»Er denkt, ich habe ein Baby!«

»Klingt wie das Gegenteil.«

»Er denkt, ich halte ihn für einen Idioten.«

Ungeduldig packte Leslie ihre Freundin bei den Schultern und schob sie zur Ladentür. »Wenn er die ganze Zeit da draußen steht und wartet, ist er auch einer!«

»Wie sehe ich aus?«

»RAUS!«

# NEUN
# Schiffbruch

Die Sonne meinte es gut und schien noch vor Sommerbeginn ihr ganzes Potential verschießen zu wollen. So hatten Conny und Anno beschlossen, in den Friedrichshain zu laufen. Unterwegs kamen die beiden an eine Kreuzung, wo ein auffallend festlich gekleidetes Paar auf dem Bürgersteig wartete. Er steckte in einem schwarzen Frack mit Zylinder, seine Begleitung trug ein schlichtes weißes Kleid mit Rüschen, dazu einen Sonnenschirm. Beide waren auffällig geschminkt, wie im Theater. Als die Fußgängerampel auf Grün sprang, liefen sie auf die Straße, verbeugten sich vor den wartenden Autofahrern und legten einen Tango auf den Asphalt. Sie tanzten verschiedene Figuren, die sie so elegant aneinander reihten, dass Conny ganz neidisch wurde, besonders als die Frau sich am Ende rückwärts fallen ließ und sanft in den Armen ihres Partners landete. Zum Abschluss eilten die Tänzer an die Fahrertüren, wo sie durchs Fenster die Gage für ihr Kunststück erhielten.

»Das macht bestimmt mehr Spaß, als wartenden Autos die Fenster zu putzen«, sagte Conny.

»Auf jeden Fall sind sie besser angezogen.«

Nach wenigen Minuten erreichten Conny und Anno den Park. Der Friedrichshain war der älteste Volkspark der Stadt, der Mitte des 19. Jahrhunderts zu Ehren Friedrichs des Großen angelegt wurde. Conny war nach dem Fall der Mauer oft mit Tante Cassandra hier gewesen, als sie noch besser zu Fuß war. An manchen Nachmittagen hatten sie stundenlang am Märchenbrunnen gesessen, einem kreisrunden Becken, dessen Rand mit steinernen Schildkröten besetzt war; im Innern hockten Frösche und spuckten den ganzen Tag Wasser. Im Winter, wenn der Brunnen trocken gelegt war, hatten sie Mütter beim Spielen mit ihren kleinen Mädchen beobachtet, die in Prinzen-Erwartung die kalten Steinfrösche küssten. Conny musste immer darüber lachen, aber ihre Tante hatte sie gewarnt.

»Dieser Aberglaube ist letztlich der Glaube daran, dass alles gut wird.«

»Ich bin ja dafür, dass alles gut wird«, entgegnete Conny, »aber kein Frosch verwandelt sich in einen Prinzen, nur weil ich ihn küsse.«

»Woher weißt du es, wenn du es noch nie probiert hast?«

Um es zu beweisen, war Conny zu einem der Frösche gelaufen und hatte mit ihren Lippen kurz seinen Mund berührt. Dann hatte sie triumphierend die Hände in die Luft geworfen.

»Du hast nicht daran geglaubt, mein Kind«, hatte Tante Cassandra ungerührt gesagt, und Conny hatte nie wieder davon angefangen.

Schweigend lief sie mit Anno durch den Park. Nach ein paar Metern hatten die Bäume den Lärm der umgebenden Straßen verschluckt, und das Geschrei tobender Kinder mischte sich mit den Gesprächsfetzen von Spaziergängern, denen sie begegneten. Der Friedrichshain war recht weitläufig, und Anno erzählte, dass der Park viele Jahre nach der Eröffnung nach dem Vorbild des New Yorker Central Parks erweitert worden war.

»Warst du schon mal in Amerika?«, fragte Conny, und als Anno verneinte, freute sie sich, auch wenn ihr nicht ganz klar war, warum.

Ein junges Pärchen kam ihnen Händchen haltend entgegen. Als sie die beiden passiert hatten, entdeckte Conny in einiger Entfernung ein kleines weinendes Mädchen. Zuerst dachte sie, das Kind hätte seine Mutter verloren, doch dann stellte sie fest, dass es seinen Eltern folgte. Offenbar hatte es Streit gegeben, und das Mädchen stieß dunkle, fast tierische Laute aus, als sei ihm das schlimmste Unrecht widerfahren und als müsste es dies der ganzen Welt kundtun.

»Ich habe übrigens gar kein Kind«, sagte Conny endlich.

»Was?«

»Du kamst eines Tages in den Laden, und ich hatte ein Baby auf dem Arm … Das war nicht meins.«

»Du sagst es so, als fändest du es schade.«

Conny fühlte sich ertappt. »Na ja, ich hätte schon gerne irgendwann eine kleine Luzie oder eine Mathilda«, gab sie zu. »Aber das kann ich mir wohl abschminken.«

Sie erzählte von der alten Familientradition. »Wir heißen Christina, Catarina, Christoph, Cassandra. Christian war der Name meines Vaters … Hauptsache, es fängt mit einem C an. Unsere Vorfahren waren ziemlich religiös, Theologen, Priester und so was.«

Anno dachte nach. »Ich halte nicht viel von solchen Traditionen. Das ist doch nur ein Wort für das unreflektierte Kopieren alter Angewohnheiten … Oder glaubst du daran?«

»Ich finde sie ganz schön, einfach so. So wie man Weihnachten in die Kirche geht, es hat keine wirkliche Bedeutung … Das Problem ist, es gibt kaum schöne Namen mit C. Entweder sind sie langweilig, so wie Catrin oder Claus, oder viel zu außergewöhnlich.«

»Camilla ist doch ein schöner Name.« Anno sah sie herausfordernd an.

»Wenn man Charles heißt, vielleicht.«

»Und Condoleezza?«

»Dann lieber doch keine Kinder«, sagte Conny, lachend und spürte, wie die Anspannung von ihr wich.

»Was hältst du von Corazón?« Anno schien es Spaß zu machen, die blödesten Namen aufzuzählen, und Conny erlebte ihn zum ersten Mal lächelnd. Es war ein verlegenes, ungeübtes

Lächeln, sein linkes Auge schloss sich halb dabei, und Conny ahnte, dass sie süchtig werden könnte danach, ihn dieses Lächeln lächeln zu lassen.

»Corazón *Pyper*?«, sagte sie mit gespieltem Entsetzen. »Das Kind ist gestraft fürs Leben!«

Sie dachte fieberhaft nach, aber es wollte ihr kein weiterer Vorname mehr einfallen. Da sagte Anno etwas Überraschendes.

»Einen habe ich noch: Cleopatra! Cleopatra Schöndienst.«

Conny wusste nicht, ob er seinen Nachnamen absichtlich benutzt hatte oder ob er ihm versehentlich herausgerutscht war, aber sie freute sich, so oder so. Aufgeregt ritzte sie in Gedanken ein Herz in die Bäume, an denen sie vorbeispazierten, doch Conny musste leider feststellen, dass sich die Buchstaben C & A nicht als Inschrift eigneten.

»Aber ich weiß nicht, Kinderkriegen …«, sagte Anno und machte das schöne Spiel kaputt.

Conny versuchte, möglichst gleichgültig zu wirken, so als hätte sie seine Bemerkung nicht gehört.

»Ich habe einfach nicht dieses kranke Bedürfnis, mich selber zu reproduzieren. Außerdem … man nimmt sich doch immer vor, es als Eltern anders zu machen, und dann hat man Kinder und übernimmt die alten Muster, die man immer verachtet hat.«

Conny fand nicht, dass das gegen das Kinderkriegen sprach, beschloss aber, dass sie sich dem Thema vorerst zur Genüge gewidmet hatten.

Das Piepen ihres Handys meldete den Eingang einer SMS.

»Wo seid ihr *demo*?« Es war eine von Leslies verunglückten Nachrichten.

»Strandbar«, schrieb Conny zurück, denn Leslie brachte es fertig und kam zum Spionieren.

Die zwei waren an einem Restaurant angekommen, und Anno fragte, ob Conny Hunger hatte, aber sie wollte nichts essen. Also kauften sie an einem benachbarten Kiosk etwas zu trinken und setzten sich an einen kleinen See, um die letzten Sonnenstrahlen zu genießen. Am gegenüberliegenden Ufer stand ein japanischer Pavillon, dort machte ein älterer Herr mit freiem Oberkörper seine Tai-Chi-Übungen. Conny beobachtete ein Pärchen, das unweit von ihnen im Gras lag: Er hatte den Kopf in ihren Schoß gebettet und ließ sich aus einem Buch vorlesen.

»Komisch«, sagte Conny, da verkündete ihr Handy eine neue SMS.

»Welche *Strandbarcelona?*«, fragte Leslie.

»Genau die!«, schrieb Conny zurück, dann stellte sie ihr Handy leise.

Anno legte sich ins Gras und schloss die Augen.

»Was ist komisch?« fragte er nach einer Weile.

»Ich hätte wirklich große Lust, in einem Buchladen zu arbeiten«, sagte Conny dankbar. »Bücher sind wie Lebensmittel, findest du nicht?« Das hatte sie über dem Eingang eines Buchladens in Prenzlauer Berg gelesen, und sie wollte ein bisschen damit angeben.

»Den Laden kenne ich«, rief Anno, und Conny schämte sich, aber weil Anno nichts sagte, fühlte sie sich genötigt, weiter zu plappern.

»Ich war mal mit jemandem zusammen, der richtig eifersüchtig war auf meine Bücher. Immer wenn ich vorm Einschlafen noch was gelesen habe, nahm er sich die Zeitung und hat jeden Artikel kommentiert. ›Na toll!‹ und ›Auch das noch!‹, nur damit ich ihn fragte, was er da gerade liest. Und wenn ich mal über einem Roman eingeschlafen war, steckte er das Lesezeichen immer irgendwohin, nur damit ich die Stelle nicht wiederfinde.«

»Und? Hast du dich gerächt?« Anno setzte sich wieder auf.

»Rache ist so primitiv«, sagte Conny und spürte, wie sie errötete.

»Hast du?« Anno rupfte ein paar Grashalme aus dem Boden und warf sie nach ihr.

»Dieser kleine Mistkerl!«, brach es aus ihr hervor. »Überall hat er seine Zahnstocher liegen lassen, weil er fand, man könnte sie ruhig zwei- oder dreimal benutzen. Sie lagen am Waschbecken im Badezimmer, in der Küche, neben dem Bett und in jeder Hosentasche! Das war widerlich! Also habe ich einmal alle Zahnstocher mit Knoblauch getränkt, denn er konnte den Geruch nicht ausstehen. Und dann war es vorbei.«

»Die Sache mit den Zahnstochern?«

»Er ist noch am gleichen Tag ausgezogen«, sagte Conny zerknirscht.

Anno lachte, doch Conny lachte nicht mit. Sie beschloss, zu einem Frontalangriff überzugehen und ihn endlich zu fragen.

»Was schreibst du eigentlich so?« Sie versuchte, so zu klingen, als sei dieser Gedanke ihr erst in dieser Sekunde gekommen.

»Einen Roman«, sagte Anno. Damit stand er auf und klopfte sich ein paar Grashalme von der Hose. »Hast du wirklich keinen Hunger?«

Conny kam sich vor wie ein kleines Mädchen, dem man die Tür vor der Nase zuschlägt, weil es versucht hatte, in ein verbotenes Zimmer zu spionieren. Kein schönes Gefühl, das sich nur mit Schokolade überspielen ließ. Sie gingen zurück zu dem Restaurant, und Conny bestellte einen Kakao. Ohne Sahne.

»Dieser Roman …« Conny wollte so schnell nicht aufgeben. »Hast du ihn schon mal jemandem gezeigt?«

Anno fuhr sich mit der Hand durch seine kurzen Haare, eine Geste, mit der er noch jedes Mal den Copyshop betreten hatte.

»Bin ich zu neugierig?«, fragte Conny unsicher.

Er dachte einen Moment nach. »Wenn du willst, erzähle ich dir die Geschichte«, lenkte er ein, und Conny sagte mit großer Erleichterung: »Das würde mich freuen.«

Doch aus der Freude wurde nichts. Annos Geschichte handelte von einem verarmten Dichter, der zusammen mit einer Frau aus gutem Hause einen Schiffsuntergang wie durch ein

Wunder überlebt und auf eine einsame Insel gespült wird. Die Frau ist es nicht gewohnt, für ihr Überleben zu sorgen, aber sie ist recht gut darin, Anweisungen zu erteilen, und so befiehlt sie dem armen Dichter: »Bau mir eine Schlafstatt! Besorg mir etwas zu essen! Mir ist langweilig, unterhalte mich!«

Aber der arme Dichter konnte nicht! Er konnte nichts als dichten. So schrieb er ihr Gedichte, jeden Tag eines. Im Mittelpunkt seiner Verse stand eine Frau. Er besang die Art, wie sie ihr Haar kämmte, das Glänzen ihrer blassen Haut in der Sonne und wie sich ihre zarten Nasenflügel im Schlaf hoben und senkten. Die Frau aus gutem Hause bezog die Gedichte auf sich, sie schmeichelten ihrer Eitelkeit, dennoch hörte sie nicht auf, den Dichter weiter zu beschimpfen. »Ach, was soll ich mit den Gedichten! Sie wärmen mich nicht, ich friere.«

Also sammelte der Dichter Treibholz, doch es wollte nicht brennen. Bis er auf die Idee kam, Papier anzuzünden und mit dem Feuer das Holz in Brand zu stecken. Als sein Vorrat zur Neige ging, musste er dazu übergehen, seine Gedichte zu verbrennen. Nun war es der Frau nicht mehr kalt in der Nacht, aber sie zeterte weiter und verlangte wieder nach Unterhaltung. Schließlich wurde es dem armen Dichter zu bunt, und er erschlug die Frau.

»Und weiter?«, fragte Conny.

»Nichts weiter«, sagte Anno und trank sein Bier.

Conny war ernüchtert. Die Geschichte hatte nicht das Geringste mit dem Posa-Roman zu tun! Noch dazu schien es, als hätte Anno den armen Dichter eben erst erfunden. Sie versuchte, seine Geschichte zu preisen, doch sie hörte sich selber sprechen und glaubte kein Wort von dem, was sie sagte. Es bestand kein Zweifel daran, wer mit der nervenden Frau auf der Insel gemeint war; der Zaunpfahl, mit dem Anno gewunken hatte, war nicht zu übersehen.

»Was ist mit den anderen Geschichten?« Conny ließ nicht locker.

»Welche anderen?«, fragte Anno.

»Du warst mindestens fünfmal im Laden.«

Anno grinste. »Hast du Buch geführt?«

Conny spürte, dass sie rot wurde wie der Buzzer einer Quizshow.

»Es gibt keine anderen Geschichten«, sagte Anno.

»Es gibt keine anderen?!«, fragte sie.

Er schüttelte den Kopf.

Für Conny war der Abend gelaufen. Über ihrem zweiten Kakao fing sie an, auffällig zu gähnen, und brach auf. Zu Hause schob sie sich frustriert eine Tiefkühlpizza in den Ofen, die sie mit einer extra Schicht Käse und Oliven belegte. Dann nahm sie sich Annos Roman vor und las aus Trotz noch einmal sein letztes Kapitel, jene schicksalhafte Party im Hotel.

»Es gibt keine anderen«, murmelte sie dabei immer wieder aufgebracht.

Ich hatte es neuerdings mit den artigsten Jungs zu tun, die man sich vorstellen konnte. Das kam nicht von ungefähr. Seit dem Konzert in Köln war ein Reporter vom Musikfernsehen mit an Bord, um ein Videotagebuch zu drehen. Er folgte uns mit seiner Kamera fast bis aufs Klo. Posa zeigte sich von seiner besten Seite. Konstantin war der glücklichste Mensch auf der Welt, weil er endlich wieder mit seinen Buddies zusammen sein konnte. Sein erstes Bier trank er jetzt immer erst nach dem Konzert. Auch Felix und Henning waren wieder beste Freunde. Daran konnte weder ein weiteres Konzerte mit 1000 Skarat etwas ändern noch Mounibs Aufnahmeleiterin, die nun mit uns reiste und beim Merchandising-Stand aushalf (wenn sie sich nicht gerade mit ihrem neuen Freund eine Partie Zungenhockey lieferte). bitte?

Das Zusammenspiel der vier hat selten so gut funktioniert wie in diesen letzten Tagen im Januar. Ich haute den Jungs so oft nach dem Konzert auf die Schulter, daß mir schon die Hand weh tat, und wenn Felix immer noch fragte, ob es mir wirklich gefallen hatte, sagte ich:

»Baby, sogar mein Mischpult hatte Gänsehaut!«
Das Ende der Enthaltsamkeit wurde nach ein paar Tagen mit einem Anruf aus Berlin eingeläutet. Wir machten gerade Halt an einer Autobahnraststätte. Der Knabe vom Musikfernsehen filmte uns, wie wir an einem Tisch mit blau-weiß karierter Plastiktischdecke saßen und Tomatencremesuppe mit Klumpen löffelten. Seit dem Fernsehauftritt hatte Peter nichts von sich hören lassen, und die Sehnsucht der Jungs hielt sich in Grenzen. Schließlich wußte man nicht, ob sein Ärger inzwischen verraucht war. Daß es das Display von Felix' Handy war, auf dem Peters Name erschien, war vielleicht ein Zeichen dafür, daß er sich wieder eingekriegt hatte. So schlürften wir leise unsere klumpige Suppe, während Felix aufgeregt Peters Worten lauschte. Nach einer Weile weiteten sich seine Pupillen, und er begann Worte wie »Echt?!«, »Hammer!« und »Waaahnsinn!« in den Hörer zu kreischen. Daß wir auch noch da waren, wurde großzügig übersehen. Nachdem er schließlich noch »Natürlich wird das gefeiert!« gebrüllt hatte, begannen Henning und ich ihn auszubuhen, und Mounib versuchte, ihm das Handy aus der Hand zu reißen. Endlich wiederholte Felix alles haarklein in die Kamera des Reporters:
Der Fernsehauftritt hatte sich gelohnt. Die Leute waren plötzlich so scharf auf Tickets, daß einige Konzerte in große Arenen verlegt werden mußten, und im Sommer sollten noch fünf Open-Air-Termine nachgeschoben werden. Auch das Album *Das Leben ist eine der spannenderen Veranstaltungen* verkaufte sich wie nichts Gutes, nachdem es schon auf Platz 7 abgerutscht war. Es fehlte nicht mehr viel, bis die Platte Doppelplatin erreicht hatte. Das Geilste aber war: In der kommenden Woche würden die Jungs zum ersten Mal überhaupt an der Spitze der Charts stehen!
»Ich bin stolz auf euch«, rief Peter unter dem Jubel der Jungs. »*You are the hottest ticket in town!*«
»Danke, Mona«, sagte Felix grinsend. Dann legte er auf und

versank in Konstantins starken Armen, der zur Feier des Tages Küßchen verteilte. Mounib war bereits aufgesprungen und verlangte grölend nach Champagner.

»Champus is' nicht, junger Mann. Wir sind ja hier nicht im Hilton«, kam jedoch die prompte Antwort der Bedienung. »Sekt könn' Se haben, is' aber nur Hausmarke da.«

»Wollen Sie uns vergiften?« rief ich dazwischen. »Die Herrschaften sind *the hottest ticket in town*!«

»Hey, warum gehen wir nicht heute nacht in das teuerste Hotel am Platz und feiern bis zum Augenstillstand?« schlug Felix vor.

»Bis zum Zungenstillstand!« alberte Henning, und der Reporter vom Musikfernsehen mußte so doll lachen, daß seine Kamera wackelte, ganz wie es üblich war beim Musikfernsehen, und hinterher fanden es alle ganz cool.

»Wir saufen bis zum Leberstillstand!«, meinte Konstantin.

»Schwanzstillstand!«, setzte ich noch einen drauf.

»Von wegen!« Mounib legte seinen Arm um die kichernde Aufnahmeleiterin, und seine anatolischen Augen funkelten. Ist das
»~~Tittenstillstand~~« nötig?

Doch dann kam unsere Phantasie zum Stillstand, und weil uns keine weitere Variation mehr einfiel, kauften wir an der Gott sei
Tanke eine Flasche Champagner, und fuhren die letzten 200 Dank
Kilometer. Es waren die letzten 200, die uns an diesem Tag fehlten, aber auch die letzten Kilometer überhaupt auf unserem Miles & More-Konto.

Die Show am Abend war ausverkauft. Übermütig spielten die Jungs fast zweieinhalb Stunden lang und holten zur Zugabe ihre Freunde von 1000 Skarat für ein paar gemeinsame Songs auf die Bühne. Nach dem Konzert packten wir schnell unseren Scheiß zusammen und düsten ins Stadtzentrum. Mit 31 Leuten war der Nightliner bumsvoll, aber die Posa-Jungs wollten die Autogrammjägerinnen, die sich auf dem Parkplatz ihre frisch rasierten Beine in den Bauch gestanden hatten, nicht einfach so stehen lassen. Außerdem hatten

Henning und Mounib ihre Freundinnen dabei, und der Rest wollte nicht untätig beim Turteln zugucken müssen. Ich für meinen Teil hatte mir vorgenommen, Daniela klarzumachen, die Merchandising-Maus mit den sensationellen grünen Augen.

Gutgelaunt lenkte ich den Bus zu einem Hotel am Rande einer großen Einkaufstraße. Auf dem Dach des Gebäudes flatterten internationale Flaggen. Vor der golden eingefaßten Eingangstür standen zwei Livrierte, auf jeden kamen zweieinhalb Sterne. Sie erkundigten sich nach dem Gepäck und schienen nicht sonderlich traurig, daß wir keins hatten.

Das Hotel leistete sich zwei Nachtportiers. Als wir mit 30 Mann an der Rezeption auftauchten, zuckten hinter dem Tresen die buschigen Augenbrauen eines älteren Portiers und die sauber gezupften Brauen seines jungen Kollegen: Der hatte uns erkannt.

»Tut mir außerordentlich leid, wir sind komplett ausgebucht«, sagte der Alte arrogant, mit Blick auf Konstantins kurze Hosen, und die Brauen des jungen Portiers zuckten gleich noch mal. Herr Schubert, stand auf seinem golden schimmernden Namensschild.

»Aber in der Zwölften ...«, sagte er, doch sein Kollege fiel ihm ins Wort.

»Ich glaube ehrlich gesagt nicht, daß die Herrschaften Interesse an unserer Presidential Suite haben. Haben Sie eine Vorstellung davon, was eine Nacht kostet?«

Wir buhten den Alten aus.

»Nein«, sagte Felix und versuchte uns mit einem Handzeichen abzuwürgen. »Genau deshalb nehmen wir sie.«

»Wie viele Zimmer?« fragte Henning, der nun zu Felix aufschloß und Alice hinter sich her zog.

»Wie gesagt ...«, begann der Alte, doch er wurde von Herrn Schubert unterbrochen.

»Sechs. Zwei Schlafzimmer, zwei Wohnzimmer und zwei Badezimmer. Plus Sauna.«

Der Junge starrte Felix an, als habe der persönlich die Sauna eingebaut, wenn nicht sogar erfunden.
»Perfekt«, sagte Felix.
»In Anbetracht des Preises, junger Mann, fühle ich mich leider gezwungen, auf einen Beweis Ihrer Liquidität zu bestehen.«
Er versuchte wirklich alles, uns die Tour zu vermasseln. Herr Schubert flüsterte ihm etwas ins Ohr.
»Und wenn der Kaiser von China unter ihnen ist!« Der Alte zog seine buschigen Augenbrauen zusammen.
»China nicht, Kaiser schon.« Felix, der Witzbold, zückte seinen Paß.
Der junge Portier mußte noch einen letzten Trumpf spielen, und zehn Minuten und elf signierte CDs später war alles geregelt (der Alte hatte sich prächtig vermehrt und wollte auch seinen Urenkel versorgt haben, der demnächst seinen fünften Geburtstag feierte). Herr Schubert führte uns zu einem goldenen Fahrstuhl, der über einen Minicomputer gesteuert wurde, in den er einen speziellen Code eingab. Es war der einzige Aufzug, der bis in die oberste Etage reichte, und wir mußten in drei Schichten in die Suite fahren.
Die Sause begann in einem der riesigen Wohnzimmer. Da die Minibars binnen Sekunden leer geräumt waren, ließen wir uns Wodka, Wein und Bier kommen. Daß wir zunächst keinen Champagner bestellten, lag nicht daran, daß die Jungs knausern wollten. Wir hatten einfach am Nachmittag enttäuscht festgestellt, daß wir das Blubberzeug nicht mochten. Da aber Damen anwesend waren, die man zuerst beeindrucken, dann betrunken machen und schließlich besteigen wollte, fand sich später auf der Rechnung auch ein Posten von 1000 Euro allein für Schampus. Aber das waren Peanuts, verglichen mit den Forderungen, die nach der Party auf die Band zukommen sollten.

Du würdest sicher auch töten für eine Alliteration!

Die musikalische Untermalung besorgte der Fernsehsender, mit dessen Reporter wir uns inzwischen angefreundet hatten. Der Junge war natürlich herzlich eingeladen mitzufeiern; allerdings baten wir ihn ebenso herzlich, seine Kamera auszumachen, nachdem er alle Zimmer gefilmt hatte. Später, als es in der Suite richtig rund ging, hatte er sein Versprechen vergessen, aber, hey, das kann man ihm nicht verübeln!

Nach kaum einer Stunde verteilten sich die ersten Paare auf die umliegenden Zimmer. Henning und Alice schlossen sich in einem der Schlafzimmer ein, um mal wieder ungestört zu sein. Das benachbarte Wohnzimmer besetzte Konstantin, der sich in eine breitärschige Rothaarige verbissen hatte. Mounib verschwand gemeinsam mit dem Posa-Backliner und einer tätowierten Blonden im Badezimmer, um kurz darauf, nur mit zwei Handtüchern und einem Bademantel bekleidet, die Sauna zu testen. Weiß der Teufel, wo seine Aufnahmeleiterin steckte.

Ich lümmelte mit den anderen auf dem Boden herum, auf schneeweißem Teppich. Ab und zu kam ein Joint vorbei, eine ziemlich bombastische Tüte, die der Skarat-Drummer gebaut hatte. Bella Daniela saß zwischen Felix und mir. Sie erzählte ihm, daß ihre 5jährige Beziehung vor kurzem in die Brüche gegangen sei und daß der Song *Warum kannst du kein Arschloch sein?* ihr ziemlich geholfen habe.

»Schlag mich, ich will dich hassen/Betrüg mich, ich kann's nicht lassen«, sang sie, und eine Gänsehaut krabbelte über meine Arme. Daniela hatte eine verdammt schöne Stimme.

Felix wollte den Namen ihres Ex-Freundes wissen, doch sie lächelte nur geheimnisvoll und inhalierte den Joint, den sie beidhändig wie eine Profi-Kifferin hielt.

»Du liebst ihn immer noch«, sagte Felix, und Danielas Lächeln wurde entspannter und ihre leuchtenden Augen immer grüner. Für einen Moment überlegte ich, mich mit einem Rülpser wieder ins Gespräch zu bringen.

»Es ging um eine andere Frau, stimmt's?« fragte Felix, und Daniela prustete laut los.

Er sah mich fragend an. Irgendwie wirkte er unsicher, so

kannte ich ihn gar nicht. Wie sollte ich ahnen, daß wir auf die gleiche Frau scharf waren?
»Noch 'n Bier?« Felix stand auf, und Daniela schenkte ihm ein dankbares Lächeln. Es machte mich eifersüchtig.
»Ist er so blind?« fragte sie mich, kaum daß er um die Ecke verschwunden war.
»Hä?« Ich hatte keinen Plan, wovon sie sprach. Und plötzlich küßte sie mich auf den Mund. In meinem Magen fühlte es sich an, als würde unser Fahrstuhl aus dem 12. Stock ins Erdgeschoß knallen und gleich wieder hoch katapultiert werden.
»Jetzt verstanden?« fragte sie, ihr Gesicht ganz dicht vor meinem. Ich sah nur noch dieses Grün in ihren Augen.
»Komm!« sagte sie und nahm meine Hand. Sie deutete auf den Skarat-Drummer, der dabei war, direkt vor uns ein Mädel von seiner Mitte her zu verschlingen. Daniela zog mich auf den Balkon. Mir war es völlig egal, wohin sie mit mir wollte.
Ich weiß nicht, wie lange wir da draußen in der Kälte standen und knutschten, als mit einem Mal Felix auftauchte. Er hielt zwei Flaschen in der Hand und starrte uns mit offenem Mund an. Wortlos drückte er uns das Bier in die Hand, dann verschwand er wieder, und wir machten da weiter, wo man uns eben unterbrochen hatte.
Nach einer Weile wurde es drinnen richtig laut. Durchs Fenster sahen wir Felix mit der Fernbedienung herumfuchteln.
»Wofür drehen wir eigentlich arschteure Videos, wenn diese beschissenen Musiksender überhaupt keine verfickte Musik mehr spielen?« pöbelte er. Dann setzte er sich eine Flasche Wodka an den Hals, hochkant, als wollte er alles auf einmal trinken. Das Zeug lief ihm den Hals herunter und übers T-Shirt. Plötzlich dud

Du liebe Güte«!

»Mist!«, rief Conny. Sie hatte die Pizza zu reich belegt, und der Käse tropfte auf Seite 230. Sie musste einen Lappen aus der Küche holen und den nächsten Absatz abwischen, bevor sie weiterlesen konnte.

Plötzlich dudelte *Dreier* aus dem Fernseher. Felix spuckte den Wodka wie eine Fontäne aus, riß die Arme in die Luft und begann zu jubeln. Aber dann fiel sein Blick auf den Bildschirm. Es war bei einem dieser Billigprogramme gelandet, die nachts auf Erotik machten oder was sie dafür hielten. Eine 60jährige Frau entblätterte sich vor einer Einbauküche aus rustikaler Eiche und knetete zu Felix' Song an ihren Hängebrüsten herum.

Der brüllte wie ein angestochenes Schwein und warf mit der Wodkaflasche nach der nackten Alten. Es gab einen schrillen Knall. Der Bildschirm zersprang in tausend kleine Teile. Felix versetzte dem Gerät einen Tritt, so daß es schließlich vom Ständer kippte und mit einem dumpfen Krachen auf dem Boden landete. Inzwischen war fast die gesamte Gesellschaft wieder zusammen, angelockt durch Felix' Gebrüll. Konstantin, dessen behaarter Bauch sich über der Unterhose spannte, flüsterte leise: »Partystillstand.«

schön!

Alles starrte fasziniert auf die Funken, die der Fernseher ausspuckte. Sie brannten sich in den weißen Teppich ein. Die Vorhänge fingen Feuer, und ein paar Leute applaudierten. Irgendein Idiot versuchte, den Brand mit einem Glas Rotwein zu löschen.

Daniela zeigte auf den Reporter vom Musikfernsehen. Der hatte seine Chance erkannt und hielt mit der Kamera auf Felix. Der schien das Ganze als Spiel zu betrachten, als Showeinlage, die noch ausbaufähig war. Mit einem wilden Grinsen stürzte er sich auf den Fernseher, der vorwurfsvoll brummte; dann packte er das Gerät, stemmte es ächzend in die Luft und schmiß es mit einer Vierteldrehung aus dem Fenster.

Dummerweise stand Herr Schubert gerade am Lieferanteneingang und rauchte eine Zigarette in der eiskalten Nachtluft. Wie sich später herausstellte, erwartete er den Reporter einer Klatschzeitung, dem er manchmal Tips gab, wenn irgendwelche Promis im Hotel abstiegen. Sein heutiger Tip war unbezahlbar, allerdings sollte die kleine Petze nie etwas von dem Geld sehen. Das schrille Zerbersten der Fensterscheibe bekam er noch mit, aber der Fernseher war schneller als er ...

»Du willst mir also nicht sagen, wie es weitergeht, Anno Schöndienst?« Conny schleuderte das Manuskript in die Ecke und ging zu Bett. »Das finde ich auch anders heraus.«

## ZEHN
# Die Prophetin und der Berg

»Bist du dir auch ganz sicher, mein Kind?«, fragte Cassandra Goldstein ernst, nachdem Conny ihr Anliegen am nächsten Abend vorgebracht hatte. »Woher der Sinneswandel?«

»Es ist nicht für mich, es ist für einen … Freund.«

Ihre Tante war der einzige Mensch, der ihr helfen konnte. Doch in ihrem Gesicht zeigte sich keine Regung. Conny wusste nicht, ob das, was sie vorhatte, überhaupt funktionieren konnte, oder ob es eine total hirnverbrannte Idee war.

»Kannst du das?«, fragte sie, weil ihre Tante nicht antwortete.

»Aber selbstverständlich!« Cassandra streckte langsam ihre zittrigen Finger nach den Karten aus und überreichte ihrer Großnichte den Stapel. »Die kannst du schon mal mischen, mein Kind, aber du musst dabei ganz fest an diesen jungen Mann denken.«

Conny nickte entschlossen.

»Was wissen wir über ihn?«

»Er ist Künstler, sehr erfolgreich.«

»Alter?«

»So wie ich, schätze ich. Ende 20.«

»Du magst ihn?«

Conny musste überlegen. »Er macht es einem nicht leicht, aber … Ja, ich denke schon.«

»Also, wie ist sein Name?«

»Er heißt Felix.« Während sie die Karten mischte, erzählte sie ihrer Tante alles, was sie über ihn wusste, ohne jedoch preiszugeben, dass es sich dabei nur um eine Figur aus einem Roman handelte.

»Das genügt«, sagte Tante Cassandra schließlich und streckte langsam ihre Hand aus, um die gemischten Karten entgegenzunehmen. Wie sie dann den Stapel zu einem Fächer aufschob, kam Conny wie eine Ewigkeit vor. Es machte sie traurig, zu beobachten, wie die Krankheit Besitz von ihrer Tante ergriffen hatte, die jede Bewegung wie in einer überdehnten Zeitlupe ausführte: Cassandras Körper folgte ihren Befehlen, so schien es, nur mit Widerwillen.

»Was möchtest du wissen?«

»Was passiert mit Felix nach der Party im Hotel?«

Conny musste sich nun für drei Karten aus dem Fächer entscheiden. Sie streckte ihre rechte Hand aus, doch ihre Tante ermahnte sie: »Mit der linken Hand, mein Schatz. Sie ist die Verbindung zu deinem Herzen.«

Nachdem nun drei Karten blind in einer Reihe auf dem Tisch lagen, beobachtete Conny gespannt, wie ihre Tante sie langsam aufdeckte und die Symbole betrachtete, die darauf abgebildet waren: Ein Turm, ein Haufen Mäuse und eine Mondsichel, die an einem sternenreichen Himmel hing. Conny war gespannt, wie ihre Tante die Symbole deuten würde. Sie selber konnte sich keinen Reim darauf machen.

»Seine Freunde verlassen ihn, und es wird einsam um Felix«, sagte sie schließlich. »Ich sehe Melancholie, vielleicht auch Depressionen.«

»Aber was tut er denn? Kann ihm niemand helfen? Ist seine Karriere für immer vorüber?«

Tante Cassandra bedachte ihre Nichte mit einem strengen Blick.

»Du musst dich für den Moment auf eine Frage beschränken, mein Kind.«

»Macht er gar keine Musik mehr?«

Es dauerte, bis ihre Tante die Karten aufgenommen und

einen neuen Fächer gebildet hatte. Conny lauschte derweil dem Radio, das wie immer leise im Hintergrund lief. Laut Wetterbericht war es für die erste Maihälfte zu warm. Im Südwesten Deutschlands seien schon 60 Jahre alte Temperaturrekorde eingestellt worden.

Schließlich zog sie ein Haus, einen Park und einen Berg – Symbole, die ihr ausgesprochen nichts sagend erschienen, aber Tante Cassandra wirkte zufrieden.

»Der Park steht immer für Öffentlichkeit und Publikum. In Verbindung mit dem Haus deutet er auf Hausbälle hin, auch Konzerte.«

Conny nickte zufrieden. »Und der Berg?«

Ihre Tante trank etwas Tee aus ihrer Schnabeltasse.

»Der bedeutet Blockade und bezieht sich auf den Park, also die Öffentlichkeit. Dein Felix steht nicht gerne im Rampenlicht. Das ist verständlich, nach allem was passiert ist.«

Conny überlegte. Für ein Romanende erschien ihr das ein bisschen mager. »Hat er denn überhaupt niemanden mehr? Oder lernt er vielleicht jemanden kennen?«

Tante Cassandra musterte Conny mit ihren trockenen geröteten Augen.

»Ob er jemanden kennen lernt, willst du wissen?«

»Los schnell, sieh nach!«

Conny fand langsam Gefallen an dem Spiel. Solange es nicht um sie ging, hatte sie auch keine Angst davor, eine falsche Karte auszuwählen und Dinge zu erfahren, die sie lieber nicht gewusst hätte. Als ihre Tante endlich die neuen Symbole aufgedeckt hatte, erschien neben einem Buch und einer Schlange das Bild von zwei Eulen, die in einem Baum saßen.

Die Schlange gefiel Conny überhaupt nicht, und sie war gespannt, was ihr Auftauchen zu bedeuten hatte. Doch Tante Cassandra griff noch einmal nach ihrer Schnabeltasse, um etwas Tee zu trinken, und Conny hatte das Gefühl, absichtlich hingehalten zu werden.

»Und?«

Tante Cassandra rollte mit den Augen. »Der Tee ist kalt.«

Conny versuchte, nicht nervös zu werden. »Soll ich dir frischen besorgen?«

»Nein, lass nur, mein Kind.« Ihre Hand wanderte langsam über die aufgedeckten Karten und kam in der Mitte zum Halten. Dabei beschrieben ihre zittrigen Finger eine kreisförmige Bewegung, so subtil, dass sie kaum wahrzunehmen war.

»Wie du dir sicher denken kannst, steht die Schlange für eine Frau. Sie ist mit Vorsicht zu genießen, aber nicht notwendigerweise gefährlich. Wohl aber geheimnisvoll, darauf weist das Buch hin. Und sie ist redegewandt, verraten uns die beiden Eulen, möglicherweise auch geschwätzig.«

Conny betrachtete ihre Tante voller Bewunderung. Sie war eine großartige Geschichtenerzählerin, man konnte ihr stundenlang zuhören.

»Möchtest du herausfinden, was es mit dem Geheimnis der Frau auf sich hat?«

»Nein, danke, das genügt«, sagte Conny. Sie beschloss, die Karten nicht weiter zu bemühen. Sie hatte nun eine grobe Idee, wie Annos Roman ausgehen mochte, das genügte ihr. Vielleicht würde eines Tages sein Buch im Schaufenster liegen, dann konnte sie die letzte Lücke schließen, aber für den Moment war ihre Neugier befriedigt.

»Es genügt?«, fragte ihre Tante erstaunt.

Als Conny erklärte, dass es sich bei Felix nur um eine Romanfigur handelte, wurde Tante Cassandra böse. Ihre Gesichtszüge blieben starr, aber ihre Augen funkelten. Dann schlug sie mit der Hand auf den Tisch, und Conny erschrak über die Kraft, die die alte Dame noch aufbrachte.

»Die ganze Aufregung, nur um ein Buch? Das hättest du mir vorher sagen müssen!«

»Tut mir Leid, Tantchen«, sagte Conny kleinlaut.

»Die ganze Prophezeiung ist wertlos, Cornelia. Ich kann dem Schicksal auf die Finger sehen. Nicht einem Schriftsteller, der Schicksal spielt.« Cassandras Mund zitterte. Conny wusste nicht, ob ihre Tante nach Fassung rang oder ob es sie aufbrachte, dass die Krankheit sie beherrschte, und sie nicht, wie sie es möglicherweise wollte, aus der Haut fahren konnte. Es war schrecklich anzusehen.

Tante Cassandra sammelte die Karten zu einem Stapel zusammen und sagte leise und verächtlich, wie zu sich selbst: »Für einen Roman!«

»Es ist ein besonderer Roman, Tante.« Conny erzählte von Anno und wie Leslie ihr geholfen hatte, an sein Manuskript zu gelangen und dass sie verzweifelt war, weil es am Ende so unvermittelt abbrach.

»Spionage und Diebstahl, ich habe es in den Karten gesehen«, sagte ihre Tante triumphierend.

»So würde ich es nicht nennen«, entgegnete Conny.

Cassandra machte ein abschätziges Geräusch, wie ein Fahrradventil, aus dem die Luft entweicht. »Dann frag mal deinen Dichter, das kommt ganz auf die Perspektive an. Das ganze Kartenlegen ist eine Sache der Betrachtung«, sagte sie und reichte ihrer Nichte erneut die Karten. »Und jetzt will ich es wissen.«

»Was denn?«

»Du musst mischen, mein Kind!«

Conny traute sich nicht zu widersprechen und brachte den Stapel ein wenig durcheinander.

»Wo ist er, dein großer Schriftsteller?«

Conny zuckte mit den Schultern.

Ihre Tante sah sie über den Rand ihrer großen Brille an.

»Wirklich, Tante, ich weiß nicht, ob …«

»Wir haben das Spiel nach deinen Regeln gespielt, jetzt bin ich dran. Oder willst du mir diesen einen Wunsch abschlagen? Ich weiß, dass du deiner alten Tante in der Angelegenheit gerne die Details verschweigst. Und die sind es doch, die das Leben so spannend machen. Vor allem für eine alte Schachtel wie mich, die den ganzen Tag mit ihren Verflossenen in dieser Russen-Kaserne zubringt.«

Conny hatte aufgehört, zu mischen.

»Aber ich will nicht wissen, woran ich sterbe oder wann«, sagte sie.

Die alte Dame wackelte ungeduldig mit dem Kopf.

»Und wenn in den Karten steht, dass ich mein Leben lang Single bleibe, dann behalte es bitte für dich«, sagte sie. »Ich würde mir gerne die Illusion bewahren.«

»Sei nicht töricht! Jeder findet einmal denjenigen, der zu ihm passt. Ich hatte sogar zweimal das Glück.«

»Warst du nicht viermal verheiratet?«

»Na und? Was beweist das schon?«, sagte Cassandra mit einem Augenzwinkern, das sie viel Mühe zu kosten schien.

Conny musste lachen, doch ihre Tante hielt sie erneut zum Mischen an. »Und denk dabei an den jungen Mann, der dir so gut gefällt. Was hat er für Hände? Hast du sie dir angesehen?«

Conny lächelte. Sie hatte seine Hände *studiert*: Die Finger waren an den Gelenken auffallend knotig, und das wies die Person, die an diesen Fingern hing, als kritisch aus, schwer zufrieden zu stellen. Sein ausgeprägter Daumenballen wiederum, ein voller und saftiger »Venusberg«, stand für eine starke Empfindsamkeit. Das hatte sich in seinem Verhalten ihr gegenüber bislang allerdings wenig ausgedrückt.

»Anno hat ausdrucksstarke Hände, Tantchen. Künstlerhände. Und keine Mörderdaumen.«

Tante Cassandra nickte zufrieden. Sie hatte ihrer Großnichte eine Menge über die Aussagekraft von Händen beigebracht.

Leise summend, zu einer Melodie aus dem Radio, legte Cassandra die oberste Kartenreihe ab und deckte die Symbole auf.

»Wusstest du, dass deine umtriebige Mutter in Südafrika unterwegs ist?«

»Woran siehst du das denn?«, staunte Conny, starr vor Ehrfurcht.

Tante Cassandra pfiff wieder durch ihre Zähne. »Dummchen! Sie hat mir eine Postkarte geschrieben. Ich soll dir Grüße ausrichten. Aber jetzt an die Arbeit.«

Cassandra legte ihrer Großnichte die Karten. Symbol für Symbol und Reihe für Reihe. Sie begann mit Allgemeinplätzen, etwa der Feststellung, dass Conny eine beziehungslose Phase durchlebte, die aber eines Tages ein Ende finden würde. Doch so banal die Prophezeiung begann, die Aussagen ihrer Tante wurden immer konkreter. Conny kam das alles ganz unwirklich vor. Die Rede war von ›Liebe und Komplikationen‹, von ›Liebe auf Umwegen‹. Die Karten kündigten eine Verbindung an, die Zeit brauchte, und als sei alles noch nicht schwierig genug, kam nun auch noch der Berg ins Spiel, der der Liebe im Weg stehen mochte.

Es waren kaum noch Karten übrig, als Tante Cassandra fragte:

»Sollen wir dem Hindernis auf den Grund gehen?«

Conny zog eine Grimasse. »Meinetwegen.«

»Wir wollen also wissen, was einer Verbindung zwischen Conny und diesem jungen aufstrebenden Autor entgegensteht.«

Die Art, wie sie es sagte, ein Unterton in ihrer alten brüchigen Stimme, der den Glauben verriet, auf jede Frage eine Antwort zu erhalten, verursachte Conny eine Gänsehaut. Es machte sie nervös, ihre Tante beim endlos gedehnten Umdrehen der Karten zu beobachten. Was half es ihr auch zu wissen, dass das erste Symbol der Baum war – die Deutungshoheit besaß allein ihre Tante. Und so heftete sich Connys Blick auf Cassandras Augen und lauerte dort auf ein Zeichen, das sie besser verstand als das Zusammenspiel von Mäusen, Füchsen und Bäumen. Und tatsächlich, kaum war die letzte Karte aufgedeckt, passierte etwas Sonderbares: Ihr starres Gesicht wurde blass und in ihren Augen wechselten sich binnen Sekunden alle menschenmöglichen Regungen ab: Erschütterung, Schock, Angst, Erleichterung, Zuversicht, Freude.

»Tantchen?«

Das schien Cassandra umso mehr zu erschrecken, und sie stieß ihre Tasse um. Bei dem Versuch, danach zu greifen, irrten ihre Hände ungeschickt über den Tisch und fegten die Karten zu Boden. In der Kürze der Zeit glaubte Conny, unter den aufgedeckten Symbolen das Kreuz und die Sense zu entdecken, aber im nächsten Augenblick war sie sich schon nicht mehr ganz sicher.

»Was hast du denn gesehen?«, fragte sie, während sie die Karten vom Boden auflas. Doch ihre Tante antwortete nicht. Sie starrte reglos an die Wand über ihrem Bett, wo ein gekreuzigter Jesus hing.

»Tante Cassandra?«, versuchte es Conny noch einmal. Dann sah sie, wie ihre Hand wie im Schneckentempo zu der verdeckten Karte wanderte, die im Abseits lag. Sie drehte sie um: Es war der Schlüssel.

Cassandra holte tief Luft und wurde ganz ruhig. Dann nickte sie und sagte: »Entschuldige, ich hatte einen anstrengenden Tag. Bringst du mich bitte ins Bett?«

Conny half ihr noch beim Waschen und versuchte herauszubekommen, was Unerhörtes in den Karten gestanden hatte, doch Cassandra wirkte abwesend und schien ihre Fragen überhaupt nicht zu registrieren. Langsam wurde ihre alte Lieblingstante wunderlich.

Als sich Conny an diesem Abend von ihr verabschiedete, sagte sie:

»Wir sehen uns nächste Woche, mein Kind. Aber ruf an, bevor du kommst.«

# ELF
# Lesen und lesen lassen

Für Conny stand fest, dass sie Anno nie wiedersehen würde, und sie hatte sich schon erfolgreich eingeredet, dass es exakt das war, was sie wollte. Doch am nächsten Tag, es war ein Samstag, stand er überraschend im Laden und fragte, ob sie Lust hätte, am Abend mit ihm ins Kino zu gehen.

»Sehr gerne!«, hörte sie eine Stimme sagen, die verdächtig nach ihrer eigenen klang, und in Rekordzeit vergaß sie all ihre Zweifel. Als Anno weg war, rief Conny aufgeregt ihre Tante an.

»Wie hast du das gemacht?«

»Ich habe nichts gemacht, mein Kind. Ich habe lediglich die Karten gefragt. Nun geh und amüsier dich mit deinem Dichter! Beim nächsten Mal erwarte ich einen ausführlichen Bericht.«

Conny war gespannt, welchen Film sie sehen würden. Sie selber ging selten ins Kino, sie *las* lieber, aber das hatte sie Anno ja bereits zur Genüge erzählt. Unterwegs versuchte sie zu erraten, was für eine Art Film er ausgesucht hatte. Bestimmt nichts übertrieben Romantisches, da war sie ganz zuversichtlich.

Die S-Bahn hielt, und zwei Männer mit schwarzen Umhängen betraten den vorderen Teil des Zugs. Conny hätte schwören können, dass einer von ihnen eine Maske trug, aber sie war nicht sicher; ohnehin hatte sie längst damit aufgehört, sich über die Gestalten zu wundern, denen man in öffentlichen

Verkehrsmitteln begegnete, und so konzentrierte sie sich wieder auf den vor ihr liegenden Abend.

Dass Anno eine Komödie sehen wollte, hielt sie für unwahrscheinlich, und obwohl sie ihn so gerne zum Lachen brachte, kam ihr das entgegen. Komödien waren eine heikle Sache, denn gab es etwas Frustrierenderes, als neben jemandem zu sitzen, der vor Lachen fast ein Ei legte, weil der Pipimann von Ben Stiller mal wieder im Reißverschluss stecken geblieben war, und man guckte zum fünften Mal heimlich auf die Uhr seines stumm gestellten Handys und fragte sich, warum in solchen Situationen nie jemand anrief, der sich gerade vom Fernsehturm stürzen wollte oder aus welchen Gründen auch immer Hilfe brauchte, und zwar genau jetzt.

Noch eine Haltestelle bis zum Kino, und das Abteil füllte sich mit weiteren sonderbaren Gestalten. Die meisten waren in schwarze Umhänge mit Kapuzen gekleidet, und zwei von ihnen trugen dunkle Masken vor dem Gesicht, die Conny entfernt an die Darth-Vader-Figur im Laden erinnerten. Sie konnte sich die Verkleidung dieser Leute nicht erklären, denn bis Helloween waren es noch fünf Monate.

Als sie die S-Bahn verließ und die letzten Meter zu Fuß zurücklegte, bemerkte sie, dass ihr die Männer in den schwarzen Umhängen folgten, und es durchströmten sie äußerst ambivalente Gefühle.

Um halb acht erreichte Conny das Kino. Anno empfing sie mit einem vorsichtigen Lächeln und schüttelte zur Begrüßung ihre Hand. Dann zeigte er ihr stolz die *Star-Wars*-Tickets, die er gekauft hatte, und Conny hatte Mühe, ihre Enttäuschung zu verbergen. Aber sie wollte keine Spielverderberin sein, und so versuchte sie, ihr Geständnis, sie habe noch nie einen *Star-Wars*-Film gesehen, so klingen zu lassen, als sei sie froh, dass diese schlimme Zeit nun endlich vorüber war.

»Das trifft sich gut«, sagte Anno, »denn es ist die lange *Star-Wars*-Nacht, und sie zeigen auch nochmal die anderen Filme.«

Riesig, dachte Conny und wünschte, sie hätte bei Edgars Vorträgen besser aufgepasst.

Es war ein altes gemütliches Programmkino, der Zuschauerraum war mit rotem Samt verkleidet, und von der Decke hing ein riesiger Kronleuchter. Als ihre Tickets kontrolliert wurden, ließ Anno Conny den Vortritt, und sie musste an einen kleinen Sketch aus dem Fernsehen denken, in dem ein Herr den Kinosaal betritt und eine vollbusige Blonde sein Ticket zerreißt, was ihn so böse macht, dass er im Gegenzug ihr Kleid aufreißt. Conny erzählte Anno die Geschichte und war glücklich, dass sie ihm gefiel, denn das Lachen würde ihm sicher noch vergehen, wenn er erfuhr, dass er es nicht nur mit einer absoluten Jungfrau in Sachen *Star Wars* zu tun hatte, sondern auch noch mit einer Kostverächterin.

Das Licht wurde gedimmt, und die Show begann. Während des Vorspanns erklärte Anno ihr, dass man zunächst die neueren Filme zeigte, weil die in der Chronologie der Ereignisse an den Anfang gehörten, dass sie aus technischen Gründen aber nicht früher gedreht werden konnten.

»Verstehe«, sagte Conny, die keinen Schimmer hatte, wovon Anno sprach. Trotzdem genoss sie es, den Abend an seiner Seite zu verbringen; sie fühlte sich so wohl in ihrem Polstersitz, dass sie für einen Moment versucht war, ein Nickerchen zu machen. Doch Conny riss sich zusammen. Sie versuchte, sich zu konzentrieren und nicht jedes Mal, wenn ihr der Name eines Charakters bekannt vorkam, zu überlegen, ob sie daran gedacht hatte, bei seinem Namensvetter Papier nachzufüllen oder wann sie eigentlich zum letzten Mal die Fixiereinheit gewechselt hatte.

Hin und wieder lehnte sich Anno mit wissenswerten Details zu ihr herüber. So teilte er ihr mit, dass *Star-Wars*-Erfinder George Lucas in Schulzeiten auf den Spitznamen Luke gehört hatte und dass sein Held darum ebenso hieß. Dass sein Drehbuch für den ersten *Krieg-der-Sterne*-Film Mitte der 70er Jahre von allen großen Hollywoodstudios abgelehnt worden war mit der Begründung, dass das niemand sehen wolle.

»Und warum haben sie es sich anders überlegt?«

Anno zuckte mit den Schultern. »20th Century Fox hat es dann einfach gemacht, allerdings mit der Erwartung, den Flop des Jahrhunderts zu produzieren. Da haben sie sich gründlich geirrt.«

»So was.« Conny versuchte, teilnahmsvoll zu klingen.

Später erklärte er ihr noch, warum das Publikum laut mitsprach, als Obi Wan sagte, er habe ein ganz mieses Gefühl – ein Satz, der als Running Gag und zum Vergnügen eines jeden Fans in jedem Teil wiederkehrte. Conny versuchte, sich alles zu merken. Das hielt sie wach.

Nach dem ersten Film gab es eine kurze Pause.

»Wie findest du ihn?«, fragte Anno, und Conny sagte »Hm-m«.

Während des zweiten Teils hielt sich Anno mit Erläuterungen zurück. Erst während der Rede des Kanzlers vor dem Senat, der ihn mit Sondervollmachten ausstattet, um in den Krieg gegen die Separatisten zu ziehen, flüsterte Anno etwas von deutlichen Verweisen auf Hitler und seine Entmachtung des Parlaments 1933.

Conny fragte sich, ob sie die *Star-Wars*-Filme möglicherweise unterschätzt hatte, und nickte interessiert. Sie mochte die Art, wie Anno Dinge erklärte. Nicht wichtigtuerisch, vielmehr schien er echte Freude daran zu finden. Wäre er nur halb so mitteilsam, wenn es um seinen Roman ging!

»Kannst du noch?«, fragte Anno, als nach Mitternacht der dritte Film begann. Conny kuschelte sich in ihren Sitz und sagte tapfer: »Klar.«

Keine fünf Minuten später war sie eingenickt und wurde erst wieder wach, als das gesamte Kinopublikum »Ich habe ein mieses Gefühl bei der Sache« schrie.

Conny fuhr auf. Im ersten Moment wusste sie nicht, wo sie war. Auf der Leinwand tummelten sich sonderbare Gestalten. Dann erinnerte sie sich. *Star Wars.* Flop des Jahrhunderts. Mieses Gefühl. Hitler. Anno.

Hatte er etwas mitbekommen? Sie musste unbedingt wach bleiben, und so besorgte sie sich im Vorraum einen Kaffee. Als sie zurück in ihren Sitz schlich, stand Prinzessin Padmé auf dem Balkon und kämmte ihr lockiges Haar. Anakin beobachtete sie und sagte:

*»Du bist so … wunderschön.«*

*»Das liegt nur daran, dass ich dich so sehr liebe.«*

*»Nein, das liegt daran, dass ich dich so sehr liebe.«*

Conny fragte sich, ob dieser hanebüchene Dialog ernst gemeint war, da rückte Anno etwas näher heran und senkte seinen Kopf.

»Gutes Timing«, flüsterte er.

»Wieso?«

»Das war gerade die lustigste Szene des Films. Angeblich hat Tom Stoppard bei den Dialogen ausgeholfen, aber den hier muss er vergessen haben.«

Conny hätte ihn küssen können. Sie schmiegte sich an ihren Sitz und beobachtete von nun an Anno statt die Leinwand. Von mir aus kann es die ganze Nacht so weitergehen, dachte sie zufrieden.

Als sie das nächste Mal erwachte, hatte sie jedes Gespür für die Zeit verloren. Wie viele Filme hatte sie verpasst? Sie traute sich nicht auf die Uhr zu sehen. Anno sollten nicht denken, dass sie sich langweilte.

Mit Beginn des Abspanns schlug er vor zu gehen.

»Schon vorbei?« Conny hatte Angst, dass sie die restlichen drei Filme verschlafen hatte, und es würde rauskommen.

»Nein«, sagte Anno mit einem amüsierten Seitenblick, »aber kein normaler Mensch guckt sich das bis zum Schluss an.«

»Hat es dir nicht gefallen?«, fragte Conny, als sie auf die Straße traten, wo zwei Kapuzenmänner standen und mit einem Miniatur-Laserschwert ihre Zigaretten anzündeten.

»Doch, aber ich wollte dich nicht unnötig weiterquälen. Ich habe mir Sorgen um deinen Hals gemacht, wie du da im Sessel hingst und geschnarcht hast.«

»Ich habe nicht …« Sie wusste nicht, was sie zuerst dementieren sollte. »Ich schnarche nicht!«

»Ich dachte wirklich, Darth Vader sitzt neben mir und röchelt.«

Conny machte sich darauf gefasst, dass jeden Moment ein Supersternzerstörer auftauchte und ihr Luftschloss in Schutt und Asche legte. Wahrscheinlich würde sich Anno nun diskret zurückziehen, und sie konnte den schicken Palast am Frankfurter Tor allein beziehen.

»Tja, das war ein schöner Abend …«, versuchte sie, ihm zuvorzukommen, doch da regte Anno an, noch etwas trinken zu gehen. Conny verstand gar nichts mehr, stimmte aber kleinlaut zu, mit dem Hinweis, sie hätte ja nun schließlich ausgeschlafen.

»Du bist süß, Fräulein Vader«, sagte Anno.

»Du darfst ruhig Darth zu mir sagen.« Anno musste über die Antwort so laut lachen, dass sich die beiden Kapuzenmänner nach ihnen umdrehten.

Mit der Ankündigung, ihr etwas zeigen zu wollen, nahm er sie mit nach Hause. Sie wagte nicht zu hoffen, dass er ihr seinen Roman offiziell vorstellen würde, und hätte sich lieber die Zunge abgebissen, als noch einmal danach zu fragen.

Anno wohnte mit seinem Vater direkt über der Buchhandlung. Herr Schöndienst schlief schon, als sie nach Hause kamen, und so mussten sie leise über den Flur zu Annos Zimmer schleichen. Conny erschrak, als er die Tür öffnete und das Licht anschaltete. Wie konnte man in einem so kleinen Raum leben? Die Einrichtung bestand nur aus einer Kleiderstange, an der Hemden und Hosen nach farblicher Intensität von Beige bis Dunkelbraun sortiert waren, sowie einer Matratze, die an der Wand lehnte, weil sie sonst den Eingang blockiert hätte. Bettdecke und Kissen lagen ordentlich gefaltet daneben, obenauf saßen Annos Laptop und ein dickes Buch mit dem Titel *Alles, was Sie über das Musikbusiness wissen müssen.* Auf einem Regal an der Wand entdeckte sie eine kleine Kompaktanlage;

flüchtig zählte sie fünf oder sechs CDs, die in Reih und Glied daneben standen.

»Und hier schreibst du?«, fragte sie vorsichtig.

»Unter anderem.« Anno nahm ihr die Jacke ab, und verschwand er, um etwas zu trinken zu besorgen. Conny widmete sich derweil seinem Musikregal. Es handelte sich um CDs von Bands und Sängern, von denen sie noch nie gehört hatte. Conny wusste um ihren peinlichen Musikgeschmack, denn sie hörte immer noch ihre alten Kassetten aus den 80er Jahren, und so beeindruckten sie allein die Namen: Divine Comedy, Eels, Rufus Wainwright. Da Anno länger zu brauchen schien, legte sie eine CD ein und wählte die kleinstmögliche Lautstärke. Die Musik gefiel ihr auf Anhieb. Die Stimme, die Melodie und das gesamte Arrangement vermittelten ihr das Gefühl, in einem großen, frisch gemachten Bett zu liegen.

Anno kehrte mit zwei Flaschen Bier und einem Buch zurück, das er unter den Arm geklemmt hatte. Er stellte die Musik ab und sagte:

»Vielleicht kann ich dir hiermit einen größeren Gefallen tun als mit *Star Wars.*«

Conny half ihm, die Matratze auf den Boden zu legen, und setzte sich. Anno öffnete erst das Bier und dann das Buch. Es handelte sich um den *Steppenwolf* von Hermann Hesse, diese Geschichte eines leidenden Künstlers, der das normale, bürgerliche Leben banal und abstoßend findet, obwohl er doch sehnlichst daran teilnehmen will, und für diese Sehnsucht wiederum hasst er sich selbst, bis er die Hure Hermine trifft, die ihm beibringt, über sich selbst zu lachen.

Anno las die wichtigsten Passagen vor, nicht ohne sich zwischendurch zu vergewissern, ob Conny noch könnte oder ob sie neben ihm eingeschlafen war. Aber sie war wie berauscht, weniger von der äußerst verwirrenden Geschichte als vielmehr von Annos Stimme und der Tatsache, dass sie hier die Nacht zusammen verbrachten. Wenn nur ihr Magen ihn nicht alle fünf Minuten anknurren würde, weil sie außer einer leichten

Suppe und einer halben Tafel Espresso-Sahne den ganzen Tag nichts gegessen hatte.

Sie betrachtete Annos Hände beim Umblättern, die knotigen Gelenke seiner langen Finger, und vergaß völlig die Zeit. Sie bat ihn bei jeder Pause, nur nicht aufzuhören und wenigstens noch eine Seite zu lesen.

»Es ist wunderbar verwirrend, oder?« Anno klappte das Buch am Ende seiner Lesung behutsam zu, und Conny nickte.

»Anakin Skywalker erinnert mich manchmal an den Steppenwolf, denn er trägt, einfach ausgedrückt, auch beides in sich, Gut und Böse. Aber das Böse ist stärker, und so wird er zu Darth Vader. Harry dagegen hat Glück, denn er trifft Hermine.«

Conny nickte zögernd. Die Namen der zwei Protagonisten erinnerten sie an *Harry Potter*, doch sie traute sich nicht, das zuzugeben, weil sie fürchtete, Anno könnte sie auslachen.

Draußen wurde es langsam hell, und die Vögel sangen sich ein für den neuen Tag. Nun, da die Nacht vorbei war, spürte Conny, wie müde sie war, und auch Anno rieb sich die Augen. Sie verabredeten sich für den Nachmittag, dann sollte Conny etwas vorlesen.

Sie konnte kaum schlafen, so aufgewühlt war sie. Immer musste sie an Anno denken, und sie fragte sich, was er an diesem Buch fand. Wollte er ihr damit etwas Bestimmtes mitteilen? Sah er sich selber als eine Art Steppenwolf? Sollte sie für ihn die Hermine geben? Und nach welcher Seite in ihr sehnte er sich, nach der Hure oder nach der Erlöserin?

Gegen Mittag stand sie auf, kochte eine große Kanne Kaffee und setzte sich ins Wohnzimmer vor ihr Bücherregal. Was sollte sie Anno nachher präsentieren? Sie zog als Erstes *I.M.* hervor, ihr Lieblingsbuch, das sie zuletzt an Weihnachten gelesen hatte, aber es war eine Liebesgeschichte, eine ganz besondere Liebesgeschichte zwar, aber eben eine Liebesgeschichte, und Conny wollte nicht, dass Anno dachte, dass sie ihm mit der Auswahl ihrer Lektüre etwas signalisieren wollte. Außerdem befürchtete sie, beim Lesen der ersten Szene zu erröten, die eine Begegnung des Paares schildert, die beide mit einer solchen Gefühlswucht trifft, dass sie sich synchron in die Hose machen.

Kurz entschlossen zog Conny das nächste Buch hervor, überflog ein paar Seiten, verwarf es wieder und probierte ein anderes. *Wuthering Heights. Witwe für ein Jahr. Bittersüße Schokolade.* Überall ging es um Liebe. Oder schlimmer noch: Erotik! Im Laufe des Nachmittags leerte sich das Regal zunehmend, während sich um sie herum aufgeklappte Romane und angefangene Erzählungen auf dem blutroten Dielenfußboden stapelten. Es waren Bücher, die sie einst verschlungen, nicht selten zwei- oder dreimal gelesen und sogar erfolgreich verschenkt hatte. Bestseller, von der Kritik verwöhnt, aber kein Text konnte sie mehr begeistern, wenn sie daran dachte, dass sie ihn heute vorlesen sollte, kein Titel schien ihr geeignet, Annos Aufmerksamkeit zu gewinnen und über ein oder zwei Stunden zu halten. Womit sollte sie jemanden glücklich machen, der *Star Wars* ebenso viel abgewinnen konnte wie Hesse?

Conny seufzte.

Ihr blieb nur noch eine Stunde Zeit, und sie begann lustlos, die Werke ins Regal zurück zu sortieren. Für einen Moment dachte Conny daran, die Verabredung mit Anno abzusagen, doch dann beschloss sie, einfach zu sagen, sie könne das Buch nicht finden, sie müsse es wohl verliehen haben, in der Hoffnung, dass Anno vielleicht mit seiner Geschichte herausrückte, und sie endlich erfuhr, wie es weiterging.

»Und? Was ist dein Lieblingsbuch?«, fragte Anno, als sie am Abend in seinem Zimmer saßen. Sie hatten den Rest des Nachmittags bei prachtvollem Wetter im Park verbracht und dort ein leichtes Abendessen eingenommen. Dann waren sie zu Anno gegangen und hatten seine wundervollen CDs gehört. Die ganze Zeit hatte Conny gehofft, dass er sich nicht mehr an ihr Vorhaben erinnern würde.

»Ich hab's vergessen«, sagte sie.

Anno musterte sie verwundert. »Du hast vergessen, was dein Lieblingsbuch ist?«

»Ich habe vergessen, es mitzubringen.«

»Wie heißt es?«

»*Wuthering Heights*«, log Conny.

Anno griff nach ihrer Hand und zog sie durch die dunkle Wohnung. Als es wieder hell wurde, standen sie vor dem geöffneten Kühlschrank.

»Bedien dich«, sagte Anno und nahm ein Bier aus dem Gemüsefach, das sich die Flaschen mit einem Glas Spreewaldgurken teilten. Conny tat es ihm gleich, danach wurde es wieder dunkel. Sie hörte, wie Anno eine Schublade öffnete und etwas herausnahm. Anschließend wurde ein schwerer Vorhang zur Seite gerafft.

»Vorsicht, Stufen!«, flüsterte Anno, und Conny wollte seine Hand nie wieder loslassen, es war ihr völlig gleichgültig, wo er sie hinführte.

»Überraschung!«

Sie vernahm das Ratschen eines Streichholzes, und eine Flamme erhellte Annos Gesicht. Nachdem er die Kerzen eines Kandelabers entzündet hatte, entdeckte Conny, dass sie mitten in der Buchhandlung standen.

»Ich bin nachts oft hier unten und lese«, sagte Anno. Seine ernsten Gesichtszüge wirkten ganz weich in dem warmen Kerzenlicht.

»Was machst du, wenn es den Laden nicht mehr gibt?«, fragte Conny, der das Geschäft bei Nacht schon viel besser gefiel. Die vollgestopften Regale wirkten mit einem Mal romantisch und geheimnisvoll. Ein Meer aus Buchrücken, hinter denen sich Tausende von Geschichten verbargen, von Liebe, Lust und Abenteuer, Verlust, Leid und Entbehrung.

»Vermutlich muss ich dann für die Bücher, die ich lese, zahlen. Oder ich breche irgendwo ein.«

Anno breitete eine Wolldecke auf dem Boden aus, dort, wo

die Autoren, deren Nachnamen mit B begannen, im Bücherregal standen, und lud Conny ein, sich zu bedienen. Dann legte er sich auf die Decke, bettete den Kopf auf seine verschränkten Arme und sah sie erwartungsvoll an.

Schnell hatte Conny den Roman gefunden und begann im warmen Licht der Kerzen zu lesen. Immer wieder schaute sie verstohlen auf, weil sie fürchtete, Anno könnte sich langweilen. Doch jedes Mal trafen sich ihre Blicke, und sie las rasch weiter.

Was Conny an *Wuthering Heights* faszinierte, war, dass jeder es anders las. Sie hatte das Buch einigen ihrer Freundinnen geschenkt, und die Erste war davon überzeugt, dass allein Heathcliff die beiden Familien aus Yorkshire zugrunde gerichtet hätte. Für die Zweite stellte die Haushälterin Nelly das personifizierte Böse dar, und die Dritte schob den Niedergang der Familien auf ihre extremen Leidenschaften: Hass, Eifersucht und Rache, aber auch grenzenlose Liebe zwischen Heathcliff und Catherine, die selbst ihren Tod überdauert.

Als Conny fertig war, sagte Anno nichts. Sie wollte ihn nicht drängen, und so blätterte sie ein bisschen im Vorwort des Romans und versuchte, ihr Magenknurren zu ignorieren. Sie erfuhr, dass Emily Brontë, die dieses Buch vor über 150 Jahren geschrieben hatte, wenige Monate nach ihrem 30. Geburtstag an Tuberkulose gestorben war. Ein Schauer zog über Connys Rücken. Sie selber wurde in fünf Tagen 30.

»Findest du, es ist ein Frauenroman?«, fragte sie endlich und klappte das Buch zu. Sie erzählte Anno, was sie davon hielt, Regale in Buchhandlungen aufzustellen, die man mit »Freche Frauen« betitelte. Anno lachte, und Conny gefiel es, wie leicht sie ihn zum Lachen bringen konnte.

»Ich weiß, was du meinst«, sagte er, dann wurde er wieder ernst. »Grundsätzlich ist es wohl so, dass Leute – und das gilt nicht nur für Frauen – im Prinzip immer wieder die gleiche Art Geschichte lesen wollen und sich an solche Regale stellen, weil sie sich scheuen, etwas Neues auszuprobieren.«

Anno setzte sich auf und umarmte seine angewinkelten Beine.

»Denn es gibt ja auch nur eine begrenzte Zahl von Geschichten. Zum Beispiel den Kampf von Gut gegen Böse, das ist so ein Archetyp. 1000-mal variiert, aber eigentlich ist es immer das gleiche Prinzip.«

»Star Wars«, sagte Conny grinsend.

Anno nickte. »007.«

»Oder der Denver-Clan.« Conny mochte ihr neues Spiel.

»Und Harry Potter«, sagte Anno, und ihr fiel wieder ein, was er zu Leslie über das Abschreiben gesagt hatte.

»Aber um deine Frage zu beantworten: Ich finde, es gibt nur gut oder schlecht erzählte Romane.«

Auch wenn sie immer noch nicht wusste, ob Anno ihr Buch mochte, gefiel ihr diese Antwort sehr, und sie hätte ihn dafür küssen mögen. Noch nie hatte sie sich so gut über Literatur unterhalten. Doch es war schon spät. Zeit, aufzubrechen.

»Danke für die schöne Geschichte«, sagte Anno, als er die Ladentür aufschloss. Conny sah hinauf in die leise raschelnden Wipfel des alten Lindenbaums. Sein dunkles Geäst war so undurchschaubar wie Anno.

»Morgen bin ich wieder dran mit Lesen, wenn du willst«, sagte er und strich zärtlich mit seiner Hand über ihre Nase.

»Ja, ich will.«

»Und? Hat er ihn rausgeholt?«, fragte Leslie am nächsten Tag auf der Arbeit. Conny hatte gerade Obi Wans Tonerrestbehälter gewechselt und brachte den alten ins Lager.

»Falls du seinen Roman meinst: nein.«

»Und falls ich nicht seinen Roman meine?«, rief Leslie ihr nach.

»Dito!«

Daran änderte sich die ganze Woche nichts. Conny genoss jede Minute mit Anno, konnte sich aber nicht richtig entspannen, weil sie hoffte, er würde endlich mit der Geheimniskrämerei aufhören, aber den Gefallen tat er ihr nicht. Sie versuchte, hinter seinen Büchern ein System zu entdecken, eine Art Botschaft. Doch mit dem *Zementgarten*, der Geschichte von vier Geschwistern, die ihre verstorbene Mutter im Keller vergraben, aus Angst, vom Jugendamt getrennt zu werden, schlug Anno am dritten Abend einen neuen Ton an.

»Das war schon ein bisschen gruselig«, sagte Conny hinterher und fragte sich, wie sie die Nacht überstehen sollte, ohne dass jemand für sie im Keller nachsah, ob nicht vielleicht auch dort eine Leiche einzementiert war. »Als zwischendurch die Kerze geflackert hat, ist mir fast das Herz stehen geblieben.«

»Ich hoffe, du bekommst keine Albträume.« Anno streichelte zum Abschied ihre Nase.

»Neinnein«, sagte sie und ärgerte sich die ganze Nacht, weil sie vor Anno die starke Frau markiert hatte.

Am nächsten Abend las Conny die Geschichte vom *Muschelessen*, zu dem eine Mutter und ihre zwei Kinder den Mann und Vater mit frischen Muscheln erwarten, doch er taucht nie auf. Trotzdem ist sein Geist in gewisser Weise anwesend, weil sich die drei Anekdoten über ihn erzählen, die wenig schmeichelhaft sind, und so wird der Familienvater, trotz Abwesenheit, als Charakter immer deutlicher und entpuppt sich als cholerisches Scheusal.

»Es ist verrückt«, sagte Conny, als sie das Buch aus der Hand legte, »aber jedes Mal, wenn ich es lese, hoffe ich, dass der Vater am Ende doch noch auftaucht und dass sich alles wieder einrenkt.«

»Du meinst so, wie wenn man zum fünften Mal *Titanic* sieht, und jedes Mal wieder erschrickt, wenn plötzlich der Eisberg auftaucht?«, feixte Anno. Doch Conny lachte nicht.

»Vielleicht«, sagte sie leise.

»Es spricht auf jeden Fall für die Autorin, würde ich sagen.«

Conny schüttelte traurig den Kopf. »Nein, das spricht dafür, dass mein Vater tot ist und ich weiß, dass er nie wieder auftaucht.«

Anno schaute zu Boden. »Wenn ich das gewusst hätte, hätte ich dich mit dem *Zementgarten* verschont.«

Sein Bedauern klang ehrlich, und ohne nachzudenken nahm sie seine Hand.

»Ich habe meine Mutter verloren, da war ich zehn«, sagte Anno.

Conny drückte seine Hand und versuchte im Dämmerlicht vergeblich, Annos Blick einzufangen. »Woran ist sie denn gestorben?«

»Sie ist nicht tot. Sie ist einfach abgehauen, in den Westen, wollte es besser haben.«

»Und warum hat sie dich nicht mitgenommen?«

»Das verstand sie offenbar nicht unter ›besser haben‹.« Anno ließ ihre Hand los.

»Und nach dem Fall der Mauer? Hat sie es nie bereut?«

»Nichts«, sagte Anno. »Das Einzige, was mir von ihr geblieben ist, ist das verdammte Fahrrad. Ich lasse es an den unmöglichsten Orten stehen und schließe es nicht ab, aber glaubst du, es erbarmt sich mal jemand, es zu klauen?«

Conny mochte es, wenn Anno sarkastisch war, und sie hätte ihn gerne dafür geküsst, auf seine traurigen Augen oder gerne auch auf den Mund, aber sie traute sich nicht.

Am fünften Abend überraschte Anno sie mit einem Roman, in dem es weder um abtrünnige Väter noch um einzementierte Mütter ging, sondern um: die Liebe. Es war die Geschichte eines jungen Mannes, der eine alte Kommode kauft und darin ein Manuskript findet, das er als sein eigenes ausgibt, um damit einer Frau zu imponieren.

Conny lauschte aufgeregt, während Anno aus *Lila Lila* las. Wenn er, der Schriftsteller, der keiner sein wollte, nun einen Roman auswählte, der von einem Kellner handelte, der vorgab, ein Schriftsteller zu sein, dann hatte das sicher etwas zu bedeuten …

Nur was?

»Darf ich mal?«, fragte Conny, nachdem er fertig war, und blätterte ein wenig durch das Buch. Sie suchte nach einem Foto des Autors, konnte aber keins finden. Stattdessen entdeckte sie einen Auszug aus verschiedenen Rezensionen. Da wurde etwa die Fähigkeit des Autors gelobt, »wimperngenau« ausdrücken zu können, was er sagen wollte.

»Das ist für einen Schriftsteller ein ziemliches Lob, oder«, sagte Conny, doch Anno zuckte nur mit den Schultern.

»Würdest du dich nicht freuen, wenn das jemand über deinen Roman schreibt?« Sie musste es noch einmal versuchen, ein letztes Mal.

»Kann schon sein, dass ich mich freuen würde, aber es wird niemand über ihn schreiben.«

Conny spürte, wie ihr Mut sie verließ. Sie hatte das dumpfe Gefühl, dass die Posa-Geschichte für immer zwischen ihnen stehen würde.

»Warum tut er es nicht einfach, Leslie?«, fragte Conny am nächsten Tag in einem stillen Moment, als keine Kunden im Geschäft waren. Sie wischte die Glasplatten der Kopierer feucht ab, und Leslie füllte Papier nach. »Ich habe ihm so viele Brücken gebaut.«

»Vielleicht möchte er den Zeitpunkt selber bestimmen. Vielleicht warst du zu forsch. Männer sind da komisch.«

»Hat Anno Angst, dass ich ihn auslache?«

»Vielleicht ist ihm das schon mal passiert.«

»Gestern waren wir, glaube ich, kurz davor. Und dann hat er den Schwanz eingezogen.« Conny polierte seit fünf Minuten akribisch über Padmés Glasplatte und bemerkte nicht, wie Leslie sie anstarrte. »Weißt du, er muss ihn ja nicht aus der Hand geben, falls es das ist, was ihn stört.«

»Sag mal, Conny, reden wir eigentlich immer noch über Annos Roman?«

Als Conny am Abend zu Anno fuhr, steckte sie *I.M.* ein. Es war ihr inzwischen egal, was er darüber denken würde. Nach fünf Nächten war sie zu dem ernüchternden Schluss gekommen, dass er nur jemanden gesucht hatte, um seine Bücherliebe zu teilen; an etwas anderem hatte er offenbar kein Interesse, von Vertrauen ganz zu schweigen.

Und so begann sie zu lesen.

*»Er wollte zu mir und ich zu ihm, das wissen wir. Ohne jede Vorwarnung dehnt sich mein Schließmuskel, und ich mache mir in die Hose. Mir gegenüber spreizt er die Beine, fasst sich an den Hintern und ruft verdutzt aus, er habe sich in die Hose gekackt.«*

Conny versuchte im Dämmerlicht, das die Kerzen verbreiteten, Annos Gesichtsausdruck zu erkennen. Er lag neben ihr auf dem Rücken, die Hände unter seinem Kopf verschränkt, den Blick zur Decke gerichtet.

»Warum liest du nicht weiter?«, fragte er.

»Es wirkt komisch, wenn man es laut liest.«

»Vielleicht ist es nur bildlich gemeint«, vermutete Anno.

»Möglich«, sagte Conny, wusste es aber besser.

»Warum hast du das Buch denn ausgesucht?«

Conny zögerte mit ihrer Antwort. »Die Stelle haut mich jedes Mal um.«

Anno machte eine Geste, als wollte er sagen, dass dann auch nichts Komisches daran war.

Und so las sie weiter: Die Geschichte der großen Liebe zwischen der 35-jährigen Schriftstellerin Connie Palmen und dem 15 Jahre älteren Journalisten Ischa Meijer: Ihre Beziehung ist innig, ja, symbiotisch. Geht es dem einen schlecht, weil er den Tod eines nahen Freundes oder eines Familienmitglieds zu beklagen hat, so hat der andere sofort einen Plan parat, übernimmt das Ruder und weiß instinktiv, was dem anderen gut tut. Wegfahren, zum Beispiel: In die USA, am liebsten nach

New York; sie reden mit ihrem Mietwagen und tätscheln sein Armaturenbrett. Doch nach vier Jahren stirbt Ischa überraschend und viel zu früh, und für Connie Palmen bricht buchstäblich die Welt zusammen.

Conny hatte *I.M.* so oft gelesen wie kein anderes Buch, doch heute fiel ihr zum ersten Mal auf, dass es voller philosophischer Betrachtungen über das Schreiben war.

»*Wer schreibt, greift mit dem Stift nach der Macht, weil die Ohnmacht so unerträglich groß ist*«, hieß es an einer Stelle, und Anno unterbrach Conny.

»Nochmal!«, bettelte er und rückte ganz nahe heran, um einen Blick auf die Stelle zu werfen, die sie vorgelesen hatte, so als bestehe die Möglichkeit, dass Conny sich die Sache mit der Machtergreifung eben erst ausgedacht hatte. Sie spürte seinen Atem an ihrem Hals. Ihr Herz begann so laut zu hämmern, dass sie überzeugt war, Anno könnte es hören.

»Das ist mein liebstes«, sagte Conny leise und strich versonnen über den Buchdeckel.

»Darf ich es behalten?«, sagte Anno. »Ich würde gerne noch etwas darin lesen.«

»Wirklich?« Conny platzte beinahe vor Freude.

»Glaubst du, ich interessiere mich nur für Geschichten, in denen kleine Kinder ihre tote Mutter im Keller vergraben oder wenn erwachsene Männer mit Laserschwertern hantieren?« Anno grinste.

»Behalte es. Es ist ein Geburtstagsgeschenk.«

»Ich habe nicht Geburtstag.«

Conny lächelte. »Aber ich!«

Anno fuhr sich mit der Hand verlegen über den Hinterkopf.

»Und was morgen Abend angeht …«, sagte Conny auf dem Weg zur Tür.

»Ja?«

»Darf ich mir was wünschen? Ich hätte gern, dass du mal ausnahmsweise zu mir kommst«, sagte Conny und ertappte sich dabei, wie sie an die schmale Matratze in seinem kleinen Zimmer dachte. »Ich könnte etwas kochen.«

Anno beugte sich näher und strich über ihre Nase. »Gerne.«

»Darf ich mir *noch* was wünschen?«, fragte sie.

Bevor Conny ihn bitten konnte, dass er ihr endlich seine Geschichte vorlas, küsste er sanft ihren Hals.

## ZWÖLF
## 30

In zwei Stunden erwartete sie Anno zum Essen. Leslie hatte Artischocken empfohlen, weil sie und Dicki kürzlich Artischocken gegessen hatten, und es sei schrecklich erotisch gewesen, Blatt für Blatt von der Knolle zu zupfen, in den Mund zu nehmen und das Fruchtfleisch abzulutschen. Und nach der ganzen Abzupferei und Ablutscherei war nur noch der Stiel übrig gewesen, der aussähe wie eine einzige erotische Anspielung. Conny wusste, wenn Leslie von erotischer Anspielung sprach, dann war es sicher mehr ein Wink mit dem gesamten Zaun, und sie hatte sich für Rouladen entschieden.

Als sie von der Arbeit nach Hause kam, legte sie die Dido-CD ein, die Leslie ihr zum Geburtstag gebrannt hatte. Sie drehte die Musik laut auf und begann aufzuräumen. Zunächst versteckte sie ihren Plüschfrosch zusammen mit den Harry-Potter-Bänden und Annos Manuskript im Nachtschrank. Dann räumte sie die Bücher weg, die noch vom letzten Wochenende auf dem Boden herumlagen – seitdem war Conny nur zum Schlafen nach Hause gekommen und hatte keine Zeit zum Aufräumen gehabt. Die peinlichen Schmöker sortierte sie in ihrem Regal nach hinten und positionierte zwei Romane gut sichtbar auf ihrem Nachttisch, Italo Calvinos *Wenn ein Reisender in einer Winternacht …* und die *Buddenbrooks*, die sie in der Mitte aufblätterte. Dazu gesellte sich noch die ungelesene Reclam-Ausgabe von Schillers *Don Carlos*, die sie sich damals anstandshalber gekauft hatte, nachdem man ihr den Tipp mit dem Marquis de Posa gegeben hatte. Dann tauschte sie den *Don Carlos* gegen ihre alte Schullektüre *Kabale und Liebe* aus, bis sie die Herzen entdeckte, die sie damals mit Bleistift auf die Rückseite gemalt hatte, weil sie unsterblich in ihren Mitschüler Jonas verliebt gewesen war. Schließlich entschied sie sich ganz gegen die Ausstellung und räumte alles zurück ins Regal.

Nachdem sie schließlich noch ihre Lieblingsbluse für den Abend gebügelt hatte, entdeckte sie zwei Nachrichten auf ihrem Handy, eine SMS von Leslie mit letzten Anweisungen:

»Die Artischocken sind *gas*, wenn sich die Blätter leicht ablösen lassen. Aber Vorsicht Stachel! Die an den Blättern, meine ich ... Viel Spaß! L.«

Nachricht Nummer zwei war ein verpasster Anruf. Conny drehte die Musik leise und befragte gespannt ihre Mailbox. Es hatten bereits alle zum Geburtstag gratuliert, Jochen sogar zweimal, und auch ihre ehemaligen Kollegen aus Edgars Kneipe hatten angerufen, nur von Tante Cassandra hatte sie nichts gehört, aber die wollte sie morgen Nachmittag besuchen; Conny plagte ein schlechtes Gewissen, weil sie sich die ganze Woche nicht bei ihr gemeldet hatte.

Die Nachricht stammte von Anno. Er könne nicht weg, und ob es ihr etwas ausmachte, zu ihm zu kommen. Conny war so enttäuscht, dass sie überlegte, das Ganze abzublasen. Dann verwandelte sich ihre Enttäuschung in Wut. Sie fragte sich, warum sie weiter ihre Zeit mit einem Mann verbringen sollte, der sich nicht zu ihr nach Hause traute, der ihr ganz im Allgemeinen nicht zu vertrauen schien und sich permanent hinter den Geschichten anderer versteckte.

Conny war ein bisschen spät dran, als sie sich auf den Weg machte. Statt ihrer Lieblingsbluse hatte sie einfach ihre Arbeitskleidung wieder angezogen, um nicht den Eindruck zu erwecken, sie habe sich extra zurechtgemacht. Allerdings vergaß sie in der Aufregung, dass sie zuvor ihre Haare hochgesteckt hatte und eine einzelne Strähne wie zufällig herunterhing und sich an ihre Wange schmiegte: So sah sie auch ohne Bluse immer noch ganz zauberhaft aus.

Unterwegs beschloss sie, seiner und vor allem der eigenen Heimlichtuerei ein Ende zu setzen, und so übte sie in der U-Bahn:

›Lieber Anno, ich wollte deine Geschichte gar nicht lesen, das heißt, natürlich wollte ich sie lesen, aber nicht heimlich, und dann die Sache mit Leslie und den Weinbrandbohnen, aber es ist nicht ihre Schuld … Um es kurz zu machen, ich finde deine Geschichte ganz toll, und dich finde ich auch ganz toll, du hast Geschmack und bist intelligent und kannst schreiben, und ich mag es, wenn du über meine blöden Witze lachst, und darf ich jetzt bitte endlich das letzte Kapitel lesen??!‹

Vater Schöndienst öffnete die Tür in Unterhemd und Bademantel. Erst betrachtete er Conny, als würde er sie nicht erkennen. Dann bat er sie herein und begleitete den Gast zu Annos Zimmer.

»Er denkt, ich hätte keine Ahnung, was er hier Tag und Nacht treibt. Aber da irrt er sich. Mit Ihnen spricht er wohl darüber?«

Conny schüttelte den Kopf und seufzte aus vollem Herzen, dann ließ Annos Vater sie allein. Sie nahm auf der Matratze Platz und wartete. Sie entdeckte das Buch über das Musikbusiness wieder, in dem zahlreiche kleine Zettelchen steckten. Wahllos schlug sie eine Seite auf.

»*Man nennt die fertige Aufnahme ein* Master, *weil sie alles Weitere bestimmt. Von ihm werden alle weiteren Kopien gemacht. Die Kopiermaschinen nennt man* Slave. *Wir haben also einen Herrn und einen Sklaven.*«

Anno hatte ein dickes Ausrufezeichen dahinter gemalt. Conny klappte das Buch zu und legte es an seinen Platz zurück. Nach einer Weile bekam sie Lust auf Musik, doch sie stellte fest, dass die CDs samt Anlage verschwunden waren, also machte sie sich auf, Anno zu suchen. Es gab nur einen Ort, wo er sein konnte, im Geschäft, wo er am liebsten die Nacht verbrachte, obwohl es ihm doch angeblich so wenig bedeutete, dass er jede Diskussion darüber, es zu übernehmen, ablehnte.

In der Küche stapelten sich schmutzige Teller und Töpfe. Auf dem Herd, in der Spüle, sogar auf dem Boden. Männerhaushalt!, dachte Conny verächtlich. Ihre Brust bebte, als sie vor den Vorhang trat. Sie holte tief Luft, um sich ein wenig zu beruhigen, als plötzlich der Stoff zur Seite gerissen wurde und die blitzende Klinge eines Brotmessers zum Vorschein kam, gefolgt von Anno. Auf seiner hellblauen Weste leuchtete ein dunkelroter Fleck.

Conny erschrak fürchterlich und stieß einen spitzen Schrei aus, aber Anno strahlte sie nur an und sagte: »Super Timing.« Dann lief er an ihr vorbei, um das Messer in einer Schublade verschwinden zu lassen.

»Was machst du da unten?«, erkundigte sich Conny aufgebracht. Anno nahm sie bei der Hand und wollte mit ihr in den Laden gehen, doch sie sträubte sich.

»Was ist eigentlich dein Problem?«, fragte sie. »Warum wolltest du nicht zu mir kommen? Kann es sein, dass du mir nicht vertraust? Ehrlich gesagt, hättest du auch allen Grund, weil ...«

Conny unterbrach sich, als sie die Musik hörte, die aus dem Geschäft kam. Noch dazu roch es mit einem Mal ganz verführerisch. Für das Chaos in der Küche gab es offenbar eine gute Erklärung. Sie witterte einen großen Fettnapf und zog eine entschuldigende Grimasse.

»Wenn wir noch weiter hier herumstehen, wird das Essen kalt. Schließlich gibt es etwas zu feiern«, sagte Anno ernst und hob den Vorhang zur Seite, um Conny den Vortritt zu lassen.

Vor dem Regal mit den Biographien und den Reclamheften war eine kleine Tafel aufgebaut, wo bereits das Abendessen und eine Flasche Rotwein warteten. Der Kerzenständer, der sie durch die vergangenen Nächte begleitet hatte, spendete ihnen auch heute wieder Licht und ein wenig Wärme. Die leise Musik im Hintergrund und die sanfte Stimme des Sängers verschafften Conny ein wenig Entspannung.

»Was war noch gleich der Grund, warum ich dir nicht vertrauen sollte?«, erkundigte sich Anno, als sie Platz nahmen.

»Ach nichts«, sagte Conny, und entdeckte, was es als Vorspeise gab: Artischocken.

Sie wusste nicht, was sie sagen sollte. Und als es ihr einfiel, waren es vor allem zwei Dinge, die sie herausbrachte: dass es ihr furchtbar Leid täte und dass das Essen sehr gut sei. Anno erzählte, dass das Geschäft morgen zum letzten Mal öffnete, dass er nun umziehen müsste und dass es sich somit um eine Art Abschiedsessen handelte.

»Wird es ein Buchladen bleiben?«, fragte Conny, aber das wusste Anno nicht.

»Wie geht es deinem Vater damit?« Sie spürte einen Kloß im Hals, weil sie selber ganz melancholisch zu werden drohte.

»Weiß nicht«, sagte er.

Conny wäre einiges zu dieser Antwort eingefallen, denn offenbar redeten Anno und sein Vater nicht miteinander, aber sie wollte den schönen Abend nicht verderben.

»Dafür hat es sich gelohnt, 30 zu werden«, sagte sie darum nach dem Essen und war ganz glücklich. »Danke sehr.«

»Das war noch gar nichts.« Anno räumte den Tisch ab und begann ungewohnt verschmitzt zu grinsen. Überhaupt schien er heute ganz besonders guter Laune zu sein, als sei er es, der Geburtstag hatte. Während Anno in der Küche mit dem Geschirr klapperte, bekam Conny eine SMS von Leslie:

»*Sport!*«

Zunächst vermutete Conny eine anzügliche Bemerkung, fand dann aber heraus, dass hinter »Sport« die gleiche Tastenkombination steckte wie bei »Prost«, und stellte ihr Handy aus. Sie wollte heute Abend nicht mehr gestört werden. Conny freute sich auf die angekündigte Überraschung. Als Anno mit einem Espresso zurückkehrte, hielt sie es nicht mehr aus vor Neugier.

»Wann geht's denn weiter mit der Bescherung?«, fragte sie.

Anno nahm seinen Stuhl und setzte sich neben sie.

»Jetzt?«, sagte er mit einem fremden Ausdruck in den Augen und küsste Connys Nacken, der sich unter ihrer Hochsteckfrisur so verführerisch präsentierte.

Als sie das nächste Mal Luft holte, sank sie nackt auf Annos schmale Matratze. Sie versuchte, das Licht zu löschen, aber der Schalter war zu weit entfernt, und sie musste schließlich aufgeben.

Als Anno vorsichtig in sie eindrang, flüsterte er in ihr Ohr: »Wir nähern uns jetzt dem Höhepunkt des Abends; einer für dich und einer für mich, weil ich so schön gekocht habe. Möge die Macht mit …«

Da küsste Conny ihn schnell wieder.

# DREIZEHN
# Das Ende

Als Conny am nächsten Morgen erwachte, lag sie ganz allein in Annos Bett. Beim Gedanken an die zurückliegende Nacht spürte sie, wie sich ein Grinsen ihrer Gesichtszüge bemächtigte und sie zum Honigkuchenpferd mutierte. Es war ein bisschen wie in Kafkas *Verwandlung*, nur lustiger. Sie streckte sich und zog das Hemd über, das Anno am Abend getragen hatte. Dann ging sie zum Fenster und schob die Vorhänge beiseite. Vor dem Haus stand die alte Linde, zwischen ihren dichten Blättern blitzte hier und da die Sonne hervor. Der 20. Mai war ein wunderschöner Tag.

Ihr Spiegelbild in der Scheibe grinste quer übers Gesicht – und es ließ sich nicht abstellen. Conny musste an ihre Mutter denken, die sie früher vor dem Grimassenschneiden mit den Worten gewarnt hatte, die alle Eltern benutzen, wenn ihnen die weit aufgerissenen Augen und die nach außen gestülpten Lippen der lieben Kleinen auf die Nerven gingen und ihnen nichts Besseres einfiel als die Mahnung, mit der schon deren Eltern versucht hatten, ihnen die Gesichter auszutreiben, und deshalb glaubten sie wahrscheinlich inzwischen an diesen Unsinn. »Wenn du nicht aufhörst, bleibt dir dein Gesicht so stehen!«

Nicht dass sich Conny für ihr Grinsen schämte oder gar für dessen Ursache, aber so konnte sie auf keinen Fall das Haus verlassen. Sie wollte ihr Honigkuchenpferdgesicht nicht allen Leuten aufdrängen. Denn solange sie keine Gelegenheit hatte, es zu kommentieren, würden sie alle für schwachsinnig halten. Für einen Moment überlegte Conny, sich im Laden ein T-Shirt zu drucken mit der Aufschrift: »Ja, dreimal hintereinander«, aber diese Idee ließ sie noch mehr feixen und sie versuchte schnell an etwas anderes zu denken. Conny bekam wirklich langsam Angst, sie würde dieses Grinsen nie wieder los und für den Rest ihres Lebens herumlaufen wie eine alternde Hollywood-Diva kurz nach dem Lifting.

»Guten Morgen«, sagte Anno, der sich leise ins Zimmer geschlichen hatte; er brachte ihr eine Tasse Kaffee. Seine andere Hand hielt er hinter dem Rücken, offenbar hatte er etwas zu verbergen.

»Wo bist du gewesen?« Conny gab ihm einen Kuss und versuchte dabei, über seine Schulter zu spionieren.

»Aufräumen, bevor der Laden aufmacht.«

»Du hättest mich ruhig wecken können.« Conny setzte sich auf die Matratze und versuchte aus dieser Perspektive einen besseren Blick auf sein Geheimnis zu erhaschen. Doch Anno zog sich zur Tür zurück und lehnte sich in den Rahmen.

»Du hast so friedlich geschlafen.«

»Habe ich wieder Trompeten zersägt?«, fragte Conny und erschrak. Das war Konstantins Spruch aus Annos Roman. Den durfte sie gar nicht kennen. Sie hatte sich verraten. Das musste ja irgendwann passieren. Aber warum jetzt?

Doch Anno ließ sich nichts anmerken und schüttelte kurz den Kopf. Schweigend beobachtete er Conny beim Kaffeetrinken. Nach einer Weile sagte er ernst:

»Du bist wunderschön.«

»Das liegt daran, dass ich dich so sehr liebe«, antwortete Conny in einem feierlichen Ton.

»Nein, es liegt daran, dass ich *dich* so sehr liebe.«

Drei Sekunden schafften sie es, einander ernst anzusehen, vielleicht vier, doch dann konnten sie sich nicht mehr beherrschen. Sie brachen in albernes Gelächter aus und landeten schließlich wieder im Bett.

»Du musst doch heute nicht arbeiten, oder?«, fragte Anno nach einer Weile und begann sich wieder anzuziehen.

»Wo willst du hin?«, fragte Conny.

»Ich muss meinem Vater im Geschäft helfen, heute ist der letzte Tag. Aber ich möchte, dass du hier bleibst.«

»Ich müsste eigentlich längst mal wieder zu meiner ...«

Er legte seinen Finger auf ihre Lippen. »Ich möchte, dass du das liest.« Zögernd und etwas unsicher überreichte er ihr ein Manuskript. Es war gebunden.

»Was ist das?«, fragte Conny aufgeregt.

»Du hattest Recht, dass dir meine Geschichte nicht gefallen hat«, sagte er nach einer Weile, und Conny platzte mit ihrem Protest etwas vorschnell heraus.

»Natürlich hat sie mir gefallen! Ich glaube, ich kann sie auswendig, weil ich sie so oft ...« Hier unterbrach sie sich noch rechtzeitig, weil sie realisierte, dass sie unmöglich von derselben Geschichte reden konnten.

Anno rollte vorwurfsvoll mit den Augen. »Ich war kaum mit dem letzten Satz fertig, da hast du angefangen zu gähnen und warst so schnell aus der Kneipe verschwunden, dass ich nicht mehr nach deiner Nummer fragen konnte!«

»Ich war müde.« Connys Erklärung klang hohl.

»Wie auch immer. Der Roman, also die eigentliche Geschichte, ist fertig. Seit gestern.«

Jetzt verstand sie. »Deshalb wolltest du ...«

»Feiern, genau.«

Conny blätterte die erste Seite auf und tat überrascht.

»Posa? Wie der Marquis aus dem *Don Carlos*?«

Anno betrachtete sie erst irritiert, dann beeindruckt, und schließlich küsste er sie, wie man nahe stehende Menschen küsst, die man schon verloren glaubte und denen man nach langen Jahren des Hoffens und Bangens wieder begegnet.

»Ich war noch schnell bei deiner Kollegin, sie hat es ausgedruckt und gebunden.«

Conny fragte sich, ob es Leslie auch kopiert hatte.

»Und jetzt muss ich an die Arbeit. Gute Unterhaltung! Und du sagst ehrlich, wenn es dir nicht gefällt?«

»Ich könnte gar nicht anders«, sagte Conny mit bestem Gewissen. Sie wartete, bis Anno die Tür hinter sich geschlossen hatte, dann seufzte sie vor Glück. Gespannt schlug sie den Roman auf und blätterte vor bis zum letzten Kapitel, das mit den Worten »Drei Jahre später« überschrieben war.

Daß Felix seine Strafe bald abgesessen hatte, wußte ich schon. In der Zeitung stand, daß er wegen guter Führung früher rauskam. Was mich dagegen ziemlich umhaute, war, daß er ausgerechnet mich fragte. Von allen Leuten, mit denen er damals abhing!

Ich bot ihm mein Gästezimmer an. Vorübergehend, für einen Monat. Es klingt vielleicht albern, aber irgendwie fühlte ich mich mitverantwortlich für seinen Ausraster im Hotel. Nach Daniela fragte er nie, und es hätte auch nicht viel zu erzählen gegeben.

Er war über 30, als er aus dem Knast kam. Er wirkte verändert, optisch wenigstens. Seine Haare trug er kurz, und er hatte sich einen Bart stehen lassen, der ihn zehn Jahre älter machte.

Nach kurzer Zeit fing er wieder an, Musik zu machen. Er redete nicht gerne darüber, und ich fand bald heraus, warum. Er trat bei Stadtjubiläen und Silberhochzeiten auf, bei der Weihnachtsfeier der Sparkasse, bei der Neueröffnung von Möbelhäusern, und wenn die Schrebergartensiedlung *Grüner Daumen* ihr neues Vereinsheim einweihte: Felix spielte in einer verschissenen Coverband! Er trug die alten Klamotten von Queen, den Stones, von Status Quo und Smokie auf! Und er haßte es.

Die Rocking Stones gab es schon seit zwanzig Jahren, und ihr Repertoire veränderte sich nie, weil die Bands, deren Songs man nachspielte, kaum noch neuen Stoff lieferten. Felix meinte, er könnte zum ersten Mal nachfühlen, was es

bedeutete, am Band zu stehen und verdammt zu sein, sich permanent zu wiederholen. Was ihn am meisten ärgerte, war, daß sich seine Stones-Kollegen mit ihrem Schicksal als ›Recyclingunternehmen‹ abgefunden hätten.
Er hatte vielleicht im Knast seinen Look verändert, um nicht auf der Straße erkannt zu werden, aber er war immer noch der alte Nörgler! Nie war er zufrieden, wenn er etwas erreicht hatte. Ich habe mal gehört, Felix bedeutet ›der Glückliche‹ – aber das hätte ihm vielleicht mal jemand sagen sollen.
In der Zeit, die er bei mir wohnte, hab ich ihn selten gesehen. Wenn er zu Hause war, hockte er in seinem Zimmer und quarzte – damit hatte er im Gefängnis angefangen. Nachts lag er meist wach. Dann überschlug er, wie oft er noch *Living next door to Alice* spielen mußte, um den Schuldenberg abzuarbeiten, der sich mit der Auflösung von Posa über ihm aufgetürmt hatte. Es waren ordentliche Summen, die er auf die Titelblätter seiner Musikzeitschriften kritzelte. Mir wurde übel vom Hingucken! Ich meine, man muß schon ziemlich bescheuert sein, einen Fernseher aus dem Fenster zu schmeißen, aber wo sollte er die Kohle hernehmen?
Die ganze Welt hielt die Hand auf: Die Eltern des toten Portiers, die Plattenfirma, der Konzertveranstalter natürlich, Peter, seine Anwälte und das Hotel. In einer Zeitung hatte gestanden, daß sich der Laden nach der Party eine Zeitlang zu einer Art Pilgerstätte für Posa-Fans entwickelt hatte, und das war sicher nicht zum Schaden des Hotels gewesen.
Felix hätte nebenbei als Studiomusiker arbeiten können; Gitarristen mit seinem Talent wurden immer gebraucht, aber dazu fehlte ihm die Energie. Songs schrieb er keine mehr. Für wen auch? Seine neuen Kollegen waren auf dem musikalischen Stand von 1978 stehengeblieben, schimpfte er. Es waren Idioten; sie fanden es sogar cool, daß Felix gesessen hatte.
Den Kontakt zur alten Band hatte er abgebrochen. Henning hatte eine Solokarriere gestartet, aber nach einem geflopp-

ten Album hatte ihn erst seine Plattenfirma fallengelassen und schließlich Alice. Vor kurzem hat er einen eigenen Gitarrenladen eröffnet. Ich habe Felix davon erzählt, aber es schien ihn nicht groß zu jucken. Mounib habe ich zuletzt in dieser Show gesehen, wo abgehalfterte Prominente Käfer essen und mit Vogelspinnen kuscheln müssen. Die arme Sau war in der zweiten Woche rausgeflogen. Konstantin hatte Felix ein paarmal im Gefängnis besucht, aber er war inzwischen mit der Rothaarigen von der Party verheiratet, und seit der Geburt ihres ersten Balgs wohnen sie auf dem Land.

Ich glaube, Felix hatte zuletzt keine Freunde mehr. Und seine Familie? Kurz nach seinem Einzug rief Mutter Kaiser an. »Komm doch wieder nach Hause, Junge, jetzt könntest du endlich ein normales Leben führen«, heulte sie auf meinen Anrufbeantworter. Er hat nie zurückgerufen.

Aus dem Monat wurde ein halbes Jahr, und ich verpaßte immer wieder den Zeitpunkt, Felix rauszuwerfen. Ich will nicht behaupten, daß wir uns angefreundet hätten. Vielleicht haben wir uns einfach aneinander gewöhnt.

Über Posa redeten wir nie. Die Vergangenheit war für ihn tabu. Interview-Anfragen zum Jahrestag der Party im Hotel lehnte er regelmäßig ab, auch wenn ihm die Aasgeier eine Mörderkohle anboten. Sein Anwalt hat erfolgreich Pläne verhindert, die Geschichte der Band zu verfilmen. Die Veröffentlichung der Greatest Hits im letzten Weihnachtsgeschäft mußte er nicht mehr miterleben.

Conny setzte sich auf. Es war verblüffend, wie zutreffend die Prognose ihrer Tante war: Die Zurückgezogenheit, die Felix wählte, seine Frustration. Nur die Schlange konnte Conny zunächst nicht zuordnen, bis ihr auffiel, dass die Beschreibung – »mit Vorsicht zu genießen« und »geschwätzig« – bestens auf die Erzählerin Susanne zutraf.

Es passierte kurz vor dem Jahrestag, da waren die Rocking Stones für eine Gartenparty gebucht. Irgendein Wirtschaftsboß feierte seinen 60. Geburtstag auf seinem brandenburgischen Landsitz und hatte die halbe Stadt eingeladen. Felix haßte Auftritte auf Privatveranstaltungen besonders und ging schon mit mieser Laune hin.
Er hat mir erzählt, wie solche Auftritte abliefen: Das Publikum war meistens knallvoll. Sie saßen an langen Tischreihen, die mit Papiertischdecken bezogen waren. Sie stopften halbe Hähnchen oder ganze Rostbratwürste in sich hinein und tratschten. Oder beides. Ihnen war völlig egal, wer auf der Bühne stand und was da lief. Hauptsache, es war laut, und sie mußten einen Abend lang nicht über ihr beschissenes Leben nachdenken.
Felix haßte die Musik, die er machte. »Hits, Hits, Hits, und keine Experimente«, lautete die Ansage der meisten Veranstalter. Die Leute sollten tanzen oder wenigstens mitgröhlen.
Felix spielte mit gekreuzten Fingern, wie bei jedem Gig mit den Stones. Dazu trug er seine neue Sparkassenschalter-Frisur und sein Bühnenlächeln, das er anknipste wie eine Maschine. Sie standen zwei bis drei Stunden auf der Bühne, und so etwas wie Spaß hatte er nur für vier Minuten. *(I can't get no) Satisfaction*, war der einzige Song, den er gerne spielte, weil er seinen ganzen Frust rausschreien konnte. Darüber, wie wenig diese Veranstaltung mit ihm zu tun hatte. Er konnte es den Leuten, die er verachtete, ins Gesicht brüllen, und wenn sie applaudierten, verachtete er sie um so mehr.
Wie es bei vielen Privatveranstaltungen üblich war, wurde die Band nach ihrem Auftritt eingeladen, sich am Buffet zu bedienen und mitzufeiern. Das war immer der Zeitpunkt, an dem sich Felix verdrückte. Seit der Party vor drei Jahren trank er keinen Alkohol mehr, und es ist bekanntlich ziemlich öde zuzusehen, wenn sich andere Leute die Kante geben.
Es war schon nach Mitternacht, als Felix sich heimlich mit

Paulchen verpißte und um das riesige Haus herumschlich. Ein Taxifahrer erzählte der Polizei später, daß er in seinen Wagen steigen wollte, aber dann sei er im letzten Moment von einer Frau zurückgehalten worden. Es war die Frau des Gastgebers. Die beiden unterhielten sich eine Weile. Sie arbeitete bei der Zeitung und schrieb Geschichten über Prominente, die irgendwann in der Versenkung verschwunden waren. ›Was macht eigentlich ...?‹ heißt ihre Rubrik. Ihr Mann hatte die Stones für diesen Abend engagiert, um ihr einen Gefallen zu tun, weil es sonst unmöglich war, an Felix heranzukommen.
Sie fragte ihn also, ob er ihr ein paar Fragen beantworten könnte. Da sei Felix plötzlich aufgesprungen und wie ein Irrer davongerannt. Sie wollte ihm folgen, aber die Dunkelheit hatte ihn schon verschluckt.
Nach Hause kam er die Nacht nicht. Ich ging davon aus, daß er irgendeine Frau klargemacht hat. Er war immer so angespannt, und ich hätte es ihm gegönnt. Selbst als er die zweite Nacht wegblieb, dachte ich mir nichts dabei. Dann tauchte Paulchen auf, nicht weit von dem Haus, wo die Gartenparty stattgefunden hatte. Spaziergänger entdeckten die Gitarre auf einer Brücke über der Havel, zusammen mit seinen Klamotten. Da war dann sogar mir klar, daß was passiert war, und vorm Haus hingen ständig irgendwelche Penner von der Presse rum.
Nach zwei Tagen fischte man seine Leiche aus dem Fluß. Dieser Idiot! Er wußte doch, daß er nicht schwimmen konnte. Die Bullen haben sich dann sehr für seine Zeitschriften interessiert, auf denen er ausgerechnet hatte, daß er im Alter von 108 schuldenfrei sein könnte. Die Presse beschloß, daß er wegen der vielen Miesen nicht mehr wollte. Ich weiß es nicht. Man steckt ja nicht drin in den Menschen.
Seine Gitarre habe ich behalten. Felix hat mal auf einer Tournee erzählt, daß Paulchen sein bester Freund war. Ich habe Henning gefragt, aber der wollte sie nicht. Jetzt hängt das verdammte Ding im Wohnzimmer an der Wand.

Entsetzt blätterte Conny zurück und las das Schluss-Kapitel erneut. Sie konnte nicht fassen, dass Felix keine zweite Chance bekam. Wollte Anno ihn tatsächlich umbringen? Die Widmung zu Beginn seines Romans deutete natürlich auf ein Ableben des Helden hin, *In memoriam Felix Kaiser*, aber sie hatte gehofft, dass noch alles gut werden würde. All die Monate hätte sie sonstwas darum gegeben, zu erfahren, wie die Geschichte ausgeht, und nun, da sie es wusste, war alles viel schlimmer.

Conny verbrachte den Nachmittag damit, den Roman vor und zurück zu lesen, rauf und runter. Sie wollte Argumente sammeln, um Anno davon zu überzeugen, dass es falsch war, Felix in den sicheren Tod springen zu lassen. Sie fand keine. Aber sie *wusste,* es musste einen anderen Ausweg geben.

Als Anno am Abend fertig war mit der Arbeit, schlüpfte er zurück zu Conny ins Bett, und sie bestellten Pizza. Danach schliefen sie wieder miteinander. Diesmal konnte Conny es nicht genießen, denn Felix' Tod ging ihr nicht aus dem Kopf. Danach lagen sie erschöpft nebeneinander, er hatte den Kopf an ihre Brust gebettet. Nach einer Weile fragte er:

»Und, wie war ich?«

Die Frage überforderte Conny, und während sie sich eine diplomatische Antwort zurechtlegte, sagte Anno: »Dir ist hoffentlich klar, dass ich den Roman meinte?«

Ihr fiel ein Stein vom Herzen, und sie meinte, den Aufprall zu hören.

»Und?« Anno legte sich seitlich neben Conny, um sie besser ansehen zu können.

Conny stimmte ein Hohelied an; sie blätterte durch sein Manuskript, fand überall Passagen, die ihr besonders gut gefallen hatten, und las sie ihm vor. Sie nannte Felix eine verwandte Seele, weil er mit seinem Instrument sprach und nach koreanischer Lesart ein Schamane war, wie sie selbst. Sie lobte und pries, huldigte und spendete Beifall, doch über allem, was sie sagte, hing ein Aber wie ein Damoklesschwert. Aber Conny war noch nicht bereit für dieses Aber.

»Du schreibst aus der Sicht von Susanne«, stellte sie stattdessen fest.

»Mir gefiel die Idee, Felix' Geschichte von dem Menschen erzählen zu lassen, der ihn am wenigsten mochte.«

»Er tat mir echt Leid.«

Anno nickte zustimmend.

»Bist du denn selber zufrieden mit deinem Roman?«

Anno zuckte mit den nackten Schultern. »Schwer zu sagen, wenn man eine Geschichte hundertmal gelesen und umgeschrieben hat. Frag mich nächstes Jahr nochmal.«

Conny nickte und verfiel in ein nachdenkliches Schweigen.

»Das Ende hat dich schockiert, stimmt's?«, sagte Anno plötzlich.

Conny überlegte, wie sie ihre Kritik möglichst schonend ausdrücken könnte. »Ich frage mich nur, warum du den armen Kerl am Ende umbringen musstest?«

Annos große traurige Augen musterten Conny direkt. »Hast du ein Happy End erwartet?«

Conny fand die Frage etwas unfair und protestierte. Keine der Geschichten, die sie ihm in den vergangenen Nächten vorgelesen hatte, war am Ende mit Friede, Freude oder Eierkuchen verklebt worden, und sie ließ sich nur ungern eine Sehnsucht danach unterstellen, auch wenn sie nicht ganz von der Hand zu weisen war. Conny wünschte, sie hätte Annos Geschichte nicht schon längst heimlich gelesen, dann hätte sie vielleicht weniger große Erwartungen an das Schlusskapitel gehabt.

»Ohne das Ende wäre es einfach nur eine Geschichte«, sagte Anno.

Conny wollte nicht mit ihm streiten, aber weil sein Geheimnis nun endlich auch offiziell ihr Geheimnis war, fiel es ihr schwer, sich zu enthalten.

»Was ist dagegen zu sagen, einfach nur eine Geschichte zu erzählen?«

»Was ist falsch daran, eine Geschichte mit einer Moral zu erzählen?«

Die beiden Fragen blieben unbeantwortet und beantworteten sich doch selbst. Conny und Anno hatten sich in eine Pattsituation manövriert, in der es nichts mehr zu argumentieren gab.

»Und wo willst du deinen Roman veröffentlichen?«

»Ich habe nie gesagt, dass ich ihn veröffentlichen will.«

»Aber er ist doch fertig!«

»Und?«

Conny verstand die Welt nicht mehr. »Du hast das nur für dich geschrieben?«

»Warum nicht?«, fragte Anno zurück.

Es hatte sich ein sonderbar gereizter Ton in ihre Unterhaltung geschlichen, und Conny konnte nichts dagegen tun. Sie hielt es für eine unermessliche Verschwendung, dass Anno die Welt, die er geschaffen hatte, für sich behalten wollte, und sie fragte sich, was dahinter steckte. Er hatte Talent, das war nicht zu bestreiten. Was würde sie dafür geben, schreiben zu können oder zu singen, wie dieser Felix, aber Conny beherrschte nicht mal ein Instrument. Susanne konnte wenigstens Melodien rülpsen.

»Ist es dir völlig egal, wie andere deinen Roman finden?«

»Ich habe ihn ja nicht für andere geschrieben.«

Sosehr Conny von Annos Ansichten fasziniert war, erschienen sie ihr zugleich ungemein verwirrend. Es war anstrengend, mit ihm über das Schreiben zu reden, aber das mochte daran liegen, dass sie nichts davon verstand. Sie würde den Umzug in die Wohnung am Frankfurter Tor noch einmal überdenken müssen, und vorläufig behielt sie auch besser ihren Job bei *Star Copies*, denn von irgendetwas mussten sie ja leben.

»Kannst du eigentlich Gitarre spielen?« Conny nahm an, sie betrete mit ihrer Frage sicheres, unvermintes Terrain. Doch Anno zog ein verächtliches Gesicht. »Ich bin Anno, nicht Felix.«

»Du nimmst alles so ernst«, sagte Conny.

»Das Leben ist viel zu kurz – was hat man davon, wenn man es nicht ernst nimmt?« Damit drehte sich Anno zur Wand.

Conny war durcheinander. War nicht das Gegenteil der Fall? Hatte nicht Anno stellvertretend für Felix genau darüber in *Ernst* geschrieben?

Sie wollte nicht streiten, doch sie spürte, dass das Zusammensein mit Anno unter ihrer Enttäuschung litt und unter seiner Enttäuschung über ihre Enttäuschung, und so beschloss sie, das Thema zu wechseln.

»Danke für den besten Geburtstag überhaupt«, flüsterte sie, aber Anno war bereits tief und fest eingeschlafen.

# VIERZEHN
# Die Karten lügen nicht (II)

Am Vormittag brach Conny in einer gereizten Stimmung bei Anno auf. Er hatte schlecht geschlafen, weil er von einem bösen Traum heimgesucht worden war. »Nein, ich springe da nicht runter!«, hatte er wie im Wahn gerufen und sich auf der schmalen Matratze hin und hergewälzt, bis Conny ihn endlich erlöste. Doch er weigerte sich, über seinen Alptraum zu sprechen.

Beim Abschied fragte sie, ob sie sich wieder sähen oder ob er das Wochenende als etwas Einmaliges betrachtete. Anno schaute zunächst etwas beleidigt und sagte dann: »Wenn ich ein Buch anfange zu lesen und es gefällt mir, dann höre ich auch nicht mittendrin auf.«

Conny küsste ihn erleichtert und fragte etwas unüberlegt: »Sind da auch gelegentlich dicke Wälzer dabei?« Sie wollte auf Annos Durchhaltewillen anspielen und hatte den Umfang des Buches gemeint, nicht ihren eigenen, aber Anno ging zum Glück nicht darauf ein.

»Ab 500 Seiten wird es erst richtig interessant«, sagte er ernst und streichelte Connys Nase.

Sie lächelte beruhigt. »Unter 500 Seiten ist es gar kein richtiges Buch!«, erwiderte sie vorschnell, und Anno schaute wieder pikiert, als hätte sie sich über seinen Roman lustig gemacht, der nur halb so viele Seiten hatte.

Tatsächlich schien das Manuskript an allem schuld zu sein.

Als sie es noch nicht offiziell kannte, stand es zwischen ihr und Anno. Und nun, da sie den Roman bis zum Ende gelesen hatte, sorgte er wieder für Streit. Es war wie verhext.

Als sie nun in der S-Bahn saß, stellte sie fest, dass sie immerhin eines geschafft hatte: Sie war das Honigkuchenpferd tatsächlich losgeworden. Conny hatte das Bedürfnis, Anno anzurufen, doch sie konnte ihr Handy nicht finden. Offenbar hatte sie es bei ihm liegen lassen. Erst ärgerte sie sich, aber dann war sie ganz froh: Sie wollte nicht verzweifelt wirken. In ein paar Stunden würden sie sich ohnehin wieder sehen, und dann wollte er endlich zu ihr kommen, und Conny würde sich hüten, seinen Roman oder irgendein anderes Buch anzusprechen.

Während sie zu Hause in ein paar frische Sachen schlüpfte, dachte sie über das nach, was Anno gesagt hatte. Sein Vergleich gefiel ihr, das Lesen als Symbol für die Beziehung zwischen zwei Menschen; andererseits machte er ihr Angst. Niemand las nur ein einziges Buch, abgesehen mal von den Menschen, die überhaupt nicht lasen, aber wer las, der las, und Anno schien Bücher richtiggehend verschlungen zu haben, und sie selber las manchmal zwei Bücher parallel …

Conny brach auf zu ihrer Großtante. Als sie den Weg von der S-Bahn zum Heim lief, spürte sie, wie ihre Schritte schneller wurden. Sie konnte es nicht erwarten, Tante Cassandra zu treffen. Sie musste ihr berichten, was für eine wundervolle Woche die beiden verbracht hatten. Und sie wollte endlich wissen, was ihre Tante zum Thema »Blockade« in den Karten gelesen hatte, das so fürchterlich war, dass sie es ihr nicht sagen konnte.

Die Heimleiterin stand vor der Tür und paffte. Sie rauchte diese Frauenzigaretten, die so lang und dünn waren wie ihre Finger. Unter den stumpfen Haaren ihres Ponys wuchs die Stirn um ein paar Zentimeter, als Conny um die Ecke bog.

»Besser spät als nie«, empfing sie sie mit einem vorwurfsvollen Blick. Conny beachtete sie gar nicht und lief kommentarlos an ihr vorbei. Sie versuchte, sich nicht provozieren zu lassen, nicht heute. Trotzdem verfolgten sie die Worte der Heimleiterin. Wenn sie zweimal pro Woche kam, war es nicht recht, blieb sie aber ausnahmsweise mal länger als sieben Tage fort, musste sie sich dumm von der Seite anmachen lassen. Was Conny am meisten ärgerte, war, dass die Frau Recht hatte. Sie hatte ihre Tante in der letzten Woche vernachlässigt, wenn auch aus gutem Grund, und sie beschloss, Anno beim nächsten Mal mitzunehmen, um ihn ihrer Tante vorzustellen. Dann könnten sie gemeinsam einen Ausflug in den Friedrichshain machen, zum Märchenbrunnen wie früher, und Conny würde ihr zuflüstern, dass sie insgeheim immer an die Sache mit den Fröschen geglaubt hatte.

Sie hatte das Zimmer ihrer Großtante erreicht. Beim Anklopfen stellte sie fest, dass die Tür nur angelehnt war.

»Tante, ich bin's«, rief Conny und trat langsam ein. »Tantchen?«

Totenstille. Nicht mal das Radio lief. Der erste Schreck traf sie, als sie ihre Parkinson-kranke Tante vor dem Kleiderschrank stehen sah, aber dann folgte eine weitaus größere Überraschung: Tante Cassandra drehte sich herum und entpuppte sich als Connys Mutter.

»Da bist du ja endlich, Cornelia!« Cordula Pypers Augen leuchteten streng in ihrem sonnengebräunten Gesicht. »Wir versuchen seit Stunden, dich zu erreichen.«

Conny stand wie versteinert in der Tür und schaute sich um. Auf dem abgezogenen Bett lag ein aufgeklappter Koffer, in den ihre Mutter Tante Cassandras Kleider legte, die Schubladen der alten Kommode standen offen, und auf dem Tisch lagen verschiedene Schmuckstücke und die Karten.

»Aber wo du schon mal da bist«, sagte Cordula Pyper und zog ein schlichtes dunkelblaues Kleid mit Rüschenkragen aus dem Schrank, das sie sich vor die Brust hielt wie bei einer Anprobe. »Findest du das angemessen für ihre Beerdigung?«

Cordula Pypers Wohnung hatte den sterilen Charme eines Einrichtungshauses, nirgendwo stand ein benutztes Glas herum, und in der Küche blitzten die Herdplatten, als sei hier noch nie jemandem die Milch übergekocht. Connys Mutter war nach dem Tod ihres Mannes hergezogen. Das Haus mitsamt seinen Praxisräumen war damals zu groß für die zwei Frauen, und so hatte sie die Eigentumswohnung in Wilmersdorf gekauft und das übrige Geld hälftig an ihre Tochter abgegeben, die es vorzog, ihr eigenes Leben in einer eigenen Wohnung zu beginnen. Cordula Pyper hatte den Erlös aus dem Hausverkauf angelegt, und mit den Zinsen finanzierte sie seit der Pensionierung ihre Reisen. Conny hatte sich nie wohl gefühlt in dieser Wohnung, weil hier nichts an ihren Vater erinnerte. Aus genau demselben Grund hatte ihre Mutter sie gekauft: Das ständige Erinnern hätte sie auf Dauer umgebracht. Also hatte sie sich für einen Neuanfang entschieden und sich von dem Haus, in dem sie knapp zwanzig Jahre lang gemeinsam gelebt hatten, getrennt. Darauf beschränkte sich ihre Auffassung von einem Neuanfang – mit einem Mann hatte sie sich seitdem nicht mehr eingelassen. Auch sämtliche Diätpläne hatte sie über Bord geworfen, und Mutter Pyper, die nie als schlank durchgegangen war, hatte sich einen Bauch herangezüchtet, mit dem sie sich potenzielle Verehrer vom Leib halten wollte, wie Tante Cassandra einmal vermutet hatte.

Tante Cassandra …

Conny saß regungslos am Küchentisch, in den Händen hielt sie eine Digitalkamera. Alle paar Sekunden drückte sie mechanisch auf den Knopf, um das nächste Foto zu zeigen, das die Reise ihrer Mutter dokumentierte. Diavortrag ohne Vortrag. Aber Conny nahm gar keine Notiz. Ihr Blick war auf die Plastiktüte gerichtet, die auf dem Stuhl neben ihr lag und die Atmosphäre des makellosen Einrichtungshauses ruinierte. In der Tüte befand sich das wenige Persönliche, das ihre Tante noch besessen hatte. Der Schmuck, etwas Bargeld und die Karten, in denen sie tagein, tagaus gelesen hatte.

Sie kamen gerade vom Bestattungsunternehmen, aber Tante Cassandra hatte schon Vorkehrungen getroffen und sogar einen Sarg ausgesucht. Unter anderem hatte sie verfügt, dass sie auf keinen Fall das dunkelblaue Kleid mit dem Rüschenkragen tragen wollte. Es war nur wenige Tage her, dass der Bestatter sie im Heim besucht hatte; Cassandra hatte ihn zu sich bestellt, nachdem sie ihrer Großnichte die Karten gelegt hatte. Es war, als hätte Tante Cassandra geahnt, dass sie beim nächtlichen Gang zur Toilette fallen und sich die Hüfte brechen würde, dass sie fortan ans Bett gefesselt sein sollte und eine Lungenentzündung ihrem Leben ein rasches Ende bereiten würde.

Conny hatte sich eine hässliche Szene mit der Heimleiterin geliefert, der sie vorwarf, dass sie nicht rechtzeitig über den gesundheitlichen Zustand ihrer Tante informiert worden war. Die Heimleiterin hatte dagegengehalten, es sei nicht ihr erster Sturz gewesen und es habe kein Anlass zur Sorge bestanden. Aber das sah Conny anders. Die Nachricht vom Tod ihrer Großtante hatte sie so überwältigt, dass sie noch keine Gelegenheit gehabt hatte, sich elend und schuldig zu fühlen. Jetzt schämte sie sich, dass sie nicht bei ihr sein konnte, als sie in der Nacht nach Connys Geburtstag gestorben war.

Schnaufend und mit einem Haufen Wäsche, den sie vor die Brust gepresst hielt, kam ihre Mutter in die Küche und stopfte alles in die Maschine: weiße Hemden und khakifarbene Hosen, helle Unterwäsche und Strümpfe, die sie auf ihrer Reise quer durch Afrika getragen hatte. Die Sonne hatte Spuren auf ihren nackten Unterarmen hinterlassen, braune Flecken, die zu den Sommersprossen auf ihrer Nase passten. Die Färbung war auf dem linken Arm intensiver, weil sie die Safaris vom Beifahrersitz aus genossen hatte, da ihr auf den hinteren Plätzen schnell übel wurde, und in Namibia fuhr man links.

Mit einem Knall schloss ihre Mutter die Luke der Waschmaschine und programmierte sie auf Kochen. »Ich wollte schon zu deinem Geburtstag zurück sein, aber auf der Rückfahrt nach Namibia sind wir in eine Straßensperrung von Rebellen geraten, und wir mussten die Nacht im Auto verbringen.«

Conny nickte abwesend. Unter anderen Umständen hätte die absurde Vorstellung – ihre Mutter in den Händen afrikanischer Freiheitskämpfer – sie amüsiert.

»Du hast gesagt, du wärst bei einer Freundin gewesen? Kenne ich sie?«

»Leslie«, sagte Conny knapp und rief das nächste Foto auf. Jetzt war sie das Buch, das nicht gelesen werden wollte.

»Und das ist eines der bekanntesten Naturdenkmäler von Namibia!« Cordula Pyper deutete auf ein Foto, das sie vor einer Felswand zeigte, die aus mehreren, verschieden großen Säulen bestand. »Das sind versteinerte Baumstämme. Fast 300 Millionen Jahre alt.«

Conny seufzte. Die Küchenuhr stand auf fünf vor fünf, gleich würde Anno vor ihrer Tür stehen und vergeblich klingeln.

»Und das hier«, fuhr ihre Mutter fort und setzte sich auf die vordere Kante des Stuhls, auf dem die Plastiktüte mit Cassandras Habseligkeiten lag, »das Tal der Orgelpfeifen, man kann es in der Kamera nicht so gut erkennen, aber …«

Conny ließ den Vortrag geduldig über sich ergehen und nickte hier und da. Nach einer Weile gab ihre Mutter auf. Sie legte die Kamera zur Seite und nahm die Hand ihrer Tochter.

»Deine Großtante war fast 80 Jahre alt, Cornelia. Sie war fünfmal verheiratet.«

»Viermal.«

»Sie wusste, wie man das Leben genießt«, sagte ihre Mutter unbeirrt. Sie klang nachdenklich, fast ein wenig neidisch. »Und offenbar ahnte sie, dass ihre Zeit abgelaufen war.«

»Warum hat sie mir nichts gesagt?«, fragte Conny. »Ich war doch immer bei ihr.«

Sie griff nach der Plastiktüte mit den letzten Habseligkeiten ihrer Großtante und breitete den Inhalt auf dem Tisch aus.

»Weißt du, die Menschen in Afrika gehen ganz anders mit Trauer um«, sagte ihre Mutter und betrachtete den Ring, den

Tante Cassandra immer getragen hatte, ein Geschenk von Jacques, ihrem letzten Ehemann. »Es soll noch Stämme geben, die im Rahmen von Todesriten an Schädeln und Gliedmaßen der Verstorbenen herumschneiden, weil sie sich Knochen zur Erinnerung aufbewahren.«

»Mama!« Conny wusste nicht, was sie an der Vorstellung tröstlich finden sollte.

»Einmal haben wir beobachtet, wie ein Sohn nach dem Tod seines Vaters einen Bock schlachtete, und mit dem Blut des Tieres bestrich er die Leiche, die dann in Matten eingewickelt und in die Grube versenkt wird. Dahinter steckt der Aberglaube, dass …«

Conny hörte gar nicht mehr zu. Sie durchsuchte die Karten nach den Motiven, die ihrer Tante solche Angst bereitet hatten. Nachdem sie sie gefunden zu haben glaubte, legte sie die Karten auf den Tisch: Der Baum, das Kreuz und die Sense. Conny bekam eine Gänsehaut. Wenn sie nur wüsste, was dahinter steckte …

»Du glaubst hoffentlich nicht an so was«, sagte ihre Mutter mit einem befremdlichen Blick.

»Nein, nein.«

Conny konnte nicht schlafen. Sie hatte den Vorschlag ihrer Mutter abgelehnt, die Nacht in ihrer aufgeräumten Vorführwohnung zu verbringen, und nun lag sie wach. Sie versuchte, nicht an Anno zu denken, und wurde ganz böse mit sich, weil es ihr nicht gelang. Sie wusste nicht, ob er am Nachmittag gekommen war, jedenfalls hatte sie keine Nachricht gefunden. Einen Anrufbeantworter besaß sie schon lange nicht mehr, weil sie das deprimierende Gefühl nicht ertrug, nach Hause zu kommen und festzustellen, dass kein Mensch versucht hatte, sie zu erreichen. Oder jemand hatte ein nicht enden wollendes Besetztzeichen hinterlassen. So hatte Conny beides abgeschafft, erst den Anrufbeantworter, dann die Angst vor dem Nachhausekommen.

Neben ihrem Bett lag noch immer Annos Roman, dessen Schluss sie nun endlich kannte, aber sie mochte sich nicht darüber freuen. Es war ihr egal. Seit heute Nachmittag hatte es keine Bedeutung mehr. Jetzt, da der wichtigste Mensch in ihrem Leben gestorben war.

Conny öffnete die oberste Schublade ihres Nachtschranks und ließ Felix, Henning, Mounib und Konstantin darin verschwinden. Es vergingen keine zehn Sekunden, da nahm sie das Manuskript wieder heraus und lief in die Küche. Im Mülleimer war noch genug Platz.

Ihr fiel ein, dass sie seit dem Morgen nichts gegessen hatte. Sie öffnete den Kühlschrank und entdeckte zwischen der Butter und den Rouladen, die sie für ihr Geburtstagsessen gekauft hatte, eine angefangene Tafel Erdnussbutter-Crunch-Schokolade, aber Conny hatte keinen Appetit. Sie musste an Anno denken. An den schönen Abend und die Nächte, die sie gemeinsam verbracht hatten. Es kam ihr vor, als hätte nicht sie, sondern jemand anders dies alles erlebt. Und als sei es ewig her. Dann sah sie ihre Tante, wie sie einsam in ihrem Zimmer lag und nach Luft rang. Es war wie in einem dieser Filme, wenn sich der Bildschirm für zwei parallele Handlungen teilt: In der linken Hälfte greift eine ältere Dame zum Telefon und wählt mit zittrigen Fingern die Nummer ihrer Großnichte; parallel dazu sinkt auf der anderen Seite ein junger Mann erschöpft in die Arme einer dicklichen Frau, die mit rotem verschwitztem Gesicht auf einer schmalen Matratze liegt. Und während die Kamera auf der linken Seite zeigt, wie der Arm der alten Dame zu Boden sinkt und der Hörer aus ihrer Hand fällt, löscht der Mann nebenan das Licht.

Conny fröstelte und stellte fest, dass sie immer noch vor dem offenen Kühlschrank stand. Sie musste niesen. Sie warf die Rouladen zu Annos Manuskript in den Müll und kehrte ins Bett zurück.

# FÜNFZEHN
# Das Coming-out

Am Montag ging Conny wieder arbeiten. Sie musste aufhören damit, an Anno oder ihre Tante zu denken, darum sagte sie niemandem außer Leslie etwas von ihrem Tod. Als Edgar kam, vergrub er sich im Büro. Nach etwa einer halben Stunde war ein Schrei zu hören. Dann kam er mit hochrotem Kopf heraus und zitierte die Frauen zu sich. Edgar bedeutete ihnen ungeduldig, näher zu kommen. Auf seinem Schreibtisch hatte er verschiedene Rechnungen zu kleinen Häufchen gestapelt.

»Was ist das?« Edgar deutete auf einen Kringel, den er um den 26-Euro-Posten einer Telefonrechnung herumgemalt hatte.

Nach einem Blick auf das Rechnungsdatum sagte Conny: »Das ist vier Monate her.«

»Das sehe ich selbst.«

»Das ist die Rechnung fürs Fax«, ergänzte Leslie.

»Clever, unsere rote Leslie. Fällt dir dazu irgendetwas ein? Hast du deinen Leuten in der Zone neue Taichi-Rezepte gefaxt?«

»Es heißt *Kim*-tchi.« Leslie ließ sich immer wieder von Edgar provozieren.

»Gesundheit«, sagte er, und Leslie verließ ohne ein weiteres Wort das Büro.

»Dass ihr Koreaner keinen Sinn für Humor habt!«, rief er ihr gehässig nach.

Leslie antwortete von draußen: »Du irrst dich, Edgar. Ich arbeite für dich, komischer geht's gar nicht.«

Edgar wollte aufspringen, aber Conny hielt ihn zurück. Sie riskierte einen weiteren Blick auf die Rechnung, und dabei fiel ihr die Vorwahl auf. Sie erinnerte sich an die Frau im Rollstuhl, deren Brief sie ihrem Freund gefaxt hatte.

»26 Euro! Weißt du, wie viel das in Mark ist?«, quengelte ihr Chef wie ein kleines Kind und malte wütend ein Ausrufezeichen hinter den Kringel.

»Darf ich mal?« Conny wählte die Nummer der Auslandsauskunft. Die freundliche Stimme eines Mannes fragte, was er für Conny tun könne, und sie las ihm die Nummer aus der Telefonrechnung vor.

Die Vorwahl gebe es nicht, hieß es. Erneut nannte Conny die Nummer und erhielt die identische Antwort. Jetzt mischte sich Edgar ein. Er riss ihr den Hörer aus der Hand und kläffte den Mann von der Auslandsauskunft an.

»Das ist ja herrlich! Wenn die Vorwahl, die in meiner Rechnung steht, gar nicht existiert, muss ich für die Verbindung wohl nicht bezahlen.«

Er schien auf etwas zu warten. Dann sagte er »Ja ...« und »Ach?« und »Ich bin gespannt«, und nachdem er die Telefonnummer des Ladens genannt hatte, legte er auf.

»Also?«, fragte Conny.

Da trat Leslie mit einem Klopfen ein.

»Du hast Besuch«, sagte sie zu Conny, aber Edgar machte eine Handbewegung, als wollte er ein lästiges Insekt verscheuchen.

»Was soll ich dem deprimierten Dichter sagen?«, fragte Leslie.

»Dass hier ausnahmsweise gearbeitet wird«, sagte Edgar patzig, und Leslie verschwand wieder.

Conny ging zur Kaffeemaschine, die gleich neben der Tür stand, und fingerte ein bisschen daran herum. Sie hörte Annos Stimme, er sprach sehr leise, wie immer.

»Machst du mir auch einen?«, fragte Edgar und gähnte. »Am besten einen doppelten.«

Conny zögerte noch, die Maschine zu benutzen, weil das Mahlen der Bohnen einen Höllenlärm verursachte und man dann nicht mehr verstehen konnte, was draußen gesprochen wurde.

»Ich habe die halbe Nacht in der Kneipe gestanden«, maulte Edgar. »Die Hälfte meiner Leute ist schwanger und die andere Hälfte krank. Das ist eine Arbeitsmoral in dieser Stadt! Kein Wunder, dass es nicht …«

Conny drückte schnell eine Taste, um Edgars Quengelei zusammen mit den Kaffeebohnen zu zermalmen.

»Wer ist überhaupt dieser Dichter?«, wollte der gnädige Herr wissen, als ihm der Espresso serviert wurde, und wunderte sich nicht mal, dass Conny nichts trank. Zum Glück wurde sie vom Klingeln des Telefons gerettet.

Während Edgar mit der Auskunft sprach, schlich Conny zurück zu ihrem Horchposten. Sie lehnte sogar für einen Moment ihren Kopf gegen die Tür, doch es war nichts zu machen – sie verstand kein Wort. Als Edgar den Hörer aufknallte, fuhr sie herum.

»Die Nummer gehört zu irgendeinem blöden Schiff in Übersee. Möchte wissen, wer da was hinfaxt!«

Conny schluckte. Die Frau im Rollstuhl, deren Freund offenbar auf dem blöden Schiff lebte, war noch einige Male da gewesen, vergangene Woche zuletzt.

»Ich konnte ja nicht wissen …«, begann sie, aber Edgar beachtete sie gar nicht. Er war damit beschäftigt, ein Schild in A3-Format zu malen, auf dem *Nie wieder an diese Vorwahl faxen* stand, und darunter die böse Nummer zu schreiben.

Als Conny das Büro wieder verließ, war Anno schon fort. Doch auch Leslie schien zunächst vom Erdboden verschluckt worden zu sein, bis Conny sie endlich entdeckte. Ihre Kollegin kniete vor Luke Skywalker, offenbar, um seinen Papierstau zu beheben. Ein junger Mann mit blauem Knittermantel stand neben ihr und studierte mit genüsslichen Blicken Leslies Unterwäsche, die der nach außen gewölbte Saum ihrer Cargohose präsentierte.

»Noch nie einen Schlüpfer gesehen?«, rief Conny. Der Kunde erschrak zu Tode und beeilte sich, den Laden zu verlassen.

Als Leslie an die Kasse zurückkehrte, zog sie Connys Handy aus einer ihrer zahlreichen Hosentaschen. »Willst du wissen, ob ich dir was ausrichten soll?«

Conny zuckte müde mit den Schultern. »Sollst du?«

Leslie zögerte mit ihrer Antwort. »Nein.«

»Hast du ihn gefragt?«

»Ja.«

»Hast du ihm das von meiner Tante erzählt?«

Leslie schüttelte den Kopf. »Conny, was ist los? Du hast noch gar nicht erzählt, wie es mit ihm war.«

»Ich will nicht darüber reden.«

In der Nacht wurde Conny von bösen Träumen heimgesucht, in denen sie versuchte, Anno einen Brief zu faxen, in dem sie ihm erklärte, es sei besser, wenn sie sich nicht mehr träfen. Sie hätte es nicht verdient, glücklich zu sein, nicht nach dem, was mit ihrem armen Tantchen geschehen war. Doch Edgar saß mit einer überdimensionalen Sammelbüchse vor dem Faxgerät, und Conny hatte nicht genügend Kleingeld bei sich.

Als sie erwachte, war es noch dunkel. Sie fühlte sich furchtbar. Sie war jetzt 30 Jahre und vier Tage alt, aber sonderlich erwachsen fühlte sie sich nicht. Sie küsste ihren plüschigen Weckfrosch und wartete ein paar Sekunden, ob sich etwas tat. Dann schaltete sie ihr Handy ein. Bislang hatte sie sich aus Furcht vor den verpassten Hiobsanrufen aus dem Heim davor gedrückt, und tatsächlich, neun neue Nachrichten wurden ihr aus der Mailbox gemeldet. Die erste war am späten Freitagabend eingegangen.

*»Hier ist das Seniorenstift Rosental. Frau Pyper … melden Sie sich bitte dringend bei …«*

Conny erkannte die Heimleiterin und beeilte sich, die Nachricht zu löschen.

»*Hier ist nochmal das Seniorenstift Rosen …*«, hatte die gleiche Stimme zwei Stunden später hinterlassen.

»*Seniorenstift Ro…*«, begann Nachricht Nummer 3. Inzwischen war es Samstagvormittag.

Drei Anrufe! Sie war kurz davor, das Handy auszustellen, aber dann hörte sie sich doch noch die Nachricht ihrer Mutter an, Leslie wollte wissen, ob Anno die Anspielung mit den Artischocken verstanden hatte, eine ehemalige Arbeitskollegin gratulierte nachträglich zum Geburtstag, und zum Schluss hatte Jochen noch dreimal auf die Mailbox geatmet.

Enttäuscht lief Conny zum Kühlschrank, um die angefangene Tafel Erdnussbutter-Crunch-Schokolade aufzuessen. Als sie in der Küche stand, fiel ihr Annos Roman wieder ein. Er war das Einzige, das sie von ihm hatte. Sie war nicht ganz zurechnungsfähig gewesen, als sie ihn weggeworfen hatte. Conny öffnete den Mülleimer, fand zwischen den Rouladen und anderen Essensresten das Manuskript, wischte die gröbsten Flecken ab und blätterte darin herum. Dabei stieß sie auf einen Song, den Felix für das vierte Posa-Album geschrieben hatte, das aber nie erschienen war.

»Du meinst, du kannst nicht sagen, wann wir uns seh'n;
Dabei willst du's nicht.
Du schreibst, du kannst nicht mit mir zusammen sein,
Doch du willst nur nicht.
Du sagst, du kannst mir keine Treue schwör'n;
In Wahrheit willst du nicht.
Ich will dich gerne verstehen.
Aber ich kann nicht.«

Conny seufzte. Schade nur, dass Felix den Text umsonst geschrieben hatte. Schade, dass Anno ihn umsonst geschrieben hatte. Wirklich schade.

Tante Cassandra wurde Ende der Woche beerdigt. Es ging auf Juni zu, aber der Himmel war bedeckt, und die Sonne ließ sich den ganzen Tag nicht blicken, so als wollte sie niemanden belästigen. In der Kirche hatten Conny und ihre Mutter in der zweiten Reihe Platz genommen, dann tauchten Cassandras Kinder und Enkel auf und ließen sich in der ersten Reihe nieder, ohne von den Pypers Notiz zu nehmen. Lediglich Connys Cousine Cherima drehte sich kurz herum und nickte den beiden zu.

Während des Gottesdienstes fiel es Conny schwer, sich auf die Worte des Pastors zu konzentrieren. Ihre Gedanken schweiften ab, trugen sie zu ihrer Tante. Nach einer Weile glaubte sie zu beobachten, wie sich vier ältere Herren im Frack an Cassandras Sarg versammelten. Einer von ihnen trug ein französisches Barett und zog seine Mütze in dem Moment, da Conny ihn entdeckte. Dieser Herr hatte eine erstaunliche Ähnlichkeit mit Cassandras viertem Ehemann und zwinkerte ihr zu, und Theo, sein eifersüchtiger Vorgänger, verpasste ihm unauffällig einen Rüffel mit dem Ellenbogen.

Verwirrt schloss Conny die Augen.

»Wir wollen nicht trauern, dass wir sie verloren haben«, schien Theo ihr zu sagen, »sondern dankbar sein, dass wir sie gehabt haben, ja, auch jetzt noch besitzen.«

Als Conny die Augen wieder öffnete, war es der Pastor, der diese Worte sprach. Sie reckte den Hals, konnte die vier Herren aber nirgendwo erspähen. Auch später, bei der Aussegnung am Grab, ließen sie sich nicht mehr blicken, und Conny war erleichtert. Die Exmänner ihrer Großtante hatten sich zum Teufel geschert – oder zu welchem der beiden Vereine sie auch immer gehören mochten.

Nach der Beerdigung kaufte sie ein Deutungsbuch, um die Karten ihrer Tante verstehen zu lernen. Offenbar hatte Cassandra den eigenen Tod vorausgesehen. In dem Buch stand, dass die Kombination aus Baum, Kreuz und Sense, eben jene

Symbole aus der letzten Prophezeiung, von einem plötzlichen Tod kündete, und der Schlüssel, der auf der Abseitskarte abgebildet war, verlieh dem Ganzen eine große Gewissheit. Deswegen sollte Conny auch ihre Besuche telefonisch ankündigen: Sie sollte keine böse Überraschung erleben. Aber warum nur hatte Tante Cassandra ihr nichts gesagt?

Conny versuchte mit dem neuen Buch, sich selbst die Karten zu legen, doch ihr wollten sie nichts Sinnvolles verraten. Mal war von einer Reise ihrer Mutter die Rede, die man als ›Liebesreise‹, aber auch als ›Reise, an der das Herz hängt‹ deuten konnte. Als sie sich an einer Prophezeiung für Leslie versuchte, hieß es, dass dem Sex mit Dicki Grenzen gesetzt seien, aber um das zu erfahren, brauchte man keine hellseherischen Fähigkeiten. Conny selber standen Unklarheiten im Beruf und ein überraschender Geldsegen ins Haus. Daraufhin verbannte sie die Karten samt Deutungsbuch in den Keller, weil für sie feststand, dass ihr für derlei Übersinnliches die Begabung fehlte.

Ein paar Wochen später brach Cordula Pyper tatsächlich zu einer neuen Reise auf, und Conny stellte fest, dass sie ihre Mutter vermisste – ein Gefühl, das ihr nicht ganz fremd war, dennoch überraschte es sie.

Von Anno hatte sie nichts mehr gehört, und ihr selber fehlten Kraft und Mut, ihn anzurufen. Dafür ließ sie sich überreden, wieder mit Jochen auszugehen, unter der Voraussetzung, dass er sie nicht küsste – sie erklärte es ihm mit dem Tod ihrer Tante, doch insgeheim wusste sie, dass der Grund ein anderer war. Übrigens machte es Conny wahnsinnig, dass Jochen immer genau das aß und trank, was sie bestellte, als besäße er seit der Trennung von seiner Frau keinen eigenen Willen mehr, und es sollte bloß niemand versuchen, Conny weiszumachen, dass es normal sei, einen Abend lang abwechselnd Kakao und Bitter Lemon zu trinken.

Inzwischen war es Ende Juli, und die Sonne brannte schon vormittags erbarmungslos durch die Schaufenster von *Star Copies*. Es wurde im Geschäft so heiß, dass Connys Schokolade in der Schublade schmolz und über die Dumme-Sprüche-Liste lief, von der Leslie und sie ihre Cocktail-Termine ablasen. Während Conny wie üblich langärmelige Blusen trug, arbeitete ihre Freundin nur noch im Unterhemd, bedeckte aber immerhin einen ihrer nackten Arme bis zum Ellenbogen mit verwaschenen Schweißbändern. Die Bauarbeiter, die das Klo benutzen durften, machten davon so oft Gebrauch, dass Conny Zweifel kamen, ob sie wirklich eine so schwache Blase hatten oder nur eine Schwäche für Leslie. Einer von ihnen, Günter, trug auf der Brust einen tätowierten Teddybären, der ein überdimensioniertes Herz umklammerte. Jedenfalls war es kein Wunder, dass der Fahrradweg einfach nicht fertig werden wollte.

Conny hatte längst Feierabend, doch der Freitagsstudent war noch mit dem Auto unterwegs, um Prospekte auszuliefern, und Leslie wurde seit einer halben Stunde von einem älteren Herrn mit Filzhut belagert, der die gesammelten Urkunden eines Schützenvereins kopiert haben wollte. »Aber nicht so dunkel, Frollein, und nicht zu hell.«

Es war kurz nach halb acht, als ein junges Pärchen den Laden betrat, festlich gekleidet, ganz offensichtlich auf dem Sprung zu einer feinen Gesellschaft. Conny und Leslie tauschten entsetzte Blicke aus: Die beiden waren am Mittag mit ihrer Hochzeitszeitung gekommen und hatten gefragt, ob sie bis zum Abend fertig wären, 30 Exemplare sollten es sein, und sie würden sie auf dem Weg zur Feier abholen.

Connys Gesicht färbte sich magentarot: Die blöde Zeitung hatten sie völlig vergessen! Die Seiten waren zwar schon kopiert, aber noch nicht gebunden. Conny flitzte schnell nach hinten und stellte die Maschine an; es dauerte einen Moment, bis das Gerät heißgelaufen und der Kleber flüssig sein würde. In der Zwischenzeit machte Leslie den Redakteuren einen Kaffee und erklärte ihnen, dass die Zeitungen jeden Moment fertig sein würden, was von ihm mit gleichgültigem Schulterzucken und von ihr mit einem hektischen Blick auf die Uhr quittiert wurde.

Conny war schon durchgeschwitzt, bevor sie auch nur mit dem Binden angefangen hatte: Eine Zeitung pro Minute, das war zu schaffen, aber 30 Stück in 20 Minuten – das wäre rekordverdächtig. Und so war sie bereits ausreichend mit Adrenalin versorgt, als sie Leslie sagen hörte:

»Das ist ja eine Überraschung ... Ja, die hat hinten zu tun, aber sie ist sicher gleich fertig ... CONNY!«

Conny hielt den Atem an. Wenn jemand im Laden nach ihr fragte, dann konnte es sich nur um eine einzige Person handeln, und sie wusste nicht, ob sie bereit war für die Konfrontation. Gemessen in Hochzeitszeitungen ganz sicher nicht, denn sie hatte gerade die Hälfte geschafft. Und von Mut oder auch nur Gelassenheit konnte nicht die Rede sein.

»Kann jetzt nicht!« Sie entdeckte, dass sie die letzten Zeitungen aus Versehen rechts gebunden hatte. Sie fluchte leise, dann versteckte sie die verunglückten Exemplare unter den anderen und machte weiter.

Es war eine Minute nach acht, als Conny schweißgebadet in den vorderen Teil des Geschäftes zurückkehrte. Zu ihrer Erleichterung war außer Leslie und dem Pärchen niemand mehr da. Mit einer Entschuldigung überreichte sie den beiden ihre fertigen Hefte und kam ihnen beim Preis etwas entgegen. Den Knoten seiner Krawatte gelockert, war er mit Leslie in ein angeregtes Gespräch über die Anschlussfehler in den *Star-Wars*-Filmen vertieft und schien wegen der Verzögerung nicht weiter böse zu sein. Seine Freundin, blass vor Wut, nahm den Karton mit den Hochzeitszeitungen wortlos entgegen und knallte das Geld auf den Tresen. Als Conny den Laden hinter ihnen abschloss, sagte Leslie: »Übrigens, du wirst nebenan erwartet.«

Um halb neun endlich stand sie vor Jochens Restaurant. Sie hatte sich noch etwas frisch gemacht und Leslies Lippenstift geborgt. Die sah sie verständnislos an, aber Conny sagte nur: »Ich will nicht darüber sprechen.«

Vor dem Eingang überlegte sie minutenlang, wie sie sich Anno erklären könnte. Aber leider musste sie feststellen, dass sie ihr Verhalten selber nicht mehr verstand. Sie wollte gerade den Rückzug antreten, als sich die Tür öffnete und ein großer Strauß roter Rosen das Restaurant verließ. Das ist ein Zeichen, dachte Conny, die Zeichen erkannte, zumal, wenn sie ihr so unmissverständlich unter die Nase gehalten wurden, und so kaufte sie dem freundlich lächelnden Herrn aus Pakistan eine Rose ab.

Jochens Laden war gut gefüllt, im Gegensatz zum Copyshop sorgte hier eine funktionierende Klimaanlage für frische Luft. Conny winkte dem rothaarigen DJ zu und warf einen Blick in den linken Flügel des Restaurants. Sie lief durch bis zu den Toiletten – doch von Anno keine Spur. Auch in der anderen Hälfte konnte sie ihn nicht finden. Conny stand etwas hilflos mit ihrer Rose im Gang und musste einem Kellner ausweichen, der drei Teller mit den verführerischsten Gerichten an ihr vorbeijonglierte.

Plötzlich zog jemand an ihrem Arm. Sie drehte sich herum.

»Mama! Was machst du denn hier?« Conny versuchte weiter an ihrer Mutter vorbei, die Tische nach Anno zu durchkämmen. Wo steckt er nur?

»Hat dir deine Kollegin nicht gesagt, dass ich hier auf dich warte?«

»Nein … doch, ja.« Conny versuchte, sich ihre Enttäuschung nicht allzu deutlich anmerken zu lassen.

Cordula Pyper musterte das Gesicht ihrer Tochter. »Gehst du neuerdings immer so stark geschminkt zur Arbeit?«

Conny spürte, wie sie rot anlief.

»Was hast du denn da?« Ihre Mutter deutete auf die Rose.

»Die ist … für dich!« Conny gab ihr einen verlegenen Kuss auf die Wange. »Weil es so lange gedauert hat. Und … ich mich gar nicht richtig bedankt habe, dass du so toll Tee gekocht hast, als ich krank war.«

Cordula Pyper winkte ab, war aber sichtlich gerührt und führte ihre Tochter zu ihrem Tisch, wo eine Flasche Wein und zwei Gläser bereitstanden.

»Hast du schon gegessen?« Conny merkte plötzlich, wie hungrig sie war, und winkte nach dem Kellner. Nachdem sie bestellt hatten, senkte ihre Mutter die Stimme, und ihre Augen begannen zu leuchten. »Ich muss dir etwas erzählen.«

Cordula Pyper sah sich mit eiligen Blicken im Restaurant um, als wollte sie sich vergewissern, dass niemand sie belauschte. Dann rückte sie näher an den Tisch heran.

»Ich habe auf meiner letzten Reise jemanden kennen gelernt.«

»Jemanden?«, fragte Conny etwas unsicher. Sie musste daran denken, was sie in den Karten gesehen hatte: Ihre Mutter auf *Liebesreise*! Conny war nicht sicher, ob sie bereit für diese Geschichte war. Nicht heute. Nicht nachdem sie sich seelisch auf ein Wiedersehen mit Anno eingestellt hatte.

»Ich war kürzlich wieder mit einer Reisegruppe unterwegs, und unter diesen lieben Menschen war auch eine Frau. Bianca.« Das verdächtige Leuchten flackerte immer noch in ihren Augen, und die mütterlichen Brauen hüpften aufgeregt, wann immer der Name Bianca fiel. »Ich bin sicher, du wirst sie auch mögen.«

Conny bemühte sich, ihre Fassung zu bewahren. War ihre Mutter etwa im Begriff, ihr zu erklären, dass sie neuerdings auf Frauen stand?

»Es ist wie ein kleines Wunder: Bianca war einfach zur richtigen Zeit am richtigen Ort. Und wir haben uns prima verstanden.«

Conny war sprachlos. Das Coming-out ihrer Mutter traf sie wie ein Donnerschlag. Sie hatte es nicht gemerkt. Sie war blind gewesen, all die Jahre! Bianca … Kein Wunder, dass ihre Mutter sich nach Vater Pypers Tod nicht mehr mit Männern treffen wollte.

»Bianca ist Lektorin«, fuhr Cordula Pyper mit vollem Mund fort. »Sie arbeitet für einen kleinen, aber sehr feinen Verlag hier in Berlin.«

Conny hörte schon gar nicht mehr zu und nickte nur noch

abwesend. Das Essen kam, aber sie hatte plötzlich keinen Appetit mehr. Kein Wunder, dass ihrer Mutter der Roman so gut gefiel und sie Susanne in Schutz genommen hatte vor Anno und ihrer Latzhose. *So was tragen Lesben doch heutzutage gar nicht mehr.*

»Sie könnte ja mal unverbindlich ein Auge auf dein Manuskript werfen. Ich bin sicher, sie würde es mir zuliebe tun.«

»Mama, es ist nicht meine Geschichte.«

»Du wiederholst dich.«

Jochen kam, um die Frauen zu begrüßen, und bemerkte die rote Rose, die zwischen ihnen auf dem Tisch lag. Conny kam sich deswegen inzwischen völlig lächerlich vor.

»Ist die für mich?«, fragte er.

»Nein«, sagte Mutter Pyper.

»Doch«, widersprach Conny und schenkte sie Jochen.

»Du hast deiner Freundin doch nicht gesagt, dass der Roman von mir ist, oder?«, wollte sie wissen, nachdem er verschwunden war.

Cordula Pyper schenkte sich Wein nach und tat so, als hätte sie ihre Tochter nicht gehört.

»Hast du?«, wiederholte Conny.

»Ganz unverbindlich, Cornelia!«

Es war zum Verzweifeln. Sie wusste nicht, was sie mehr aufregte. Die Tatsache, dass sie plötzlich eine lesbische Mutter hatte oder dass deren Verlagsfreundin Annos Manuskript lesen wollte, das wie ein Komposthaufen stank. Wie wohl Anno reagieren mochte, wenn sie ihn nach zwei Monaten anrief, die frohe Botschaft zu überbringen?! Conny mochte lieber nicht daran denken.

Leslie lag schon im Bett, als ihre Freundin anrief, aber sie ließ sich zu einem außerordentlichen Cocktail in der Strandbar hinter der East Side Gallery überreden. Als sie dort ankamen, waren die besonders beliebten Logenplätze an der Spree komplett belegt. Dafür vermachte ihnen ein Liebespärchen zwei

Liegestühle in strategisch günstiger Nähe zur Bar. Dort, unter sternenklarem Himmel und umzingelt von brennenden Mülltonnen, die auch zu später Stunde noch für kuschelige Wärme sorgten, vertraute sich Conny ihrer Freundin endlich an. Leslie hatte sich schon erkundigt, ob sie überhaupt noch befreundet wären, weil Conny sich nach dem Tod ihrer Tante standhaft geweigert hatte, über Anno zu sprechen. Ihr Gesicht verfinsterte sich, als sie erfuhr, dass Conny der Mut verlassen hatte, ihm zu gestehen, dass sie seinen Roman bereits kannte, nachdem er so empfindlich auf ihre Kritik reagiert hatte. Mit jedem Detail wanderten Leslies Augenbrauen etwas tiefer.

»Das hat dein langweiliger Literat wirklich zu dir gesagt?«, hakte sie gelegentlich ein, während sie zwischen ihren Zähnen Erdnüsse zermalmte.

»Er heißt Anno«, sagte Conny und fuhr fort. Als sie fertig war, berührten Leslies Brauen fast den Boden.

»Künstler!« Sie zerbiss eine Erdnuss mit solcher Verachtung, als handelte es sich um Anno selber.

Bevor Conny ihre Mutter ins Spiel brachte, brauchte sie einen zweiten Cocktail, und Leslie schloss sich ihrer Bestellung an. Bei ihrer Rückkehr berichtete Conny von den jüngsten Entwicklungen. Während sie erzählte, begann sie von ihrem Liegestuhl aus mit den nackten Füßen ein Loch in den Sandstrand zu graben. Als sie die Lektorin erwähnte, schnellten Leslies Augenbrauen wieder in die Höhe.

»Das ist doch optimal!«, rief sie.

»Ich kenne meine Mutter seit 30 Jahren. Hätte sie sich das nicht früher überlegen können? Muss ich jetzt Luftsprünge machen und ihr sagen, dass die gute Tochter sie liebt, egal, wen *sie* liebt?«

Conny zog eine Grimasse und hob weiter ihre Grube aus.

»Das meine ich gar nicht«, sagte Leslie. »Denk doch mal nach! Du hast einen Freund, der ein Buch geschrieben hat …«

Conny wollte Einspruch erheben, aber Leslie redete unbeirrt weiter. Inzwischen hatte sich ihr Gesicht dunkelrot verfärbt.

»Es ist auch ganz anständig geworden, nur über die Sache mit dem Selbstmord am Ende kann man sicher streiten. Tatsache ist: Der Typ ist ein kleiner Spinner, aber offensichtlich liebst du ihn ja immer noch.«

Leslie übersah Connys Hand, die sich zum Protest erhoben hatte.

»Und deine Mutter hat eine Freundin, die von solchen Spinnern lebt. Dazu kommt: Du hast die Sache mit Anno gründlich versaut, weil du dich nicht mehr gemeldet hast.«

»Er sich auch nicht«, sagte Conny trotzig.

»Wie alt bist du dieses Jahr geworden?«, fragte Leslie ungerührt. »14?«

Conny begann, mit Erdnüssen nach Leslie zu werfen.

»Jetzt kriegst du eine Chance, es wieder gut zu machen, und du fragst mich allen Ernstes, was du tun sollst?«

»Ich habe ein ziemlich mieses Gefühl bei der Sache«, sagte Conny düster. Das Loch, das sie mit ihren Füßen gegraben hatte, war inzwischen fast groß genug, um darin zu verschwinden und solange abzuwarten, bis wieder alles gut war.

»Aber warum?«, fragte Leslie.

»Vielleicht möchtest du Anno oder dieser Les ... Lektorin erklären, wie ich an das Manuskript gekommen bin? Darf ich dich erinnern, dass du es warst, die ... Was hast du denn?«

Leslie war von einer Sekunde auf die andere ganz blass geworden. Sie klagte über Kopfschmerzen und stellte ihren Cocktail in den Sand. Sie versuchte aufzustehen, und ihre Freundin wollte sie stützen, aber da erbrach Leslie ihren Sex on the beach schon in Connys schöne Grube.

Nachdem sie im Taxi zu ihrer Wohnung gefahren waren und Conny ihre Freundin ins Bett gebracht hatte, beschloss sie, noch ein wenig spazieren zu gehen. Sie lehnte es dankend ab, bei Leslie zu übernachten, weil sie morgen nicht in den Klamotten von gestern arbeiten wollte. Sie war auch noch gar nicht müde. Und sie wollte die milde Abendluft genießen. Wenigstens waren das die Vorwände, die sie sich ausdachte, und so lief sie in der milden Nacht durch die belebten Straßen von Friedrichshain, bis sie endlich vor der Buchhandlung Schöndienst stand. Oder vielmehr dem, was davon übrig geblieben war, die Leuchtschrift über dem Eingang nämlich. Conny drückte sich neben dem *Zu Vermieten*-Schild ganz nah an die Schaufensterscheibe und spähte in den Laden. Alles war verschwunden, die Bücher, die Regale, der Klappstuhl von Herrn Schöndienst und Anno selber. Nur das alte Fahrrad von seiner Mutter stand immer noch vor dem Geschäft, ohne Schloss – eine Einladung, die niemand annehmen wollte. Conny lief zu der alten Linde, lehnte sich an ihren breiten Stamm und sah zum Fenster hinauf, hinter dem Annos Zimmer gelegen hatte. Alles dunkel.

Sie fühlte sich plötzlich sehr müde, und so fuhr sie mit dem rostigen Damenrad nach Hause. Noch in der Nacht rief sie bei der Auskunft an und erkundigte sich nach der neuen Adresse von Familie Schöndienst. Der Anschluss sei abgemeldet, hieß es, die Teilnehmer unbekannt verzogen.

Conny versuchte zu schlafen, doch stattdessen warf sie sich von einer Seite auf die andere; selbst der therapeutische Riegel Schokolade, der mit einem Glas Milch eingenommen sonst Wunder bewirkte, vermochte sie heute nicht ins Reich der Träume zu befördern. Als sie um 4 Uhr 41 zum letzten Mal auf ihr Handy sah, fasste sie einen verzweifelten Entschluss.

## SECHZEHN.
# Das Abschreibungsobjekt

Als Conny das Geschäft am nächsten Tag gegen halb sechs verließ, fuhr sie nicht nach Hause, sondern kehrte bei Jochen ein. Da in seinem Restaurant noch kaum Betrieb war, konnte sich Conny auf einem der begehrten Fensterplätze niederlassen. Sie bestellte eine Cola light, packte Annos Roman sowie eine große Flasche Tipp-Ex aus und begann zu arbeiten. Seite für Seite merzte sie die Kaffeeflecken und die Anmerkungen ihrer Mutter aus. Nach einer Stunde hatte sie 20 Seiten geschafft. Als Jochen an den Tisch geschlurft kam und sich erkundigte, was Conny da treibe, war sie nicht gerade in Stimmung für Erklärungen.

»Wiedergutmachung«, sagte Conny knapp.

»Was sind das für braune Flecken?« fragte er mit Blick auf eine besonders versiffte Seite.

»Jedenfalls nicht das, wonach es aussieht.«

Jochen nahm die be-Tipp-ex-te erste Seite, die zum Trocknen an der Tischkante lag, und las laut:

> Alle in der Band hielten Felix für so eine Art Erlöser. Deshalb habe ich nie was gesagt, obwohl ich ihn von Anfang an komisch fand. Vielleicht hätte ich sie warnen sollen. Schon wie er nach dem Auftritt der Frogs beim Straßenfest einfach hinter die Bühne kam – Cordmütze, dunkle Locken, Sommersprossen –, und wie er gleich auf dicke Hose machte: »Wollt ihr euer Leben lang die Klamotten anderer Leute auftragen?«

Jochen legte seine große Stirn in Falten und sah Conny fragend an.

»Legst du es bitte wieder zurück, sonst komme ich durcheinander«, bat Conny ihn.

»Was ist das für eine komische Geschichte?«

»Danke *schön*!«, sagte sie ungeduldig.

Jochen gehorchte und zog sich widerwillig zurück, sodass Conny weiter arbeiten konnte.

Um 19 Uhr kam DJ Pumuckl und packte seine Platten aus. Langsam füllte sich das Restaurant. Conny begann jetzt, hin und wieder aus dem Fenster zu sehen. Gegen halb acht fuhr ein silbermetallicfarbener Mercedes vorbei, Edgar kam wie jeden Abend zur Abrechnung. Jetzt musste sie nicht mehr lange warten.

Conny bestellte einen Salat, ohne Dressing, nur mit ein wenig Öl, und eine zweite Cola. Als das Essen kam, hatte sie ein knappes Drittel des Manuskripts von den Belehrungen ihrer Mutter befreit. Sie steckte die trockenen Seiten zurück in ihre Tasche und rückte mit dem Stuhl etwas vom Fenster fort. Sie wollte sehen, ohne gesehen zu werden.

Nachdem sie ihren Salat aufgegessen hatte, war es fünf nach acht, Zeit für Leslies Feierabend. Den ganzen Tag hatte sie blendend ausgesehen und den Bauarbeitern schöne Augen gemacht, als hätte sie nicht am Vorabend ihren Mageninhalt in den Sand gesetzt. Conny dagegen, die die halbe Nacht wach gelegen hatte, war blass und müde. Selbst Edgar wirkte bei seiner mittäglichen Stippvisite wie nach einer Frischzellenkur, wahrscheinlich hatte er eine neue Freundin. Warum gab es keine Gerechtigkeit auf dieser Welt?

Dann tauchte Leslie mit ihren Schweißbändern und den sexy Camouflagehosen hinter dem Fenster auf. Doch anstatt weiterzugehen, blieb sie vor der Tür stehen. Connys Herzschlag setzte für einen Moment aus, und sie versteckte sich hinter der Speisekarte. Aber Leslie blieb, wo sie war, und lehnte sich an einen Haufen roter Steine, die für den Radweg bestimmt waren. Offenbar wurde sie von jemandem abgeholt. Tatsächlich musste sie nicht lange warten: Eine schwarze Limousine mit getönten Scheiben hielt vor dem Laden. Die Tür öffnete sich, und ein leicht untersetzter Mann im Anzug wurde dahinter sichtbar. Das musste Dicki sein! Den kannte Conny wirklich aus dem Fernsehen. Hatte der nicht noch vor kurzem in einer Talkshow kritisiert, die Regierung unternehme zu wenig in Sachen Integration ausländischer Mitbürgerinnen und Mitbürger? Ein Vorwurf, den man ihm in Bezug auf Leslie sicher nicht machen konnte.

»Ich werd bekloppt!«, rief sie so laut, dass Jochen an ihren Tisch kam und fragte, ob alles in Ordnung war.

Sie konnte ihn beruhigen und verlangte die Rechnung. Er weigerte sich jedoch, Geld von ihr anzunehmen, und sie weigerte sich, unentgeltlich Essen von ihm anzunehmen. Sie einigten sich darauf, dass Conny den Salat bezahlte.

Als sie das Restaurant verließ, schreckte sie zurück: Edgars Mercedes stand noch vor dem Laden. Das also war der Grund, warum Leslie nicht dort auf ihren Liebhaber gewartet hatte. Eben trat auch Edgar selbst auf die Straße. Conny spähte vorsichtig hinüber und entdeckte, dass ihr Chef nicht alleine war: Er half einer jungen Frau über die Baustelle und hielt ihr die Beifahrertür auf. Sie war einen halben Kopf größer als er – trotz Hut! –, und trug einen Minirock, der mehr zeigte, als er verhüllte, vor allem ihre Beine, die Conny auf mindestens zwei Meter Länge schätzte. Jetzt wusste sie, wessen Frischzellen Edgar so verwandelt hatten.

Sie wartete, bis sein Auto um die Ecke gebogen war, dann verließ Conny ihr Versteck und ging in den Copyshop. Es war immer noch unerträglich heiß, und sie zog ihre Bluse aus. Weil es noch hell war, brauchte sie kein Licht anzumachen, schließlich wollte sie nicht entdeckt werden. Im Vorbeigehen schaltete sie Luke Skywalker an – er war noch warm – und machte sich einen Kaffee. Im Waschbecken standen drei schmutzige Tassen. Eine davon war am Rand dick mit Lippenstift beschmiert.

Es war nicht Leslies Farbe und Conny war sicher, dass auch der ganzkörpertätowierte Freitagsstudent als Verdächtiger nicht in Frage kam, auch wenn er Conny mal ungefragt anvertraut hatte, dass er gerne die Unterwäsche seiner Freundin anzog und dazu heimlich ihr Make-up ausprobierte.

Conny stellte die Tasse von Edgars neuer Freundin auf seinen Schreibtisch und schrieb einen Zettel.

*»Oops! Da hat wohl jemand vergessen, seine Tasse abzuschminken.«*

Dann schäumte sie etwas fettarme Milch auf, nahm ihren Kaffee und ging zu Luke. Ihn ließ sie die erste Seite aus Annos Manuskript kopieren, die sie bereits von den Korrekturen ihrer Mutter befreit hatte; allerdings war das Papier von ihrem Aufenthalt im Mülleimer zwischen Rouladen, Apfelschalen und Kaffeefilter besonders mitgenommen und knitterig, und so versuchte es Conny mit einer sehr hellen Einstellung. Immerhin, die Eselsohren und Risse verschwanden vollständig, aber den Flecken war nicht beizukommen – selbst mit der größtmöglichen Helligkeitsstufe blieben immer noch Ränder. Conny gab nicht auf und belichtete die kopierte Seite erneut. Die unschönen Flecken hatte sie nun zwar ausgemerzt, dafür verschwanden auf einigen Seiten die Buchstaben, ganze Passagen wurden unlesbar.

»Und jetzt?«, erkundigte sie sich vorwurfsvoll bei Luke, den immerhin eine gewisse Mitschuld traf. Da plötzlich klopfte jemand ans Fenster. Conny fuhr erschrocken zusammen und entdeckte den Freak, der ihr gefährlich grinsend zuwinkte. Notdürftig bedeckte sie ihren Oberkörper mit einer Manuskriptseite; dann duckte sie sich hinter Skywalker junior und wartete ab. Der Freak begann wild an der Eingangstür zu rütteln. Offenbar erwartete er, dass Conny ihm aufschloss. Ihr Herz blieb stehen, dann begann es zu rasen, und mit jedem Rütteln beschleunigte es sich noch etwas mehr. Sie fürchtete, der Freak würde jeden Moment die Tür eintreten. Das hatte sie nun davon, dass sie sich nach Feierabend wie eine Diebin ins Geschäft schlich.

Conny betete, er möge wieder verschwinden, und arbeitete sich in geduckter Stellung zur Theke vor. Dort stieß sie mit Darth Vader zusammen und erschrak ein zweites Mal fürchterlich, als die Pappfigur über ihr zusammenklappte. Nachdem sie sich wieder beruhigt hatte, bemerkte sie, dass der Laden von changierendem blauem Licht erhellt wurde, ein Auto fuhr vor.

»Können wir Ihnen helfen?«, erklang von draußen dumpf die Stimme eines Mannes. Das Rütteln hörte augenblicklich auf. Aus ihrer Deckung versuchte Conny durchs Fenster zu spähen und erkannte zwei Polizisten. Sie forderten den Freak auf, seinen Ausweis vorzuzeigen; da er dies verweigerte, nahm man ihn mit auf die Wache.

Conny zögerte noch mit dem Auftauchen, doch da sie keine verdächtigen Geräusche mehr hörte, beschloss sie, dass es nun sicher wäre weiterzumachen. Sie half Darth Vader auf die Beine und widmete sich erneut Annos Roman. Der Anblick der verblassten Schrift ließ sie resignieren: Es blieb ihr wohl nichts anderes übrig, als alles abzutippen. Sie machte einen neuen Kaffee, warf den Zettel weg, den sie Edgar bezüglich des Lippenstifts geschrieben hatte, und setzte sich an den Computer. In der ersten Nacht schaffte sie eineinhalb Kapitel.

Als am nächsten Tag zwei Polizisten auftauchten und verlangten, Edgar zu sprechen, beschlich Conny ein ungutes Gefühl. Die Beamten erklärten, sie hätten am späten Abend einen Verdächtigen aufgegriffen, der versucht habe, in das Geschäft einzubrechen. Auf dem Revier habe der Mann zu Protokoll gegeben, jemanden im Laden beobachtet zu haben.

Conny beschäftigte sich sehr intensiv mit dem Büroklammerbehälter und spitzte ihre Ohren.

»Bei uns hat niemand eingebrochen«, sagte Edgar und wandte sich an Conny. »Oder war heute Morgen irgendwas?«

Sie dachte an den Streit, den sie wegen der schmutzigen Tasse auf Edgars Schreibtisch gehabt hatten, und zuckte mit den Schultern.

»Dann ist es ja gut«, sagte einer der Polizisten. »Wahrscheinlich hat bloß noch jemand gearbeitet.«

»Unsinn«, entgegnete Edgar. »Versuchen Sie hier mal Leute zu kriegen, die wo bereit sind, noch nach 20 Uhr zu schaffen.«

Hinter seinem Rücken warf Conny Leslie einen vielsagenden Blick zu, doch die flirtete gerade ungeniert mit Günter, dem Bauarbeiter mit dem Teddy-Tattoo, der ihr mit einer Wasserwaage zuwinkte.

»Vor Ihnen stehen zwei«, sagte der Beamte und empfahl sich.

Darauf wusste Edgar nichts mehr zu sagen, und Conny musste sich beherrschen, um nicht laut loszuprusten. Ihrem Chef fiel in seinem Ärger nichts Besseres ein, als Leslie anzuschnauzen, die immer noch aus dem Fenster starrte.

»Was stehst du da rum und hältst Maulaffen feil?«

»Nein danke, für mich keine Maultaschen«, sagte Leslie, die nicht ganz bei der Sache war, und zwischen den beiden entbrannte ein Streit, der Conny sehr gelegen kam, denn der nächtliche Zwischenfall war vom Tisch. Wenigstens vorerst.

Obwohl Conny von den letzten Nächten erschöpft war, verbrachte sie auch heute ihren Feierabend im Geschäft, da sie keinen eigenen Computer besaß, um Annos Manuskript weiter abzutippen. Dieses Mal setzte sie sich in Edgars Büro, damit man sie nicht von der Straße aus beobachten konnte.

Nach 17 Seiten spürte sie ein leichtes Ziehen im Unterarm, doch sie wollte nicht aufhören. Sie hatte noch viel Arbeit vor sich. Sie saß gerade am fünften Kapitel. Posa schaffte den Durchbruch, und die Jungs ließen sich für diverse Kampagnen einspannen.

Ich fand es okay, tippte Conny, daß sich die Jungs für die Aktion »Copy kills music« engagiert haben. Klar, jeder brennt mal eine CD, aber auf der anderen Seite: Niemand läßt sich gerne beklauen.
Die Kampagne von diesem Deutschrocker mit der zickigen Brille war mir dann aber ein bißchen too much. Es war komisch genug, daß man plötzlich wieder auf deutsch singen konnte, ohne daß im nächsten Moment Dieter Thomas Heck aus der Kulisse gesprungen kam. Aber eine verbindliche Radioquote für einheimisches Gejodel? Nur weil es unsere Nachbarn, die Croissant-Tunker auch machen?
Alle in der Band waren dagegen, aber dann schrieb Felix diese Sache in der Sonntagszeitung, ohne daß jemand davon wußte. Und dann konnten die Jungs nicht mehr zurück.
»Ich glaube«, hieß es in dem Artikel, »es gibt einen Zusammenhang zwischen dem schlechten Ruf einer solchen Quote und dem schlechten Abschneiden deutscher Schüler bei Pisa. Man weigert sich, deutschsprachiger Musik im eigenen Land einen Vorteil zu verschaffen, weil man sich 60 Jahre nach Kriegsende immer noch nicht wieder traut, offen gut zu finden, was deutsche Sprache kann. Man hält deutsche Kultur für nicht wert, geschützt oder gar *erhalten* zu werden. Darum beschäftigt man sich zu wenig damit. Darum weiß man zu wenig darüber. Darum kann man sie auch nicht buchstabieren.«
Es blieb beim Versuch. Nachdem eine Ministerin jemanden von der Opposition, der sich für die Quote eingesetzt hatte, mit einem Nazi verglich, ließ die Regierung die Sache fallen wie eine hei

Conny glaubte, Geräusche zu hören, und sie unterbrach ihre Arbeit. Es waren Stimmen, begleitet von Schritten, die vom Hof kamen. Dann steckte jemand einen Schlüssel ins Schloss. Conny löschte schnell das Licht, schaltete den Monitor aus und schlüpfte unter den Schreibtisch, wo sie sich hinter einem

Karton verbarrikadierte, der in Edgars Büro herumstand. Dann öffnete sich die Tür. Die Schritte kamen näher.

»… nur nachsehen, ob alles in Ordnung ist. Letzte Nacht soll jemand versucht haben, hier einzubrechen.« Es war Edgars Stimme. Dann wurde es wieder hell.

»Keine Angst«, sagte Edgar, und Conny hörte das Kichern einer Frau. Er musste seine neue Freundin mit den 2-Meter-Beinen mitgebracht haben.

Conny hielt den Atem an und hoffte, die beiden würden so schnell wie möglich wieder verschwinden. Doch den Gefallen tat Edgar ihr nicht. Die beiden Frischverliebten fühlten sich scheinbar ganz wohl in dem vermeintlich verlassenen Büro, jedenfalls wollte die Frau gar nicht wieder aufhören zu kichern, und Edgar begann fortwährend zu schnaufen. Plötzlich wurde der Karton, den Conny als Sichtschutz aufgestellt hatte, fortgerissen und vor ihren Augen tauchten zwei Beinpaare auf, die sich dicht an den Schreibtisch drängten. Ein Quieken war zu hören. Wie von Zauberhand flogen zwei nackte endlose Beine in die Luft, Edgars Freundin landete rücklings auf der Schreibtischplatte. Als Nächstes war ein Reißverschluss zu hören, Edgars Lederhose rauschte hinab und entblößte seine käsigen Beine, auf denen dichte, rötlich schimmernde Härchen wuchsen.

Nun endlich erfuhr Conny, wie glücklich Edgars Schnurrbart machte, und sie wünschte, sie hätte sich nie dafür interessiert. Sie wusste nicht, was sie sich zuerst zuhalten sollte, Augen oder Ohren. Der Schreibtisch begann rhythmisch zu wackeln und zu knarzen, ein Kugelschreiber fiel zu Boden, gefolgt von einem Tesafilmabroller und einem Locher. Conny zuckte jedes Mal zusammen.

Für einen Moment überlegte sie, ob sie die Gunst der Stunde nutzen und entwischen sollte, solange die beiden über ihr beschäftigt waren. Aber dann verlor Edgar sein wichtigstes Kleidungsstück – sein Hut landete direkt vor Connys Füßen. Sie stieß ihn mit einem leichten Tritt von sich und betete, dass nun alles schnell vorbeigehen möge oder dass wenigstens der Schreibtisch stabil bliebe, solange sie darunter saß. Grundsätzlich fand sie die Vorstellung, beim Sex zu sterben, zwar ganz reizvoll, aber nur, wenn sie mitmachen durfte.

Endlich wurden ihre Gebete erhört. Der Schreibtisch kam zur Ruhe, und Edgar verhüllte seine bleichen Beine.

»Hast du meinen Hut gesehen?«, fragte er und bückte sich. Dabei kam er Conny bedrohlich nahe. Sie kniff die Augen zu und sich ganz fest in den Arm, auf dass sie vorzeitig aus diesem schlimmen Albtraum entlassen würde. Als sie ihre Augen fünf Minuten später wieder öffnete, herrschte tiefste Dunkelheit. Conny war allein.

# SIEBZEHN
# Geschichtsklitterung

Die Nächte im Geschäft waren für Connys Geschmack eine Spur zu aufregend. Unter einem Vorwand fragte sie Leslie, ob sie ihr Notebook ausleihen dürfte, damit sie in Ruhe zu Hause arbeiten konnte. Dann ging sie zu ihrem Chef.

»Urlaub?« Edgar zog ein angewidertes Gesicht. Seine Freundin saß auf seinem Schoß und machte keine Anstalten, ihren Platz zu räumen.

»Ja.« Conny versuchte angestrengt, nicht an die Szene zu denken, zu deren Zeugin sie in der vergangenen Nacht unfreiwillig geworden war, und bemühte sich, keinen der beiden direkt anzusehen. »Das ist, wenn Wecker Nummer eins und Wecker Nummer zwei frei haben, dann muss ich morgens nicht aus dem Haus, und ich brauche nur meinen eigenen Kaffeebecher abzuspülen.«

Edgar überhörte ihre Anspielung. »Schon wieder?« Er nahm ihren Urlaubsantrag wie üblich persönlich. Dabei tat er schon alles, um seinen Leuten die Lust auf Ferien so gründlich wie möglich zu verderben, indem er sich weigerte, Urlaubsgeld zu zahlen.

»Das letzte Mal war vor einem halben Jahr«, sagte Conny ruhig. »Nach Weihnachten.«

»Wer soll die ganze Arbeit machen, Piepchen?«

»Es ist wichtig, Edgar«, sagte Conny. »Nur eine Woche.«

»Ach, lass sie doch«, fiel seine Freundin ein, und Conny war für einen Moment geneigt, die Frau zu mögen. Bis sie sagte: »Ich könnte doch für Piepchen einspringen. So ein bisschen Kopieren würde mir Spaß machen.«

Conny glaubte, nicht recht zu hören. *Ein bisschen Kopieren*? Was glaubte diese Kuh, wer sie war? Sie überlegte, von ihrem Antrag wieder zurückzutreten, aber Edgars Freundin hatte bereits Toner geleckt.

»Bitte, Eddie«, säuselte sie und wickelte Edgar in Gestalt seines Schnurrbartes um ihren Finger, und die Sache war beschlossen.

»Deinen Namen habe ich nicht verstanden«, sagte Conny noch, damit sie wusste, wen sie von ihren Nachtgebeten ausschließen konnte.

»Das ist Kim«, sagte Edgar. »Sie ist gelernte Setzerin.«

Leslies Tastatur war etwas enger als die des Rechners im Laden, dafür ließ es sich auf der Couch, mit einem Gläschen Rotwein, ungleich bequemer arbeiten; außerdem tendierte in ihrem Wohnzimmer die Wahrscheinlichkeit, dass Edgar kommen und seine Hosen runterlassen würde, gegen null. Jeden Tag schaffte sie ein gutes Stück. Das Ziehen im Unterarm, das mit jeder Seite schlimmer wurde, versuchte sie zu ignorieren, und ließ sich erneut von der Geschichte gefangen nehmen. Sie fühlte sich inzwischen so vertraut mit den Posa-Songs, dass sie sie beim Abtippen mitsummte, obwohl sie die Melodie gar nicht kannte.

Auf Tournee verbrachten wir die meiste Zeit im Bus, unterwegs auf Deutschlands Autobahnen, und sammelten Meilen. Im Rückspiegel beobachtete ich die anderen. Mounib schickte eine SMS nach der anderen an seine Frau. Konstantin schlug die Zeit mit dem Gameboy tot und erkundigte sich im Halbstunden-Takt, wann wir endlich ankommen. Neben ihm saß Henning, in Bücher über die Punischen Kriege vertieft. Als es mit den Frogs noch schleppend lief, hatte er angefangen, das

Abitur nachzuholen, und an Offdays flog er manchmal nach Hause, um Klausuren zu schreiben. Auch Felix nutzte die Zeit produktiv: Er saß meist neben mir auf dem Beifahrersitz mit seiner Gitarre, die er Paulchen nannte, nach seinem Erfinder, einem Les Paul oder Sir Paul. Ich schätze, er mochte das Gefühl, ganz vorne zu sein, wie auf der Bühne. Es hatte sicher nichts damit zu tun, daß er meine Nähe so schätzte. Oder ich seine. Wir redeten auch nie viel miteinander.
Irgendwas ging in ihm vor, wie er dasaß und in die vorbeifahrenden Autos glotzte. Vielleicht brachte es ihn auf Ideen, wenn sich nebenan Pärchen feindselig anschwiegen oder wenn Kinder auf der Rückbank Schiffe Versenken spielten oder sie in eine von der Mutter bereitgehaltene Tüte kotzten. Vielleicht machte es ihn scharf, wenn wir Frauen in knappen Sommerkleidern überholten, die selten bis zum Knie reichten.
Einmal jedenfalls, gegen Ende der *['posa:]*-Tour, auf der Fahrt nach Freiburg im Breisgau, hatten wir sensationelles Wetter. Keiner wußte genau, welchen Wochentag wir hatten, und es spielte auch keine Rolle. Die Jungs hatten ein gutes Konzert gespielt, am Vorabend in Erfurt, und mit sieben Ohnmachten knapp den Rekord verpaßt; danach wurde heftigst gebechert. Nun poften Henning und Konstantin auf dem Rücksitz, während Mounib den Gameboy bearbeitete. Felix saß neben mir und spielte auf seiner Gitarre. Da geschah etwas Komisches. Er und Paulchen schienen sich aufzulösen und in eine andere Welt zu verschwinden. Ich verstand es erst nicht, aber das war es, was passierte, wenn er komponierte. Es war fast ein bißchen unheimlich.
Ich selber spiele kein Instrument – abgesehen davon, daß ich damals das komplette Posa-Programm rauf- und runterrülpsen konnte. Mein Job war es, dafür zu sorgen, daß die Band heil von Konzert zu Konzert kam und auch bei der Show gut rüberkam.
Felix hatte also auf einmal diesen neuen Song. Erst summte er ihn nur, aber nach einer Weile benutzte er die Silben

schu-bi-du. Schu-bi-du, sang er ein paar Kilometer lang immer wieder. Als ich es nicht mehr hören konnte, fuhr ich am nächsten Baggersee raus.

Konstantin ging zum Kiosk, Bier holen. Henning und unser Backliner sprangen nackt ins Wasser, nur Mounib behielt seine Unterhose an. Als er später wieder rauskam und sich an einen Baum hängte, um Klimmzüge zu machen, teilte ich ihm mit, daß man durch den nassen Stoff alles prima sehen konnte. Mounib wurde knatschrot und redete den ganzen Tag kein Wort mehr m

Conny riss die Hände in die Luft. Von einem Moment zum nächsten hatte sie das Gefühl, keinen einzigen Buchstaben mehr tippen zu können. Ihre Finger waren geschwollen und fühlten sich taub und fremd an, als gehörten sie nicht zu ihr. Zeit für eine Pause. Sie setzte sich auf ihren Balkon und massierte ihre Finger mit Eiswürfeln. Es war ein herrlicher Sommertag, die Sonne stand unangefochten am blauen Himmel. Eine besonders dicke Hummel schwirrte an ihrem Gesicht vorbei und ließ sich brummend auf einer roten Geranie nieder. Von einem benachbarten Freibad wehten die Durchsagen des Bademeisters herüber, der ein paar renitente Jungs dazu anhielt, gesittet vom Dreimeterbrett zu springen, sonst werde er den Sprungturm sperren.

Unwillkürlich musste Conny an den Song *Dreier* denken, und Annos Albtraum fiel ihr wieder ein, in dem er gerufen hatte, er wolle auf keinen Fall springen. Sie fragte sich, wie viel Anno tatsächlich in Felix steckte.

Dann kehrte sie an den Baggersee zurück und machte sich wieder an die Arbeit.

Ich wollte nicht schwimmen, und Felix konnte nicht. So saßen wir zusammen am Ufer. Hinter uns bretterten schwere LKW vorbei. Er spielte andauernd seinen neuen Song, die Cordmütze ins Gesicht gezogen, um sich gegen die Sonne zu

schützen. Ich nuckelte an meiner Colaflasche und ließ einen Rülpser fahren, der bis ans andere Ufer des Sees schallte und als Echo zurückkam.
»Ein Stück Brot dazu?« rief Henning aus dem Wasser, und ich warf die Flasche nach ihm. Sie verfehlte knapp seine Schulter.
Plötzlich merkte ich, daß Felix aufgehört hatte zu spielen. Seine rechte Hand lag auf der Gitarre, er schien sie zu streicheln.
»Weißt du, was das für ein edles Stück ist?«
Ich tat so, als hätte ich ihn nicht gehört, weil ich dachte, Felix wollte mit dem Preis angeben. Da erzählte er, daß seine Gitarre aus den besten Zutaten bestand: Ihr honigbraun glänzender Körper hatte eine Ahorndecke, der Hals war aus Mahagoni und aus Rosenholz das Griffbrett. Das Ding hatte ein Vermögen gekostet. Felix hatte dafür sein Auto verkauft, und er trennte sich nie von Paulchen, nicht mal im Bett.
Keine Ahnung, warum er ausgerechnet mir diese Klinke an die Backe quatschte. So geschwätzig kannte ich ihn nicht.
»Ich nehme dir deine Gitarre bestimmt nicht weg«, sagte ich. »Ich kann ja nicht mal Noten lesen.«
»Ich auch nicht«, sagte er und sah direkt in die Sonne. »Wie findest du den neuen Song?«
Die Frage überraschte mich. Zum ersten Mal wollte der große Felix Kaiser meine Meinung wissen.
»Er ist voll schön«, sagte ich und wischte mir den Cola-Bart vom Mund. »Aber wenn du ihn noch ein einziges Mal spielst, muß ich dich leider im See ertränken.«
Damit stand ich auf, denn es war Zeit aufzubrechen, und ich trommelte die Jungs zusammen. Für den Rest der Fahrt hockte ein breites Grinsen neben mir auf dem Beifahrersitz.

Nach vier Tagen hatte Conny Annos Roman komplett abgetippt. Dabei erlebte sie alles noch einmal mit: Den Auftritt bei *Wetten, dass …?* und die Party im Hotel. Felix' enttäuschte

Hoffnungen in Bezug auf Daniela, den Schrecken über die Verballhornung seines Songs im nächtlichen Erotikprogramm – Anno hatte ihm viel zugemutet.

Am Ende ihrer Arbeit ließ sie sich zufrieden aufs Sofa fallen. Sie fühlte sich erschöpft. Mit dem Wurf des Fernsehers war ihre Hand stark angeschwollen, und sie musste eine Pause einlegen. Doch es waren nicht allein die Schmerzen, die sie am Weitertippen hinderten. Von nun an würde sie aus der Erinnerung schreiben müssen: das letzte Kapitel.

Conny beschloss, für heute Feierabend zu machen, und wollte sich mit einem letzten Glas Wein für ihre Arbeit belohnen. Doch als sie die Flasche anheben wollte, durchfuhr ein entsetzliches Stechen ihre Hand. Conny schrie auf, und mit einem lauten Knall zerbarst die Flasche auf dem Boden.

»Wirrr könnten dich mit Sprrritzen piesacken …«, sagte Dr. Karadzic nach der Untersuchung am nächsten Morgen. Sein brutales Gesicht, das zu der Art passte, wie er das R rollte, wurde ein wenig von den ovalen, blassblau getönten Gläsern seiner Brille entschärft. So unheimlich er ihr war, ging sie seit Jahren immer wieder zu ihm, denn Dr. Karadzic war ein Studienfreund ihres Vaters. Sein Behandlungszimmer war sehr geschmackvoll eingerichtet, mit schweren braunen Ledersesseln und einem Paravent, der mit dem gleichen Stoff bezogen war, aus dem die Vorhänge an den Fenstern waren, geschwungene Muster aus Braun, Orange und Beige, und Conny hätte sich wohl gefühlt wie in einer Club-Lounge, wenn ihr Gegenüber nicht immer so hässliche Dinge von sich gegeben hätte.

»… oderr deinen Arrrm laserrrn …«

Conny winkte ab, leider mit der wehen Hand, wofür sie augenblicklich büßen musste.

»… oderr es mit Rrreizstrrom verrrsuchen …«

Connys Lächeln verrutschte zu einer Grimasse. Es konnte kein Zufall sein, dass ihr Arzt den gleichen Namen trug wie ein bosnisch-serbischer Kriegsverbrecher.

»… aberrr ich fürrrchte doch, das wirrrd nicht dauerrrhaft helfen.«

Schon vor Jahren hatte Dr. Kriegsverbrecher Conny geraten, ihren Kneipenjob aufzugeben und sich nach einer Alternative umzusehen, solange es keine Karriere als Konzertpianistin, Tennisprofi oder »Tippse« war, wie er sich ausdrückte.

»Dauerhaft klingt unheimlich verlockend«, sagte Conny und rieb über den Knochen, der einen halben Zentimeter aus dem Handgelenk herausragte.

»Dann lass mich endlich operrrierrren.« Ihr Arzt wollte schon damals, als Conny noch in Edgars Kneipe arbeitete, ihren Arm aufschneiden, aber bislang hatte sie sich erfolgreich dagegen gewehrt.

»Ich würde etwas Dauerhaftes bevorzugen, in dem keine Messer vorkommen«, ergänzte Conny schnell.

Dr. Karadzic gab sich keine Mühe, seine Enttäuschung zu verbergen, und rollte hinter seinen ovalen Brillengläsern mit den Augen. »Die Schmerrrzen sind ein deutliches Zeichen fürrr eine Überrranstrrrengung – auf diese Signale solltest du hörrren.«

»Ich habe die ganze Nacht wachgelegen, so deutlich habe ich sie gehört. Ich will nur nicht ins Krankenhaus.«

»Das Leben ist zu kurrrz, als dass man solche Errrkrrrankungen auf die leichte Schulterrr nehmen sollte.«

»Ich lasse mich nicht aufschlitzen!«

»Du bist genauso unverrrrnünftig wie dein Vaterrr. Wenn errr seine eigenen Leiden so errrnst genommen hätte wie die seinerrr Patienten, würrrde errr hierrrr sitzen und dirrr das gleiche sagen.«

Aber Conny blieb hart. Dr. Karadzic gab ihr eine Spritze gegen die Schmerzen und verschrieb ihr eine Handgelenkstütze sowie eine Spange für den Tag; in der Nacht sollte sie eine Schiene tragen, die Ober- und Unterarm in einen rechten Winkel zwang und ruhig stellte. Am Abend war Conny von den Schmerzmitteln und der Anstrengung der vorangegangenen Nächte so müde, dass sie ins Bett fiel, kaum dass sie ihre Schiene angelegt hatte.

Am nächsten Tag hatten die Beschwerden etwas nachgelassen, aber natürlich ließ sich mit der Handfessel von Dr. Kriegsverbrecher unmöglich schreiben. Und so kurz vor der Fertigstellung ihres Werkes wollte Conny nicht aufgeben. Also befreite sie sich von den lästigen Gerätschaften, kühlte ihren Unterarm für eine Viertelstunde, tupfte ihn weitere 15 Minuten lang mit einem heißen Tuch ab, wie man es ihr im Sanitätshaus empfohlen hatte. Dann ging sie wieder an die Arbeit und rief sich das letzte Kapitel ins Gedächtnis. Felix' Entlassung aus dem Gefängnis und der Einzug bei Susanne, der Einstieg bei den Rocking Stones, der letzte Auftritt in Brandenburg, sein anschließendes Verschwinden …

Nach ein paar Zeilen hielt Conny inne. Sie spürte einen Widerstand dagegen, Annos Logik zu folgen. Ihr gefiel die Vorstellung nicht, dass Felix ins Wasser ging. Sie fand es unfair von Anno, dass er seinem Helden zunächst so heftig zusetzte und ihn dann untergehen ließ, ohne ihm eine echte Chance zu geben. Es musste eine andere Lösung geben! Und so beschloss Conny, jemanden zu Felix' Rettung auf die Gartenparty zu schicken.

Es war schon nach Mitternacht, als Felix sich heimlich mit Paulchen verpißte und um das riesige Haus herumschlich. Ein Taxi rollte gerade auf den Hof, neue Gäste kamen an, und Felix gab dem Fahrer per Handzeichen zu verstehen, daß er nicht leer zurückfahren mußte. Da zog plötzlich jemand an seinem Arm.

Conny lehnte sich zurück, verschränkte die Arme und betrachtete den letzten Satz. Und auf einmal kamen ihr Zweifel. Sie betrachtete die Originalseiten, die sie kapitelweise auf dem Fußboden verteilt hatte. Das Papier leuchtete schneeweiß auf den blutroten Dielen. Durfte sie das überhaupt: Sich an Annos Verse heften? An seiner Geschichte herumdoktern? War es nicht ein wenig überheblich, wenn sie glaubte, sein Ende kritisieren zu dürfen – ohne selber je geschrieben zu haben und ohne eine Alternative anbieten zu können, von einer besseren ganz zu schweigen?

Auf dem Bildschirm blinkte der Cursor. Wie ein Mahnmal, das an die unterschlagene letzte Szene erinnern sollte, erschien und verschwand der schwarze Balken in gleichmäßigen Intervallen. Oder wurden die Abstände kürzer?

Die Blinkerei machte Conny ganz nervös. Sie klappte schnell den Laptop zu und entschied sich für einen Spaziergang. Unterwegs kam sie an einem Musikgeschäft vorbei, das sie nach einigem Zögern betrat. Sie unterhielt sich eine Weile mit dem Verkäufer, deutete dabei auf verschiedene Gitarren, die in einer Art Regal hingen, probierte auch zwei Modelle aus und verabschiedete sich schließlich wieder.

Mit Annos Roman beschäftigte sie sich erst am Sonntag wieder, doch ihr wollte immer noch keine Lösung einfallen. Es war ihr letzter freier Tag, morgen musste sie wieder bei *Star Copies* antreten, aber es fehlte das entscheidende Schlusskapitel. Unruhig lief sie in ihrer Wohnung auf und ab. Sie goss ihre Blumen, obwohl die Erde vom letzten Bewässern noch feucht war. Dann spülte sie ein paar Teller und trocknete sie anschließend so gründlich ab, als handelte es sich dabei um eine Art religiöses Ritual. Im Kühlschrank fand sie eine angebrochene Packung Gurke-Maracuja-Schokolade und kehrte damit ins Wohnzimmer zurück.

Zögernd klappte Conny ihr Laptop wieder auf.

Da zog plötzlich jemand an seinem Arm

Der Cursor blinkte immer noch, als wollte er fragen: »Ach ja, wer denn?«

Und mit einem Mal konnte Conny die ganze Geschichte vor sich sehen.

»Nimmst du mich mit?« Eine junge Frau mit feuerroten kurzen Haaren lächelte ihn an, aber Felix sah kaum hin.

»Ich glaube nicht, daß wir in die gleiche Richtung müssen«, sagte er und schob seine Gitarre auf den Rücksitz des Taxis.

»Wo willst du denn hin?« fragte die Frau.

»Hauptsache fort von hier.«

Conny konnte gar nicht so schnell tippen, wie Felix und diese Frau miteinander sprachen. Es war, als hätte sie schon immer gewusst, dass es zu dieser Begegnung kommen würde und wie sich die beiden Protagonisten verhalten, was sie sagen müssten. Vor allem der Frau, die sie Catja nannte, fühlte sie sich verbunden. Es gestaltete sich anfangs schwierig, den cowboyhaften Ton der Erzählerin zu treffen, aber dann fand Conny nach und nach zu Susannes Breitbeinigkeit.

Die Seiten füllten sich fast von alleine, und ihre Hand begann wieder zu schmerzen. Conny schrieb tapfer den ganzen Tag und noch die halbe Nacht. Als die Sonne langsam über der Stadt aufging, war der Roman abgeschlossen und Felix gerettet. Sie hatte die letzten Stunden wie im Rausch gearbeitet – ein Rausch, der sie alles um sich herum vergessen ließ, sogar das Stechen in ihrer Hand konnte sie bisweilen verdrängen. Aber in dem Moment, da sie fertig war, kehrten die Schmerzen mit solcher Wucht in ihr Bewusstsein zurück, dass sie sich nicht einmal mehr ausziehen konnte und wimmernd ins Bett fiel.

Wenige Stunden später stand sie vor dem Laden und versuchte, die Tür aufzuschließen. Man musste dazu fest am Knauf ziehen, doch Conny fehlte die Kraft. *Star Copies* verwehrte ihr den Zutritt. Tränen schossen ihr in die Augen. Sie musste einen Mann von der Baustelle bitten, der ihr gönnerhaft half. Als sie den Tränenschleier fortwischte, stellte sie fest, dass es sich um Leslies Günter handelte.

Conny quälte sich durch den Tag; jeden zweiten Handgriff musste sie an Leslie oder den Montagsstudenten delegieren, nicht einmal mehr das Nachfüllen von Papier schaffte sie alleine. Schließlich gestand sie ihrer Freundin, wofür sie deren Computer benutzt hatte, und bat um ihre Meinung zum letzten Kapitel.

»Du kannst ihn nicht so einfach davonkommen lassen, was?«, fragte Leslie.

»Wen?«

»Du weißt schon, wen ich meine. Aber das hast du jetzt davon. Dein Arm ist im Arsch.«

Mit schmerzverzerrter Miene versuchte Conny, das ausgedruckte Manuskript in einen Umschlag zu stecken. »Kann ich es so wirklich an den Verlag schicken?«

»Ich find's toll. Und dein doofer Dichter wird Augen machen. Ich bring es für dich zur Post. Kümmer dich jetzt um deinen Arm.«

Also rief Conny Dr. Kriegsverbrecher an: Er sollte seine Messer wetzen.

## ACHTZEHN
# Arm dran

Der Erste, der Conny nach der Operation im Krankenhaus besuchte, war Jochen. Sie war gerade erst von der Narkose erwacht und konnte kaum die Augen öffnen. Sein teilnahmsvolles Abhanggesicht aber erkannte sie.

»Besser arm dran als Arm ab, was«, sagte Jochen, und Conny versuchte sich an einem Lächeln. Ihr rechter Arm war noch verbunden und lag wie ein Fremdkörper neben ihr.

Jochen deutete auf eine weiße Tüte, die er ihr mitgebracht hatte, und stellte sie auf den Nachtschrank, zwischen zwei Bücherstapel, die so hoch waren, als erwartete Conny, mindestens ein halbes Jahr hier bleiben zu müssen.

»Ich habe dir deinen Lieblingssalat mitgebracht. Mit Dressing, ich glaube, das kannst du jetzt gebrauchen.«

Conny nickte dankbar, für Rührung viel zu müde, und schlief wieder ein.

»War das dein Freund?«, fragte Nele, ihre Bettnachbarin, als sie rechtzeitig zum Abendessen wieder erwachte. Sie war deutlich jünger als Conny und lag geschminkt im Bett, als werde sie gleich zur Tanzstunde abgeholt.

Conny schüttelte den Kopf.

»Aber er hat eine Stunde an deinem Bett gesessen und gewartet, dass du wieder aufwachst.«

Conny versuchte sich aufzurichten, was in Ermangelung eines einsatzfähigen rechten Arms etwas schwierig war.

»Er hat was?«

Am Abend schaute Leslie vorbei und beauftragte Conny mit dem schnellstmöglichen Gesundwerden. Edgars Freundin, die Setzerin, habe sich selbstlos als Krankheitsvertretung angeboten, und Leslie wurde das zweifelhafte Vergnügen zuteil, die Dame noch länger zu ertragen.

»Wenn sie mich morgen wieder herumkommandiert, mache ich Maultaschen aus dieser Kim«, sagte sie düster.

»Warum nicht gleich Kim-tchi«, schlug Conny vor.

»Gesundheit!«, sagte Leslie, indem sie Edgars Tonfall nachahmte, und Conny wäre vor Lachen fast aus dem Bett geknallt.

Am nächsten Tag war Jochen ihr einziger Besuch. Sie stellte sich schlafend, als er ihr Zimmer betrat, und hoffte, er würde wieder verschwinden, aber stattdessen zog er sich einen Stuhl heran und beobachtete sie. Nach fünf Minuten gab Conny auf. Sie blinzelte, als sei sie eben erwacht und tat überrascht, dass sie Besuch hatte.

Er erkundigte sich, wie es ihr ginge, und Conny erzählte, wie zufrieden Dr. Kriegsverbrecher mit der Operation war. Jochen nickte erleichtert. Dann schimpfte er über die Neue bei *Star Copies*, die nicht mal grüßte, wenn man den Laden betrat. Von ihren Rechtschreibkenntnissen ganz zu schweigen.

Conny fragte, ob er ihre langen Beine gesehen habe, doch Jochen schüttelte so heftig den Kopf, dass sie Angst bekam, seine Augen, die Nase und der Mund würden durch die Erschütterung endgültig aus seinem Gesicht rutschen.

»Zwei Meter«, sagte sie, »gar nicht zu verfehlen«, weil sie hoffte, Jochen würde vielleicht aufhören, sie zu besuchen, wenn er erst die Vorzüge der Neuen erkannt hätte. Aber tatsächlich schien er sich immer noch mehr für Conny zu interessieren, als ihr lieb war. Seine Besuche machten sie traurig, weil es unmöglich war, nicht mehr an Anno zu denken, zumal Jochens Hände sie an ihn erinnerten – er hatte die gleichen kräftigen Daumenballen wie Anno. Sie war erleichtert, als er nach einer halben Stunde wieder ging, und begann zu lesen, doch es dauerte nicht lange, bis sie über ihrem Buch eingeschlafen war.

Bei der nächsten Visite fragte Conny ihren Arzt, ob er sie bald zu entlassen gedenke, und vor allem, wann sie wieder arbeiten dürfte. Sie war enttäuscht, als Dr. Karadzic sie auf das Wochenende vertröstete. Was sollte sie zwei weitere lange Tage im Krankenhaus? Sie wusste bald nicht mehr, worüber sie sich mit Jochen unterhalten sollte.

»Am Ende hält er noch um deine Hand an«, unkte Leslie, der sie am Abend ihr Leid klagte.

»Die rechte soll er meinetwegen haben«, sagte Conny düster und betrachtete ihren operierten Arm, als gehörte er gar nicht zu ihr.

»Und wofür das alles?« Conny deutete auf ihr Handy, das, lautlos gestellt, auf dem Nachttisch lag. »Ich warte seit einer Woche, und Bianca hat immer noch nicht angerufen! Hast du das Manuskript auch wirklich abgeschickt?«

Leslie schlug sich mit der flachen Hand vor den Mund. »O nein! Das hab ich total verpennt.«

Conny konnte es nicht glauben. Sie hatte sich auf ihre Freundin verlassen. Wahrscheinlich war ihr dieser Bauarbeiter dazwischen gekommen, von dem sie neuerdings nur noch erzählte. Vor Wut stiegen ihr Tränen in die Augen, und sie wandte sich ab.

»Conny, das war ein Spaß«, sagte Leslie leise.

Aber Conny konnte im Moment keine Witze vertragen, die Anno, seinen Roman oder im weitesten Sinn ihren Arm betrafen.

Am nächsten Tag ließ sich endlich auch Cordula Pyper blicken. Conny erhoffte sich Aufschluss über das Schicksal von Annos Roman, schließlich stand ihre Mutter der Lektorin am nächsten. Doch falls die etwas wusste, ließ sie es sich nicht anmerken. Sie brachte Bilder von ihrer letzten Reise mit, die wie üblich in ihrer Digitalkamera gefangen waren. Conny hatte nicht genau zugehört, wohin es ihre Mutter diesmal gezogen hatte, aber die Fotos protzten mit blauem Himmel, es gab viel rötlich schimmernden kargen Boden zu sehen, auf dem verschieden große Steine herumlagen; für ein Foto hatte Cordula Pyper mit einer Schaufel posiert und deutete stolz auf einen Erdhaufen.

»Ist deine Freundin auch auf den Bildern?«, fragte Conny.

Mutter Pyper schien völlig ahnungslos. »Wer?«

»Wie hieß sie noch ...« Conny erinnerte sich sehr genau an den Namen, schließlich hatte sie dem Manuskript einen sehr persönlichen Brief beigelegt. »Jetzt weiß ich's: Bianca!«

»Oh«, sagte ihre Mutter nur – eine Antwort, die ein Menge Spielraum zur Interpretation bot.

»Wie ... wie läuft es denn mit euch?« Conny versuchte so beiläufig wie möglich zu klingen und betrachtete eingehend ein Bild, das ihre Mutter mit einer Art Sieb auf dem Boden eines Erdlochs zeigte.

Cordula Pyper war verwirrt. »Was ist das denn für eine Frage, Cornelia?«

Conny dämpfte ihre Stimme ein wenig, weil sie bemerkt hatte, wie Nele von ihrem Kreuzworträtsel herüberstarrte. »Was treibt ihr denn so? Ich meine ... nicht im eigentlichen Sinn, um Himmels wissen, aber ... Wohnt deine Freundin schon bei dir?«

Die Ohren ihrer Bettnachbarin wurden immer größer. Dasselbe galt für die Augen von Connys Mutter.

»Was hast du denn gedacht, wer Bianca ist?«

Die Ernsthaftigkeit, mit der sie diese Frage stellte, machte Conny mit einem Schlag ihren Irrtum klar. Sie war aufgeschmissen. So wie die Augen ihrer Mutter geleuchtet hatten, als sie von Bianca erzählte, hätte Conny schwören können, dass da mehr im Spiel gewesen sein musste als bloße Sympathie für eine Urlaubsbekanntschaft.

»Ich dachte ...« Conny war knallrot angelaufen, das ließ sich in der weißen Bettwäsche schlecht verbergen. Dazu machte sie ein so zerknirschtes Gesicht, dass sich ihre Mutter die Hand vor den Mund schlug und zu lachen begann. Erst war nur ein heiseres Kichern zu vernehmen, das aber bald zu einem herzhaften Gackern heranwuchs, unter dem das Bett zu wackeln begann. Ihr Gelächter erfüllte das ganze Zimmer, und sein Echo brach von allen Seiten über Conny herein.

Die hätte gerne mitgelacht. Aber sie war viel zu sehr mit der Frage beschäftigt, was Bianca von ihr denken sollte. In einem Anschreiben, das sie Annos Manuskript beigelegt hatte, hatte sie der Lektorin post scriptum versichert, sie freue sich ehrlich für sie und ihre Mutter, und sie hoffe sehr, dass sie glücklich werde – ein Wunsch, den sie gegenüber ihrer Mutter nicht hatte ausdrücken können.

»Es tut mir wirklich Leid«, sagte Conny, als die Wellen des Lachkrampfes langsam abebbten.

»Das ist fast so komisch wie an dem Abend, als uns dieser Kellner für Schwestern gehalten hat! Du dachtest ernsthaft, ich hätte die Seiten gewechselt?«, sagte Cordula Pyper, immer noch nach Luft ringend, und wischte sich die Tränen aus dem Gesicht. »Dass ich in diesem Leben nochmal für etwas mehr Begeisterung aufbringen würde als für Sahnetorten?«

»Es stand in Tante Cassandras Karten«, sagte Conny kleinlaut.

»Dass Bianca und ich ein Paar sind?«, rief ihre Mutter. Conny wünschte, ihre Mutter würde etwas leiser sprechen.

»So ähnlich.« Sie kam sich vollkommen lächerlich vor.

Cordula Pyper erhob sich ächzend von der Bettkante, und Nele steckte ihre Nase schnell wieder in ihr Kreuzworträtsel.

»Wie hast du damals so schön gesagt, als ich deinen Roman gelesen habe: *Du hättest fragen können.*«

Danach wandte sie sich zur Tür. Bevor sie ging, sagte sie: »Damit sind wir wohl quitt.«

Conny nickte. Sie war erleichtert, als ihre Mutter die Tür hinter sich schloss. Maßlose Enttäuschung übermannte sie. Nun wurde also nichts aus dem Manuskript. Die ganze Mühe war umsonst gewesen. Die nächtliche Tipperei, die Schmerzen, die Operation. Und eine Versöhnung mit Anno konnte sie endgültig abschreiben. Alles nur wegen eines dummen Missverständnisses. Warum musste Conny, wenn sich irgendwo ein Fettnäpfchen zeigte, auch noch Anlauf nehmen und mit einer Arschbombe hineinspringen?

Ende der Woche wurde sie entlassen, weil ihr Bett für einen Oberschenkelhalsbruch benötigt wurde. Nachdem das Taxi sie zu Hause abgesetzt hatte, wollte sie ihren Briefkasten zunächst links liegen lassen. Mit der Post verhielt es sich nämlich ganz ähnlich wie mit den Anrufen, die einfach nicht passieren wollten, wenn man mal nicht zu Hause war, und was war so ein Nachhausekommen denn wert, wenn man von niemandem vermisst worden war, und Conny hätte den Briefkasten ebenso wie den Anrufbeantworter längst abgeschafft, aber wohin sollten dann all die armen Firmen ihre Rechnungen schicken?

Ohne etwas zu erwarten, öffnete sie den Postkasten. Hinter dem Prospekt eines Fitnessstudios, das über dem Supermarkt neu eröffnet hatte und Conny zum ›Schnuppertraining‹ einlud, versteckten sich eine Postkarte von ihrer Mutter und fünf Kuverts. Telefonrechnung, Handyrechnung, Gasrechnung, Stromrechnung und ein ebenso fenster- wie absenderloser Umschlag, auf dem Connys Adresse per Hand notiert war. Es war eine kleine Sensation, dass es der Brief bis zu ihr geschafft hatte, denn sie selbst konnte die Schrift kaum entziffern, so unleserlich war sie. »Eines Kriegsverbrechers würdig«, murmelte Conny.

In ihrer Wohnung stellte sie sich als Erstes auf die Waage. Im Krankenhaus hatten sie diese gemeinen digitalen Dinger, die die gleiche schlechte Angewohnheit hatten wie Connys Mutter: Sie rechneten einem kleinlich jeden Fehler bis auf die dritte Stelle nach dem Komma vor. Man hatte ihr zwei zusätzliche Kilos untergejubelt, und die konnte sie nicht auf sich sitzen lassen. Der Zeiger verschwand unter dem Klebeband, mit dem das Display im 80er-Kilo-Bereich abgeklebt war. Schulterzuckend stieg Conny wieder hinab.

Dann kochte sie Kaffee und öffnete ihre Post, was sich mit dem operierten Arm etwas schwierig gestaltete, und so verschob sie das Abheften der Rechnungen auf später. Als Letztes blieb ihr der vermeintliche Brief ihres Arztes. Doch schon beim Herausnehmen des Anschreibens stellte sie fest, dass es sich hier um keine Rechnung handelte. Nicht Dr. Karadzic hatte ihr geschrieben, sondern Bianca!

Das ging schnell, dachte Conny, das kann nur die Absage sein.

Enttäuscht überflog Conny die Zeilen, verstand aber nicht gleich ihren Inhalt. Sie setzte sich auf ihr Sofa und las den Brief ein zweites Mal. Das Anschreiben war eher unpersönlich gehalten, fast kühl im Ton.

*Die Wünsche für das Wohlergehen Ihrer Mutter ehren Sie und einen uns; vielleicht können wir mit dem Projekt* Posa *etwas dazu beisteuern. Für Darüberhinausgehendes fühle ich mich leider nicht zuständig.*
*Ich würde mich freuen, Sie baldmöglichst persönlich kennen zu lernen.*

Was hatte das zu bedeuten? Hatte Bianca die Geschichte nun gefallen oder nicht? Schlug sie ein Treffen vor, um über das Buch zu sprechen, oder wollte sie nur herausfinden, wer ihr auf recht plumpe Weise ein lesbisches Verhältnis angedichtet hatte?

»Was gibt es da noch zu überlegen? Sie hat das Manuskript behalten«, rief Leslie aufgeregt am Telefon.

»Du meinst, es gefällt ihr?«

»Klar. Und das hast du den Beziehungen deiner Mutter zu verdanken.«

»Ich würde das Wort ›Kontakte‹ bevorzugen«, sagte Conny düster.

»Geh hin! Vielleicht bist du ihr Typ!«

»Sehr witzig.«

Sie legte auf und betrachtete ratsuchend das Bild von Tante Cassandra, das seit ihrem Tod auf dem Wohnzimmertisch stand. Es war eines der letzten Fotos von ihr, aufgenommen an ihrem 75. Geburtstag. Heute schien sie besonders streng aus ihrem Rahmen zu schauen.

Conny überlegte einen Moment, dann griff sie nach dem Telefon und wählte die Nummer der Auskunft. Tatsächlich hatte Anno inzwischen einen eigenen Anschluss. Connys Herz überschlug sich fast, als man sie fragte, ob sie sich verbinden lassen wollte.

»Auf keinen Fall«, sagte sie und notierte die Nummer.

Anschließend rannte sie ins Badezimmer, um etwas Dampf abzulassen. Sie versuchte, eine Grimasse zu schneiden, bei der man die Nasenlöcher anhob und die unteren Augenlider herabzog, auf dass sie eine Linie ergaben. Doch Connys Gesichtsakrobatik scheiterte an ihrer Einhändigkeit, und sie musste aufgeben. Sie schlich noch dreimal ums Telefon, bevor sie endlich Annos Nummer wählte. Wie um sie zu ärgern, ging er erst nach dem siebten Mal dran.

»Ich bin's«, sagte sie zögerlich.

»Wer?«

Conny wollte schon fast wieder auflegen. Sie hatte sich das Wiederhören eine Spur romantischer vorgestellt.

»Conny … Conny aus dem Copyshop … Conny Vader …« Sie wusste, dass jetzt nicht der Zeitpunkt war für blöde Witze, aber sie konnte nicht anders.

Anno erwiderte nichts.

»Wie geht es dir?«, fragte Conny.

Er zögerte, als müsste er überlegen. »Gut«, sagte er schließlich.

»Anno, es tut mir Leid, dass ich nicht angerufen habe.«

Conny hätte den überraschenden Tod ihrer Tante erwähnen können; sie hätte erzählen können, dass sie die vergangene Woche im Krankenhaus verbracht hatte, aber das erschien ihr billig.

»Das macht doch nichts«, entgegnete er ein wenig zu rasch. »Wir sind umgezogen, ich habe jetzt eine eigene Wohnung, und der Laden ist Geschichte, das war alles ein bisschen viel auf einmal.«

»Das kann mal wohl sagen.« Conny hielt den Hörer ein, zwei Zentimeter von ihrem Kopf weg, weil sie Angst hatte, Anno könnte ihr Herz schlagen hören, das einen solchen Krach machte, dass man sein eigenes Wort nicht verstand.

»Können wir uns mal treffen?«, fragte sie schließlich. »Ich muss dir was erzählen.«

# NEUNZEHN
# Das letzte Kapitel

Hinter den Dächern der gegenüberliegenden Häuser reckte sich der klobige Büroturm der Bahn am Potsdamer Platz wichtigtuerisch in den knallblauen Himmel. Am Eingang zum Abgeordnetenhaus stand ein Polizist und bohrte in der Nase. Conny wartete am Martin-Gropius-Bau, inmitten zweier Statuen, denen nicht nur der Kopf, sondern auch große Teile ihrer Arme und Beine abhanden gekommen waren. Ungefähr so hatte sie sich in den vergangenen Wochen auch gefühlt.

Ein Blick zur Uhr: Anno war eine Viertelstunde überfällig.

Es war Mitte August und selbst für Berliner Verhältnisse so heiß, dass Conny sich nach dem Herbst sehnte. Es hatte ewig nicht geregnet, und die hohe Luftfeuchtigkeit schlug ihr auf den Atem. Immer wieder kontrollierte sie den Inhalt ihrer Tasche, wo das letzte Kapitel zum Posa-Roman steckte. Sie hatte Angst. Wie würde Anno reagieren?

Er hatte das Museum als Treffpunkt vorgeschlagen, weil er eine Ausstellung besuchen wollte, die in wenigen Tagen endete. Conny hatte sich für das Wiedersehen einen persönlicheren Rahmen vorgestellt, aber er hatte nicht so geklungen, als wäre er bereit, verschiedene Optionen zu diskutieren, und darum hatte sie eingewilligt.

Es ist nicht Annos Art, zu spät zu kommen, dachte Conny, als sie zum wiederholten Mal nach der Uhrzeit sah, und sie überlegte, ob es vielleicht seine Art sein mochte, ganz wegzubleiben, um sich an ihr zu rächen. In diesem Moment bog er um die Ecke. Seit jenem Wochenende vor drei Monaten hatte er sich verändert. Er trug zwar dasselbe braune Hemd mit der hellblauen Strickweste. Allerdings ließ er sich einen Bart wachsen. Und: Er fuhr ein neues Fahrrad.

Anno reichte ihr zur Begrüßung die Hand, doch sie zog eine entschuldigende Grimasse und bot ihm ihren Unterarm an. Insgeheim hatte Conny gehofft, er würde über ihre Nase streichen, und als er nun etwas ungeschickt ihren Ellenbogen umfasste, wäre sie am liebsten davongelaufen.

»Was ist denn passiert?«, fragte er besorgt, als er die Operationsnarbe entdeckte.

»Lange Geschichte«, sagte sie. »Neues Fahrrad?«

»Ja, das alte bin ich endlich los.«

Conny nickte. »Sollen wir reingehen?«

Die Ausstellung zeigte Fotos von Menschen, die hinter regennassen Busfenstern saßen. Mal traurig, mal amüsiert, mal ohne Gefühlsregung, mal zu zweit in ein Gespräch vertieft. Die beiden liefen stumm durch das Museum. Allein der Anblick von Regen brachte ein wenig Abkühlung, und Conny mochte die Fotos, verstand aber nicht, warum Anno jedes Mal minutenlang stehen blieb und erstarrte, als gelte es, einen tieferen Sinn zu erfassen. Zwischen den Bildern stellte Conny ein paar Fragen, erkundigte sich nach seiner neuen Wohnung und wie es seinem Vater ging, und er gab Auskunft, wenn auch jeweils sehr knapp. Sie wollte sich langsam an den Grund ihres Treffens herantasten und versuchte zu ergründen, ob er an einer neuen Geschichte arbeitete, doch er blieb ihr die Antwort schuldig. Wie immer.

Nach einer knappen Stunde verließen sie die Ausstellung wieder. Der Himmel hatte sich inzwischen zugezogen, und die Wolken schienen zum Greifen nahe. Es sah nach Regen aus, womöglich gab es ein Gewitter. Conny fürchtete sich vor Blitzen.

»Ich höre«, sagte Anno. Er stand genau hinter ihr.

Um Zeit zu gewinnen, schlug sie vor, am Potsdamer Platz einen Kaffee zu trinken, doch er hatte keine Lust auf die Touristen, die sich dort tummelten, und wollte auf der Stelle wissen, was sie ihm mitzuteilen hatte.

»Das geht nicht ohne Kaffee.« Conny begann, die Treppen hinabzusteigen und betete. Vielleicht war es noch nicht zu spät; vielleicht hatte Anno die ganze Zeit auf ihren Anruf gewartet; sicher würde er ihr verzeihen, wenn er erfuhr, dass sie einen Verlag gefunden hatte, der sich für seine Geschichte interessierte.

Nachdem sie eine Weile schweigend nebeneinander hergelaufen waren – das blitzende neue Rad zwischen ihnen, Anno schob es lässig mit einer Hand –, fragte Conny vorsichtig: »Wie geht es dem Roman?«

Anno wollte Einspruch erheben, doch sie ließ ihn nicht zu Wort kommen.

»Ich habe jemanden kennen gelernt, der bei einem Verlag arbeitet.« Und da sie wusste, dass dieser Satz zu schweren Missverständnissen führen konnte, fügte Conny schnell hinzu: »Eine Frau. Lektorin.«

»Deswegen wolltest du mich treffen?« Annos Stimme klang vorwurfsvoll. Seine Augen schienen wieder so traurig wie zu der Zeit, als er noch der namenlose Schriftsteller gewesen war.

»Sie mag deine Geschichte wirklich sehr.« Conny versuchte, eine Spur von Freude in Annos Gesicht zu lesen, aber seine Züge waren wie versteinert.

»Vergiss es!«

»Sie hat sie gelesen. Sie weiß, wovon sie spricht.«

Aus der Ferne erklang leises Donnergrollen. Es war dunkel geworden, die ersten Autos fuhren mit Licht an ihnen vorbei. Conny zog in Erwartung der ersten Regentropfen den Kopf ein.

Anno blieb urplötzlich stehen. Sein Rad begann zu kippen, und sie versuchte, es mit ihrer linken Hand aufzufangen, doch da fiel das Rad schon mit einem lauten Scheppern zu Boden.

»Wie konnte sie es denn lesen?«, fragte er.

Conny erzählte es ihm.

»Und wie vielen Leuten hast du es sonst noch unter die Nase gerieben?«

»Keinem«, log sie. »Nur die Lektorin.«

Anno hob langsam sein Fahrrad auf und begann mit großen Schritten weiterzulaufen. Conny hatte Mühe aufzuschließen, so eilig schien er es zu haben.

»Wenn du den Roman schon kanntest, warum hast du mich immer deswegen belagert?«, fragte er, ohne sich nach ihr umzudrehen.

»Weil ich dir sagen wollte, wie toll ich ihn finde.«

Anno machte keinen Hehl aus seiner Verachtung. »Klar, vor allem das Ende. Das hat dir ja offenbar so gut gefallen, dass du vor Begeisterung keinen Telefonhörer mehr halten konntest!«

Mit unvermindertem Tempo lief er weiter. Über ihnen grummelte der Himmel. Das Unwetter kam näher und schickte einen Blitz voran, der die Straße für den Bruchteil einer Sekunde hell erleuchtete. Conny blieb stehen. Es war wahnsinnig, bei Gewitter durch die Straßen zu laufen.

»Mag sein, dass es völlig unerheblich ist, was *ich* denke«, rief sie ihm verzweifelt nach. »Aber Bianca ist Lektorin und sie kennt dich nicht. Sie *muss* den Roman nicht einmal gut finden.«

»Du findest ihn also nur mir zuliebe gut.«

»Das eine hat mit dem anderen nichts zu tun: Ich mag den Roman. Und ich mag zufällig auch dich. Wenn du nicht manchmal so ein Kotzbrocken wärst!«

Ihre letzten Worte gingen in einem polternden Donnerschlag unter. Nun landeten auch noch die ersten Regentropfen in ihrem Nacken. Schnell folgten weitere nach und entwickelten sich zu einem heftigen Guss. Conny zog ihre Jacke an und beschloss, Anno nicht mehr nachzulaufen. Ein paar Meter weiter entdeckte sie auf der anderen Straßenseite ein kleines Café. Dort schlupfte sie unter. Conny war wütend. Das Gespräch lief ganz anders, als sie es geplant hatte.

Nachdem Anno entdeckte, dass er nicht mehr verfolgt wurde, kehrte er um. Sein Hemd war völlig durchweicht. Er schloss sein neues Fahrrad an eine Laterne und folgte Conny in das Café. Schweigend setzte er sich neben sie. Dort verharrten sie eine Weile, den Blick nach draußen gewandt. Der Regen trommelte auf das flache Dach. Immer wieder zuckten Blitze über den Himmel, denen wütende Donnerschläge nachfolgten. Weitere Gäste, die das Unwetter überrascht hatte, stürmten das Café.

»Wovon zahlst du eigentlich deine Miete?«, fragte Conny, nachdem die Kellnerin ihre Bestellung aufgenommen hatte. Im Fenster entdeckte sie, dass sich ihre Haare vom Regen zu kräuseln begannen, aber das ließ sich nun nicht mehr ändern.

»Passt schon.« Ein Tropfen rann aus seinem nassen Haar und lief langsam die Wange hinab, doch Anno schien es nicht zu bemerken.

»Der Verlag macht dir sicher einen guten Preis.«

Keine Reaktion.

Conny fragte sich, ob sie die Einzige war, die sich freute, dass die Geschichte von Felix Kaiser nun endlich da landen würde, wo sie hingehörte: zwischen zwei Buchdeckel! Um Anno aus der Reserve zu locken, nannte sie den Namen des Verlages. Er wirkte gleichgültig, wenigstens versuchte er es, doch Conny spürte, dass er beeindruckt war. Sie hatte das kurze Zucken seiner Augenbrauen bemerkt.

»Wenn ihr euch einig werdet, verzichte ich selbstverständlich auf meine Provision als Agentin«, sagte sie, nachdem die Kellnerin die Getränke serviert hatte.

Anno schmollte weiterhin, und Conny starrte in den aufgetürmten Milchschaum auf ihrem Kaffee. Wenn er nicht bald etwas sagte, würde sie aufstehen und wortlos gehen.

»Weiß euer Chef eigentlich, dass ihr eure Kunden beklaut?«, fragte er endlich.

Conny wollte zu einer empörten Antwort ausholen, doch

als sie sich ihm zuwandte, entdeckte sie das entfernte Lächeln, das sich in seinen Mundwinkeln andeutete, und sie war erleichtert. Aber Conny hatte ja erst ein Teilgeständnis abgelegt. Und so wurde sie immer stiller, während Anno sie mit Fragen bombardierte.

Ob Bianca viel an der Geschichte verändern wollte? Ob sie eine Idee für das Cover hatte? Wusste Conny, was genau der Verlag für ein Manuskript zahlte? Und wann sollte es überhaupt rauskommen?

Conny konnte ihm nicht weiterhelfen. Sie wusste, dass die entscheidende Frage eine andere war, aber sie konnte sich nicht dazu überwinden, Anno in seiner aufkeimenden Euphorie zu bremsen.

»Hat diese Bianca gesagt, wann ich sie anrufen soll?«

Sie zuckte mit den Schultern.

»Du freust dich ja gar nicht mit mir!«, sagte Anno.

»Doch«, sagte Conny düster. »Doch, doch.«

»Aber?«

Ein gewaltiges Rumsen war von draußen zu hören, als hätte jemand ein paar Häuserblocks beiseite geschoben und dabei wäre am Potsdamer Platz ein Büroturm der Länge nach auf den Boden geknallt.

»Da ist noch etwas.« Sie holte tief Luft, als wollte sie alles, was sie noch zu gestehen hatte, in einem Atemzug loswerden. Sie zog das neue Schlusskapitel aus ihrer Tasche. Es war vom Regen nass geworden und etwas aufgeweicht. »Der Roman hat sich ein wenig verändert.«

»Nimmst du mich mit?« Eine junge Frau mit feuerroten kurzen Haaren lächelte ihn an, aber Felix sah kaum hin.

»Ich glaube nicht, daß wir in die gleiche Richtung müssen«, sagte er und schob seine Gitarre auf den Rücksitz des Taxis.

»Wo willst du denn hin?« fragte die Frau.

»Hauptsache fort von hier.« Charmant wie er war, schlug er ihr die Tür vor der Nase zu.

Doch das Mädchen stieg durch die gegenüberliegende Tür ein und nahm Paulchen auf ihren Schoß. »Dann haben wir denselben Weg.«

»*Dann haben wir denselben Weg?* Was soll der Quatsch?« Anno ließ die Seite sinken und strafte Conny mit feindseligen Blicken.

»Lies es wenigstens zu Ende«, sagte sie leise und rührte in ihrem Kaffee.

Felix nannte dem Fahrer seine Adresse, dann guckte er sich die Frau näher an: Sie trug eine Cargohose, die ihre Taille ziemlich aufmotzte, dazu ein armloses weißes Hemd. Auf ihrem linken Unterarm waren verwaschene Schweißbänder aufgereiht.

»Ich bin Catja.«

»Du kannst die Gitarre mir geben, wenn sie dich stört«, sagte Felix.

»Sie stört mich aber nicht.«

Felix war nicht sicher, ob er wollte, daß Paulchen von einer fremden Frau gehalten wurde. »Du kannst sie auf den freien Platz zwischen uns legen.«

Catja lächelte. »Hast du Angst, daß ich sie kaputtmache?«

Felix antwortete nicht. Er sah demonstrativ aus dem Fenster und überlegte, wie er die Alte loswerden konnte. Draußen zogen Schaufenster mit gedimmter Beleuchtung vorbei, Sexshops, Kneipen, Wettbüros, dann wieder ein Sexshop.

»Mir hat eure Musik gefallen«, sagte Catja nach einer Weile.

»Bist du nicht zu jung, um auf schlimmen 70er-Jahre-Rock zu stehen?« Felix starrte immer noch aus dem Fenster.

»Ich rede nicht von heute.« Catja strich über die Saiten seiner Gitarre. Dann spielte sie die ersten Takte von *Dreier*.

»Laß das!« schnauzte Felix sie an.

»Böse Erinnerungen?« fragte Catja, ohne die Finger von seiner Klampfe zu nehmen.

»Das geht dich nichts an.« Felix entriß ihr seine Gitarre und legte sie auf den Mittelplatz.
Catja ließ sich nicht einschüchtern. »Kannst du es nicht mehr?«
»Kann ich *was* nicht mehr?«
»Songs schreiben.«
»Vielleicht will ich nicht mehr«, sagte Felix.
»Wegen dem, was im Hotel passiert ist?«
Felix schlug mit der Faust auf den Rücken seiner Gitarre.
»Soviel ich weiß«, fuhr Catja einfach fort, »ist der Junge an einem Fernseher gestorben, nicht an eurer Musik.«
»Ich will nicht darüber reden!« Felix befahl dem Taxifahrer, sofort anzuhalten. Er zahlte und stieg aus, ohne sein Restgeld abzuwarten. Erst jetzt bemerkte er, daß sie sich auf einer Brücke befanden, mitten in der Pampa. Unter ihm war nichts als die schwarze Nacht.
Felix lief weiter. Hinter ihm heulte ein Motor auf, dann überholte ihn das Taxi.
»Ich glaube, das hier gehört dir«, rief Catja.
Felix drehte sich nicht um, das konnte er sich sparen. Er hatte seine verdammte Gitarre im Auto vergessen! Catja begann wieder, darauf zu spielen, und Felix kehrte um. Wutentbrannt rannte er zurück. Wütend auf sich, wütend auf Catja, wütend auf die ganze böse Welt.
»Bleib, wo du bist!« rief sie, doch Felix lief mit unvermindertem Tempo weiter. Da hielt sie im letzten Moment die Gitarre über die Brüstung.
»Wenn du mir zu nahe kommst, lasse ich los.«
Catja wirkte in dem grellen Licht der Laterne sehr entschlossen. Felix blieb stehen.
»Was willst du von mir?«
»Geh zwei Schritte zurück!«
Der sture Hund rührte sich nicht.
»Hör mir zu und versprich, daß du mich nicht unterbrichst!«
»Leck mich.«

Felix lehnte sich rückwärts an die Laterne und glitt langsam an ihr hinab.

Dann begann Catja die ersten Takte von *Ernst* zu spielen. *»Nimm Reich-Ranicki, Goethe und die Schillerstraße, aber nicht dein Leben ...«*

Während Catja sang, hockte Felix in sich versunken unter der Laterne und umarmte seine angewinkelten Beine. Erst als die letzte Strophe begann, kam er wieder zu sich. Ohne einen Laut von sich zu geben, bewegten sich seine Lippen synchron zum Text. *»Das Leben ist viel zu kurz, um es so schrecklich ernst zu nehmen.«*

Dann stand Felix auf und streckte seine Hand nach Paulchen aus. »Jetzt ich«, sagte er leise.

Catja zögerte noch, sie konnte den Ausdruck auf seinem Gesicht nicht deuten, eine Mischung aus Kapitulation und Entschlossenheit, doch dann überließ sie ihm seine scheiß Gitarre.

»Gehst du ein Stück zur Seite?« bat er sie, immer noch ruhig, fast zärtlich.

Catja setzte einen Schritt zurück.

»Damals im Hotel hab ich was Entscheidendes vergessen.«

Wie er so dastand, unter dem Licht der Laterne, wirkte er wie ein gealterter Rocker, dem das Publikum weggerannt war. Felix nahm seine Klampfe, ohne den Gurt über den Kopf zu ziehen, und tat so, als würde er die Saiten stimmen. Doch dann packte er mit beiden Händen den Steg, holte aus und schlug die Gitarre volle Möhre gegen die Brüstung. Ihr Boden zersprang, und zwei Saiten lösten sich mit schrägem Gejammer, aber Felix war noch nicht zufrieden. Begleitet von wilden Schreien wuchtete er sie wieder und wieder gegen das harte Metall. Die restlichen Saiten rissen, und Paulchens Hals war gebrochen.

Ein Auto fuhr hysterisch hupend vorüber, doch Felix ließ sich nicht stören. Er faßte seine Gitarre etwas tiefer, um sie ein letztes Mal gegen die Brüstung zu zimmern.

»Geht's noch?« Catja rastete völlig aus.

Felix steckte sich eine Zigarette an, und seine Züge entspannten sich.

»Ich wollte wissen, wie es klingt«, sagte er.

Dieser Spinner!

»Und?«

Felix lächelte ein leises Lächeln, das nicht von dieser Welt war. Dann setzte er sich neben das Häufchen Holz, das einmal seine Gitarre gewesen war.

»Setz dich zu mir.«

»Mir ist kalt.« Catja zeigte einem vorbeifahrenden Auto ihren Daumen. Der Wagen hielt an.

Felix stapelte das zerborstene Holz, nahm ein Streichholz und machte Feuer.

Das Auto fuhr davon.

»Ich weiß nicht, warum ich das mache«, sagte Catja und setzte sich zu Felix.

Das Feuer wurde schnell schwächer, und es gab nichts, was sie nachlegen konnten. Außer der Kohle, die Felix am Abend verdient hatte.

Das Geld war nach einer Minute verbrannt.

»Und wovon lebst du die nächsten Tage, Idiot?« Catja begann zu zittern.

Felix gab ihr seine Jacke. »Es war nicht ehrlich verdient. Weißt du, damals mit Posa ...«

Da saßen sie nun, starrten in die Dunkelheit, und Felix begann, ihr aus seinem aufregenden Leben zu erzählen. Als die Sonne aufging, war Catja eingenickt, ihr Kopf an seiner Schulter. Sie wachte auf, weil sie jemanden singen hörte.

»Was ist passiert?« sagte sie schläfrig.

»Ich habe eine Idee für einen neuen Song.« Felix grinste. »Soll ich ihn dir vorspielen?«

Catja lachte ihn aus. »Womit denn?«

Felix stand auf und nahm ihre Hand. »Ein alter Freund hat einen Gitarrenladen, ganz in der Nähe ...«

»Es ist fünf Uhr früh!«
»Er wird es verstehen.«

Felix ist jetzt gerade mit Henning und den anderen im Studio, sie schrauben noch am neuen Album. Yoko, wie Henning und ich Catja heimlich nennen, ist natürlich auch dabei. Niedlich, wie unzertrennlich die zwei sind. Die Plattenfirma nennt es »Das Comeback des Jahres«, dabei kommt die Single erst nächste Woche raus. Die Vorbestellungen reichen jetzt schon für mindestens eine Goldene Schallplatte.
Die Tournee wird die größte und längste, die wir jemals gespielt haben. In Bielefeld sollen vorsorglich schon ein paar Mädels in Ohnmacht gefallen sein. Ich weiß nicht genau, was wir plötzlich in Rußland sollen, aber der Wodka muß da günstig sein.
Die Koffer sind längst gepackt. Ich bin wieder mit dabei. Einer muß ja aufpassen, daß der Junge keinen Mist baut ...

Anno war beim Lesen blasser und blasser geworden. Schließlich stand er auf und verschwand auf die Toilette. Connys Blick folgte ihm. Er hatte kein Wort mehr gesagt. Vielleicht gefiel ihm ihre Version? Vielleicht sah er ein, dass sie Recht hatte. Es würde ihm sicher nicht leicht fallen, das zuzugeben.

Draußen ließ sich noch ein gelegentliches Donnergrummeln vernehmen, aber das Gewitter schien langsam abzuziehen. Dafür schüttete es weiter kübelweise.

Am Nachbartisch war ein älteres Ehepaar damit beschäftigt, einen Stadtplan zusammenzufalten. Touristen. Conny lächelte ihnen zu.

Nach einer halben Ewigkeit kehrte Anno zurück.

»Du hast nichts verstanden, oder?« Er sprach ganz leise, als könnte er die Wut in seiner Stimme verbergen. »Du hast keine Ahnung, worum es in der Geschichte überhaupt geht! Und dann maßt du dir an, sie umzuschreiben!«

Conny rettete sich mit einem Blick aus dem Fenster vor seinen vernichtenden Blicken. Sie hätte es wissen müssen. Anno hasste den Schluss.

»Meine Geschichte ist eine Parabel. Weißt du, was das ist, eine Parabel? Eine Art Gleichnis, das einem etwas verdeutlichen will, eine Art Moral. Ich erinnere mich, dass wir darüber gesprochen haben – an deinem Geburtstag, diese Nacht, nach der du dich nie wieder gemeldet hast, obwohl dir doch der Roman angeblich so gut gefallen hat.«

Conny wollte weglaufen. Sie kam sich lächerlich dumm und klein vor, sie hätte sicher problemlos durch das Gullygitter vor dem Café gepasst, auf das sie schon die ganze Zeit starrte.

»Oder wolltest du bloß mal mit einem ›Schriftsteller‹ schlafen?« Anno spuckte das Wort Schriftsteller aus wie ein Stück verdorbenes Fleisch. Dem Ehepaar vom Nachbartisch war die Lust vergangen, den Stadtplan ordentlich zusammenzufalten, und sie schielten neugierig herüber.

Conny hätte vom Tod ihrer Tante erzählen können, aber sie beschloss, das für sich zu behalten. Dafür war es nun zu spät. »Du wolltest mir doch etwas über Moral beibringen«, sagte sie stattdessen ruhig.

»Ist nicht wichtig«, sagte Anno.

»Ich will es aber wissen.«

Anno sah sie sehr lange an, dann holte er tief Luft.

»In der Kunst muss es darum gehen, *Neues* zu kreieren, nicht nur Vorhandenes zu *kopieren*. Felix steht am Tiefpunkt seiner Karriere und spielt entgegen seiner künstlerischen Überzeugung Coverversionen. Als ihm seine Erbärmlichkeit als Mitglied einer Coverband bewusst wird, nimmt er sich konsequent das Leben. Weil er festgestellt hat, dass er nicht mehr imstande ist, noch etwas Eigenes, Echtes zu schaffen.«

Conny nickte. So weit hatte sie seinen Roman verstanden.

»Die Unterhaltungsindustrie ist doch ein einziger Copyshop! Jeder zweite Film aus Hollywood ist ein Remake. Den Autoren fällt nichts mehr ein, aber die Filmfirmen müssen ihre Leute beschäftigen. Also dreht man einfach eine alte Story nochmal. Nimm das Fernsehen: Kaum läuft auf einem Kanal ein erfolgreiches neues Format, geht ein anderer Sender hin und kopiert es. Hat eigentlich noch jemand eine eigene Idee? Benutzt hier irgendjemand sein Hirn?«

Anno starrte Conny an, als sei sie schuld an der ganzen Misere.

»In der Musikindustrie werden ganze Bandkonzepte geklaut«, fuhr er fort. »Einer macht was erfolgreich vor, und alle machen es nach. Weil irgendwas ›Trend‹ ist. Das ist doch bloß ein hübsches Wort für massenhaftes Kopieren, weil einem nichts Besseres einfällt. Genau wie bei dem Wahn, die Songs anderer Künstler zu covern. Paul Weller hat ein ganzes Album mit Coverversionen aufgenommen. Immerhin war er so ehrlich zuzugeben, dass ihm gerade mal nichts Eigenes eingefallen ist. Danke schön!«

Conny erschrak, als Anno auf den Tisch haute.

»Wenn jemand auf die Bühne will, aber nichts Neues zu sagen hat, dann soll er lieber die Klappe halten.«

Die zwei vom Nebentisch starrten unverhohlen zu ihnen herüber. »Warum, glaubst du, hat Felix seine Band Posa genannt? Posa steht bei Schiller für Gedankenfreiheit, nicht für das Kopieren der Gedanken anderer. Hast du den *Don Carlos* überhaupt gelesen?«

Conny schwieg betreten. Da fiel ihr das Gespräch mit ihrer Mutter ein.

»Wenn man nur auf die Bühne darf, weil man was Neues zu sagen hat – wovon hätte dann Shakespeare leben sollen?«

»Wieso?«, fragte er verärgert.

Conny triumphierte. »Weil der in seinen Stücken nichts anderes gemacht hat als Geschichten zu covern.«

Anno schien es kurz die Sprache verschlagen zu haben. Dann sagte er: »Reden wir jetzt über Musik oder was?«

»Entschuldige.« Im Prinzip verstand Conny, was Anno umtrieb, aber etwas in der Art, wie er sich ereiferte, forderte sie zum Protest heraus. »Wenn jemand gerne Musik macht und andere gerne zuhören, warum soll man es dann verbieten, nur weil die Songs nicht ganz taufrisch sind? Susanne sagt doch auch, dass zum Beispiel Reggae genau so entstanden ist.«

»Das ist doch gar nicht der Punkt!«, rief er.

»Aber unterm Strich ist es einfach dumm für Felix gelaufen, dass dieser Junge unter dem Fenster stand, als der Fernseher runter fiel. Warum dann die Todesstrafe?«

»Das ist es ja eben!«, triumphierte Anno. »Hotelzimmer zerlegen und Fernseher aus dem Fenster werfen ist das älteste und langweiligste Rockband-Klischee! Auch hier hat Felix nur von anderen abgeguckt.«

Die älteren Herrschaften glotzten immer ungenierter vom Nebentisch herüber. Als Conny fragte, ob sie sich vielleicht zu ihnen setzen wollten, steckten sie schnell die Köpfe über ihrer Karte zusammen.

»Das ist auch der Grund, warum ich den Laden meines Vaters nicht übernehmen wollte. Die Buchhandlung war sein Lebensentwurf oder wenigstens der von seinem Vater, aber eben nicht meiner. Aber auch das hast du nicht verstanden.«

»Belüg dich ruhig selbst, Anno!« Conny hatte genug gehört. Sie konnte sich nicht mehr beherrschen. »Du hattest Angst davor, den Laden zu übernehmen! So wie du Angst davor hast, deine Geschichte zu veröffentlichen, weil sie dann von anderen bewertet wird. So wie du Angst hast, Kinder zu haben. Man könnte ja Fehler machen.«

»Blödsinn!«, rief er viel zu laut.

»Wenn du vor dem Leben solche Angst hast, warum bist du nicht längst von der nächsten Brücke gesprungen?«

Anno senkte die Stimme. Seine Wut konnte er dadurch nicht verbergen. »Es ist klar, dass du nicht verstehst, was ich dir gerade erklärt habe, weil du dich plump an meine Geschichte gehängt hast, statt selber etwas zu erschaffen. Du bist schlimmer als der Kellner aus *Lila Lila*. Er hat die Geschichte, von der er nichts versteht, wenigstens nicht kaputt gemacht.«

»Bist du jetzt fertig?«, fragte Conny ruhig.

»Nicht ganz. Du wirst den Verlag anrufen und sagen, dass die Sache geplatzt ist. Und zwar hier und jetzt.«

Sie erschrak über Annos Heftigkeit. »Aber …«

»Sag ihnen, aus dem Geschäft wird nichts. Denk dir irgendwas aus. Dafür hast du ja eine ganz besondere Begabung.«

Es verschlug Conny den Atem, als hätte er ihr seine Faust in den Magen gerammt. Die Wut trieb ihr die Tränen in die Augen. Sie wusste, dass sie Recht hatte. Warum konnte sie es Anno nicht begreiflich machen?

Sie zog ihr Handy aus der Tasche und wählte. Nach kurzem Freizeichen wurde am anderen Ende abgenommen.

»Hier ist Conny …« Sie wandte sich ab, um sich unauffällig eine Träne aus dem Gesicht zu wischen. »Ich habe nochmal über die Geschichte nachgedacht. Wissen Sie, die ganze Sache ist eine hochkomplizierte Parabel. Ich denke nicht, dass der gemeine Pöbel das versteht. Viel zu schlau das Ganze … Sehen Sie, Sie haben es auch nicht gemerkt. Am besten, wir vergessen den Vertrag. Nein, mein Entschluss steht fest … Genau, ab ins Altpapier damit!«

Conny beendete das Gespräch und holte tief Luft. Einundzwanzig. Zweiundzwanzig. Dreiundzwanzig. Dann wandte sie sich an Anno.

»Bist du jetzt zufrieden?«

Doch Anno war verschwunden.

Sie blickte die regennasse Straße hinab. Ein Auto fuhr durch eine Pfütze, und ein großer Schwall ergoss sich über einen Fußgänger, der wild gestikulierend dem Autofahrer hinterherbrüllte.

Conny seufzte und stützte ihren Kopf auf die Hände.

Da klingelte ihr Telefon.

»CONNY!«, rief Leslie. »Was sollte das denn gerade? Ich habe nur Bahnhof verstanden. Bist du betrunken?«

Conny berichtete, was passiert war. Dann bestellte sie einen Whiskey, um sich für den nächsten Schritt Mut anzutrinken.

# ZWANZIG
# Drei Frauen und ein Baby

Die meisten Menschen in der U2 glotzten blöd vor sich hin. Ein bayrisches Touristenpärchen las laut die Namen der Stationen vor, an denen der Zug hielt. Andere versteckten sich hinter ihrer Zeitung, manche hatten ein Buch dabei. Es roch nach nassem Hund.

Conny war schon fast am Ziel, als eine obdachlose Frau zustieg, die sie schon oft in der U-Bahn beobachtet hatte. Sie verkaufte selbst verfasste Gedichte, die sie auf längliche Papierstreifen schrieb. Damit verdiente sie sich eine warme Mahlzeit und die Nacht im Asyl. Die Frau hatte kaum noch Zähne im Mund und war so dürr und klapprig auf den Beinen, dass sie bei der kleinsten Kurve umzufallen drohte.

Conny gab ihr etwas Geld, das Gedicht interessierte sie nicht. Dann stieg sie aus. Das letzte Stück musste sie durch den Regen laufen. Biancas Verlag befand sich in einer verkehrsberuhigten Seitenstraße; aufgeregt schaute sie an den fünf Stockwerken eines buttergelb getünchten Jugendstilhauses empor. Hinter welchem Fenster mochten sich die Verlagsräume verbergen? Auf den Klingelschildern standen die Namen von Ärzten, auch eine Anwaltskanzlei war vertreten. Den Verlag aber konnte Conny nicht finden. Sie klingelte bei den Rechtsanwälten und wurde recht grob von einer Stimme, die sich weder Frau noch Mann zuordnen ließ, darauf hingewiesen, dass sie über den Hof müsse.

Das Hinterhaus war mit rotem Backstein gebaut und machte einen gepflegten Eindruck, wenngleich es weniger beeindruckend war als das repräsentative Vorderhaus.

Conny drückte die Klingel.

Es war Viertel nach sechs, sie war spät dran. Sie klingelte gleich noch einmal, doch es tat sich nichts. Sie wählte Biancas Nummer, um nichts unversucht zu lassen. Aus einem höher gelegenen Fenster war ein entferntes Klingeln zu hören. Es dauerte eine Weile, bis jemand dranging.

»Hier ist Conny, Cornelia Pyper. Die Tochter von …«

»Ich weiß schon. Sie hatte ich jetzt gar nicht mehr auf dem Schirm.« Bianca sprach sehr schnell und abgehackt, aber ihre Stimme klang freundlich.

»Störe ich?!«

»Ich muss nur bis zum Wochenende die Kleinigkeit von ungefähr fünfhundert Manuskripten durchsehen. Was kann ich für Sie tun?«

»Ich stehe im Hof.«

»Bei dem Sauwetter?«

Aus einem Fenster etliche Meter über ihr tauchte der Kopf einer Frau mit kurz geschorenen grauen Haaren auf. Conny erkannte das Gesicht von den Fotos ihrer Mutter wieder.

»Der Fahrstuhl ist leider kaputt«, rief Bianca, dann folgte ein surrendes Geräusch, und ein Schlüsselbund landete vor Connys Füßen in einer Pfütze.

»Normalerweise sind wir es, die die anderen warten lassen«, sagte Bianca lachend, als Conny außer Atem den vierten Stock erreichte. Von nahem erwies sich ihre Haarfarbe als ein sympathisches Durcheinander von verschiedenen Grautönen und Schwarz, ihre Lippen waren dunkelrot geschminkt, und ihre Augen leuchteten Ozean-Grün. Die Lektorin trug einen kurzen grauen Strickrock, dazu geringelte Strumpfhosen in Schwarzweiß.

Bianca versorgte ihren Besuch mit einem Handtuch und führte Conny durch die Räumlichkeiten. Sie war noch nie in einem Verlag gewesen, aber alles sah so aus, wie sie es sich vorgestellt hatte: Jeder verfügbare Raum, jede Nische war vom Boden bis zur Decke mit Büchern gefüllt, im Flur standen mehrere Kartons, ordentlich übereinander gestapelt, in denen sich noch mehr Bücher befanden. Das Büro jedoch, in das Bianca sie brachte, schien nicht dazu zu gehören: Außer einem Schreibtisch, auf dem sich neben einem Computerbildschirm zwei große Stapel mit Manuskripten befanden, deutete nichts darauf hin, dass hier jemand am Werk war, der mit Literatur zu tun hatte: Keine Regale, keine Bücher.

»Ich ertrage den Anblick von fertigen Büchern in meinem Büro nicht«, erklärte Bianca mit einer wegwerfenden Handbewegung. »Sie machen mich bloß nervös.«

Conny war nicht sicher, ob sie gerade veralbert wurde, und starrte die Lektorin mit offenem Mund an. Für die war das keine ungewohnte Reaktion.

»Sie lenken mich ab, ich weiß auch nicht. Wäre vielleicht mal eine gute Frage für die Couch, aber ich habe Angst, dass ich einschlafe, wenn ich mich da hinlege und dem guten Mann oder der guten Frau zuhöre. Kennen Sie das?«

Dieses Gefühl wiederum war Conny nur allzu vertraut und sie beschloss, die Frau zu mögen.

»Ich muss Ihnen etwas erzählen«, sagte sie. »Es geht um den Roman, den ich Ihnen geschickt habe.«

»Eine schöne Geschichte. Haben Sie sich entschieden?« Bianca räumte einen Stuhl leer, auf dem ein weiterer Stapel mit Manuskripten lag, und bat Conny, sich zu setzen.

»Da gibt es etwas, das Sie wissen sollten. Ich habe das Ende umgeschrieben.« Connys Stimme zitterte.

Die Lektorin betrachtete sie gespannt. Hinter ihr hing ein großer Wandkalender, auf dem fast täglich ein anderer Termin eingetragen war. Einige waren mit Textmarker unterlegt, andere machten mit Ausrufezeichen auf sich aufmerksam.

»Haben Sie es mitgebracht?«

»Ich würde es Ihnen gerne erzählen, um zu sehen, was Sie davon halten.«

Die Lektorin nahm am Schreibtisch Platz und bot ihrem Gast etwas zu trinken an, aber Conny lehnte ab. Dann erzählte sie Annos Version der Geschichte, von Felix' Verschwinden nach seinem Auftritt und dem Finden seiner Leiche.

»Er springt?«, fragte Bianca überrascht.

»Was sagen Sie dazu?«

Die Lektorin machte ein Gesicht, als hätte man ihr mitgeteilt, dass ein guter Freund gestorben sei. Sie schien eine Weile sprachlos zu sein, dann stand sie auf und fragte: »Haben Sie zufällig auch Hunger?«

Bei der Frage dachte Conny an ein Restaurant, an einen leichten Salat und dazu ein Gläschen Wein, vielleicht auch eine nette Sushi-Bar. Doch die Lektorin führte sie zu einer Imbissbude um die Ecke und bestellte zwei Currywürste mit Pommes frites und zwei Bier, bevor Conny protestieren konnte.

Bianca weigerte sich, das »neue« Schlusskapitel zu kommentieren, bis sie etwas zu essen vor sich hatte. Doch kaum hatte sie den ersten Bissen im Mund, da erkundigte sie sich nach Connys Alter.

»Wenn ich Emily Brontë wäre, hätte ich nur noch ein paar Monate«, antwortete Conny und hielt ein paar aufgespießte Fritten über ihren Pappteller, damit die fettige Soße abtropfen konnte.

Aus einem kleinen Radio dröhnte die Übertragung eines Fußballspiels. Irgendjemand spielte gegen irgendjemand um irgendeinen Pokal. Eine Gruppe jüngerer und älterer Männer drängte sich am Ausschank, um der Berichterstattung zu lauschen.

Bianca lächelte. »Dieses neue Ende, von dem Sie mir vorhin erzählt haben … Es klingt so nach Ihrer Mutter: Man findet nur eine Liebe im Leben, und dann war es das für immer! Verstehen Sie mich nicht falsch! Ich respektiere ihren Entschluss, allein zu bleiben. Ich bewundere Cordula sogar dafür. Aber Sie sind noch so jung! Wie kommt man in Ihrem Alter auf solche Ideen? Warum wollen Sie plötzlich Ihren Helden umbringen? Was hat er Ihnen getan?«

Conny versuchte, Annos Vortrag mit eigenen Worten wiederzugeben, ohne Begriffe wie Parabel, Gleichnis oder gar Moral zu verwenden, und Bianca folgte dem, was sie sagte, aufmerksam, doch übermäßig glaubhaft fand Conny sich selbst nicht. Am Ende blickte sie in ein ratloses Gesicht.

»Sei mir nicht böse, aber es bleibt melodramatisch«, sagte Bianca. »Der Held stürzt sich in den Tod. Das ist James Dean, das klingt wie 50er Jahre. Buah!«

Conny starrte in ihr Essen. Die Currywurst war längst kalt und keine Spur ansehnlicher geworden.

»Überhaupt seine ganze Aufregung über Coverversionen. Das ist alles nichts Neues, weißt du? Als ich ein kleines Kind war, waren vier von fünf Songs, die im Radio liefen, deutsche Versionen ausländischer Hits. Das Klavier hat eben nur eine begrenzte Auswahl an weißen und schwarzen Tasten. Irgendwann sind alle Kombinationsmöglichkeiten erschöpft. Sollen wir deshalb immer nur die ollen Kamellen hören?«

Conny fragte sich, was Anno ihr an dieser Stelle entgegnen würde. Sie schob ihren Teller zur Seite und nippte an ihrem Bier. »Das neue Ende gefällt Ihnen nicht?«, fragte sie vorsichtig.

»Sagen wir es so: Ich möchte unsere Leser nicht schockieren. Und es ist ja nicht so, dass Felix in dem anderen Ende völlig ungeschoren davonkommt. Man wird Susanne offenbar nie los.«

Bianca hatte ihre Portion aufgegessen und begann damit, Connys verschmähte Pommes Frites zu vernichten.

»Entschuldige, aber ich kann diese schicken Sushi-Bars nicht mehr sehen«, sagte sie schmatzend. »Manchmal brauche ich einfach etwas Warmes, etwas, das nicht mehr roh ist.«

Conny betrachtete die Lektorin neidisch. Sie hatte eine traumhafte Figur und musste sich offenbar nicht darum scheren, was die Waage am nächsten Morgen zu Currywurst und Co sagen würde.

»Das heißt, Sie würden … du würdest die Geschichte mit diesem Ende nicht wollen?«, fragte Conny vorsichtig, und es wurde ganz still um sie herum.

Bei der Übertragung des Fußballspiels wurde ein Elfmeterschießen wegen Foulspiels angekündet.

»Ehrlich gesagt: Nein«, sagte Bianca.

Conny dachte einen Moment nach, dann erschien ein Lächeln auf ihrem Gesicht. Sie erhob feierlich ihre Bierflasche und hielt sie Bianca zum Anstoßen entgegen.

»Vergessen wir's einfach!«, sagte Conny, worauf die Männer im Imbiss in lauten Jubel ausbrachen – das Radio hatte das magische Wort »Tor!« ausgespuckt.

Die Lektorin zögerte noch, und Conny fragte sich, ob sie es ihr zu einfach machte. Mit anderen Autoren, richtigen Autoren musste Bianca wahrscheinlich stundenlang um jedes einzelne Komma feilschen. Wirkte es nun nicht komisch, dass sie persönlich mit einer Änderung vorbeigekommen war, um schon nach dem ersten Einwand klein beizugeben?

Conny war erleichtert, als Bianca schließlich sagte: »Schon vergessen.« Sie wischte sich sehr gründlich mit ihrer Serviette den Mund ab, und die Frauen besiegelten ihr Geschäft mit dem schrillen Klirren zweier Bierflaschen.

»Hast du schon überlegt, ob du unser Baby unter deinem eigenen Namen veröffentlichen willst?«

Conny erschrak. So genau hatte sie über das ›Baby‹ noch gar nicht nachgedacht. Auf keinen Fall aber wollte sie selber als Autorin auftreten und sich mit Annos Federn schmücken.

»Muss ich denn?«, fragte sie.

»Ich habe den Eindruck, dass sich deine Mutter sehr darüber freuen würde.«

»Ich weiß«, sagte Conny kleinlaut und errötete ein bisschen bei dem Gedanken an den Brief, den sie der Lektorin geschrieben hatte.

»Cordula ist wahnsinnig stolz auf dich. Auch wenn sie das vielleicht ganz gut verbergen kann«, sagte Bianca mit einem Augenzwinkern.

Conny zuckte mit den Schultern und begann das Etikett von ihrer Bierflasche zu pulen.

»Gibt es denn Gründe, die dagegen sprechen, es unter deinem Namen zu veröffentlichen?«

»Gründe?« Conny schreckte auf. Ahnte Bianca doch etwas?

Aber die lächelte nur. »Oder möchtest du es einfach nicht?«

Conny lächelte erleichtert zurück. »Genauso ist es. Ich möchte einfach nicht.«

»Dann sag mir Bescheid, sobald dir ein Pseudonym eingefallen ist.«

Conny brauchte nicht lange zu überlegen. »Bescheid.«

Gespannt schossen Biancas Augenbrauen in die Höhe.

»Es …«, begann Conny zögernd, »… muss ja nicht unbedingt ein Frauenname sein, oder?«

# Ein Jahr später

Es war ein lauer Sommerabend, und die meisten Kunden von *Soap'n'Scroll* saßen auf Klappbänken aus Holz auf dem breiten Bürgersteig, wo sie die letzten Sonnenstrahlen des Tages auskosteten. Ein älterer Herr las in einem dicken Buch und machte hier und da Notizen mit seinem Bleistift. Hinter ihm diskutierten zwei Frauen bei einer Apfelsaftschorle leidenschaftlich die Beziehungsprobleme einer dritten, die glücklicherweise nicht dabei war. Ein Junge in zerrissenen Jeans versuchte, einen prall gefüllten Döner zu essen, ohne allzu viele Zutaten an seine Hose oder den Bürgersteig zu verlieren; die Frau neben ihm hatte alle Mühe, ihren Pudel davon abzuhalten, die Gurkenstücke und Zwiebelringe vom Boden zu lecken. Etwas abseits saß, an einen Baum gelehnt, ein Gitarrenspieler mit dunkler Sonnenbrillle und Cordmütze, der nicht zu den Kunden von *Soap'n'Scroll* zählte und mehr schlecht als recht, aber insgesamt doch sehr motiviert auf seinem Instrument herumwischte.

Die anderen warteten auf ihre Wäsche. *Soap'n'Scroll* betrieb fünfzehn Waschmaschinen und fünf Trockner. Die Geräte waren mit Schildern versehen, auf denen in computergenerierter Schreibschrift die Namen beliebter weiblicher Charaktere aus Seifenopern standen. An diesem Abend waren außer Carrie Bradshaw, Mutter Beimer und Sue Ellen noch Vera Drombusch und Oberschwester Hildegard sowie Marie Balzer in Betrieb.

Um den Kunden ihre Wartezeit so angenehm wie möglich zu gestalten, gab es eine kleine Auswahl an heißen und kalten nicht-alkoholischen Getränken. Für all jene, die ihren Aufenthalt bei *Soap'n'Scroll* effektiv nutzen wollten, hatte man zehn Computerterminals aufgestellt, die selbstverständlich auch von Nichtwäschern genutzt werden konnten. Diese Computer wiederum trugen die Namen männlicher Serienfiguren. Leider waren vorübergehend nur neun der Terminals einsatzfähig, da vor ein paar Tagen jemand seinen Milchkaffee über die Tastatur von Cliff Barnes gekippt hatte.

Das System hinter den Namen hatte im Vorfeld der Eröffnung für eine heftige Auseinandersetzung zwischen dem Besitzer, einem süddeutschen Alt-Hippie, und seiner Geschäftsführerin gesorgt, die aus gutem Grund für ein simples Durchnummerieren plädiert hatte. Nachdem sie sich damit nicht durchsetzen konnte, hatte sie ihrem Chef vorgeschlagen, wenigstens über eine geschlechterübergreifende Namensgebung nachzudenken. Doch offensichtlich hatte sie sich missverständlich ausgedrückt, denn am Ende war eine der Waschmaschinen auf den Namen Carsten Flöter getauft worden.

»Kann ich von diesem Rechner was ausdrucken?«, rief ein Kunde der Frau an der Bar zu. Er war seit einer halben Stunde mit Blake Carrington in den endlosen Weiten des Internet unterwegs.

»Nur in Schwarzweiß«, antwortete Conny und wischte mit einem feuchten Lappen über den Tresen. Den Gitarrenspieler vor dem Laden ließ sie dabei nicht aus den Augen. Sie überlegte ernsthaft, ob sie ihm etwas Geld geben sollte. Ob er dann endlich aufhörte zu spielen?

Sie arbeitete seit fast einem Jahr hier. Die Aufgaben in einem kombinierten Waschsalon-Internetcafé waren zwar weniger anspruchsvoll als im Copyshop, auch wenn sie nun drei Jobs auf einmal machte. Dafür hatte sie wieder mehr Kontakt mit Leuten, weil die Kunden nicht schon nach zehn Sekunden wieder gingen; manche verbrachten ihre Wartezeit einfach an der Theke, tranken einen oder zwei Kaffee und plauderten mit ihr.

Seit neuestem besuchte sie noch nebenbei die Abendschule und machte ihr Abitur nach, sehr zur Freude ihrer Mutter, die sie noch seltener zu Gesicht bekam als früher. Nachdem Cordula Pyper bei einer Studienreise einen netten einheimischen Taxifahrer kennen gelernt hatte, lebte sie in Griechenland und spielte dort *Shirley Valentine* nach. So hatten die Karten doch noch Recht behalten. Auch was die beruflichen Veränderungen betraf, die Conny angekündigt worden waren. Ihre Zeit als hauptamtliche Kopiererin war längst vorüber. Edgar hatte ihr keine Wahl gelassen.

»Du warst in letzter Zeit sehr oft krank«, sagte er an ihrem ersten Arbeitstag nach der Operation. Er hatte sie in sein Büro bestellt und den Hut abgenommen, wie es die Menschen in den amerikanischen Kriegsfilmen machen, wenn sie einer Mutter mitteilen müssen, dass ihr einziger Sohn gefallen ist. Während des ganzen Gesprächs wanderte die Hutkrempe mehrmals durch seine Finger, als betete er einen Rosenkranz. Ihm war die Situation sichtlich unangenehm, und auch Conny spürte, wie sich ihr Magen zusammenzog, weil sie ahnte, worauf ihr Chef hinauswollte.

»Ich habe mir den Arm nicht aus lauter Langeweile aufschlitzen lassen, Edgar, falls du das glaubst.«

»Natürlich nicht«, beeilte er sich zu sagen.

Es entstand eine kleine Pause. Er schien nachdenken zu müssen, was er als Nächstes gegen seine *beste Kraft* vorbringen konnte.

»Aber wer weiß denn, wie lange das mit dem Arm hält. Die Papierrollen für die großen Kopierer sind ganz schön schwer. Da haben selbst die Jungs zu schleppen.«

Conny hatte ihm hundertmal versichert, dass sie dank der Operation wieder so viel heben und schrauben konnte, wie sie wollte.

»Und dann hast du ja gar keine richtige Ausbildung.«

Conny ahnte, woher der raue Wind wehte. »Du meinst, so wie deine Freundin.«

Edgars Mimik sprach Bände, regalweise, im Anhang befanden sich ganze Bibliotheken, und Conny verstand. Seine Freundin, die Setzerin, wollte ihren Job, und sie hatte Edgar so lange bearbeitet, bis er einwilligte. Kim wurde die Er-Setzerin.

»Wie lange gibst du mir noch?«, fragte Conny ruhig.

Edgar machte ein Gesicht wie die gebeutelte Kriegsfilm-Mutter und erzählte von dem neuen Laden. Aus schlechtem Gewissen bot er ihr schließlich den Job der Geschäftsführerin an und versprach ihr sogar, das gewohnte Gehalt weiter zu zahlen, obwohl das, wie er hinzufügte, in der Branche vollkommen unüblich war. Da Conny wusste, wie übersichtlich die Stellenangebote in Berlin waren, schlug sie ein. Edgar war so erleichtert, dass er sich rückwärts auf seinen Schreibtisch fallen ließ, auf dem er es einst Kim besorgt hatte, während Conny besorgt darunter saß. Der Schreibtisch ergab sich sofort und fiel mit einem lauten Knall in sich zusammen, und Conny tat bei dem Gedanken an Edgars dummes Gesicht noch tagelang vom Lachen der Bauch weh.

Das war eine der amüsanteren Erinnerungen an die Zeit im Copyshop. Seit die Freundin vom Chef die Geschäfte führte, war es weniger lustig geworden. Immerhin: Der Fahrradweg war endlich fertig. Leslie, die noch immer bei *Star Copies* arbeitete, hatte erzählt, dass der Freak da gewesen sei und gebrüllt habe: »Ihr seid ja alle unterv-vögelt!« Darauf habe Kim Edgar gedrängt, den Mann anzuzeigen. Jetzt hatte der arme Kerl Hausverbot. Leslie behauptete, sie habe ihm die Adresse von *Soap'n'Scroll* zugesteckt. Conny wusste nicht, ob sie sie auf den Arm nehmen wollte; bislang hatte sich der Freak jedenfalls nicht blicken lassen, und diese Lücke füllte ja nun offenbar der Gitarrenspieler.

Die Affäre mit Dicki hatte Leslie beendet, seit sie offiziell mit Günter zusammen war und die Zwei zusammen wohnten. Doch obwohl seitdem fast ein ganzes Jahr vergangen war, hatte sie kürzlich Besuch von seiner Frau erhalten, ohne sie jedoch gleich zu erkennen. Sie war an die Ladentheke getreten mit einer CD und der Bitte, das darauf gespeicherte Dokument 1000-mal auszudrucken. Es war recht voll gewesen an jenem Tag, und Leslie bemerkte nicht, dass die Frau, die eben noch an der Kasse gewartet hatte, sich heimlich davonschlich. Als sie den Ausdruck aus dem Kopierer nahm, bemerkte sie, dass nur ein einziger Satz auf den Seiten stand und dass es sich dabei um eine Nachricht handelte, die ganz allein ihr galt.

*»Lassen Sie meinen Mann in Ruhe. Bitte!«*

Conny musste Milch aufschäumen für den Jungen mit der zerrissenen Hose, die jetzt auch noch unvorteilhaft mit Dönersauce bekleckert war, und übertönte für einen Moment das armselige Gitarrenspiel.

Einer der Vorteile an ihrem neuen Job war, dachte Conny, dass ihr hier weitere Begegnungen mit Jochen erspart blieben, dem sie an ihrem letzten Arbeitstag bei *Star Copies* noch einmal die Speisekarte korrigiert hatte. Außerdem lag der Waschsalon näher an ihrer Wohnung, sodass sie jeden Tag mit dem alten rostigen Damenrad zur Arbeit fahren konnte; seitdem passte sie auch wieder in jede Hose.

Anno hatte sie seit ihrem letzten großen Streit nicht mehr gesehen. Inzwischen war aber sein Roman veröffentlicht. *Kaisers neue Kleider* von Anno Schöndienst verkaufte sich gut, auch noch in der zweiten Auflage. Auf dem Cover war eine vergilbte Fotografie eines verlassenen Probenraums abgebildet, in dem lediglich die Posa-Instrumente und ein paar Mikrophone standen. Conny gefiel es. Was Anno davon hielt, konnte sie nur raten. Er hatte sich nicht mal für das Honorar bedankt, das sie ihm per Scheck geschickt hatte. Dass er wenigstens die freundlichen Anfragen für Lesungen und Interviews, die sie an ihn weitergeleitet hatte, beantwortete, hielt sie für unwahrscheinlich. Conny wusste nicht mehr, mit welchen

Ausreden sie dem Verlag noch kommen sollte, und setzte darauf, dass man sie im Laufe der Zeit in Ruhe lassen würde. Offenbar war Anno immer noch verärgert, und Conny konnte es ihm nicht mal verübeln. Was hatte sie sich eigentlich damals gedacht, als sie den Vertrag unterschrieben hatte? Dass Anno reumütig zu ihr zurückkehren und aus Dankbarkeit über ihren Einsatz für sein »Baby«, wie Bianca es nannte, unter ihrem Balkon singen würde? Lächerlich! Conny wohnte im fünften Stock.

Nachdem sie bei Blake Carrington abkassiert und ein paar leere Gläser eingesammelt hatte, trudelte ihre Ablösung ein. Edgar half sich auch bei *Soap'n'Scroll* mit Studenten aus, sie waren für die Spätschicht bis Mitternacht zuständig. Der nicht eben unattraktive Donnerstagsstudent hatte zwei große Seesäcke mitgebracht und befüllte Alexis Morell Colby Carrington Dexter Rowan mit seiner Bettwäsche. Conny fragte sich, wie jemand binnen einer Woche einen solchen Verschleiß an Spannbettlaken haben konnte, aber da steckte der Donnerstagsstudent schon in einem schamlosen Flirt mit dem Pudelfrauchen, das seine Wäsche gerade Roseanne zum Trocknen überantwortete, und Conny wusste Bescheid.

Willkommenerweise wurde sie aus ihren Phantasien gerissen, als der Gitarrenspieler vor dem Laden nun auch noch zum Äußersten griff: Er begann zu singen.

»Hast du den mitgebracht?«, rief der Donnerstagsstudent, während er der Pudeldame zeigte, wo man Roseanne zu drücken hatte, wenn man sie richtig in Fahrt bringen wollte.

»Klar doch!« Genervt schloss Conny die Ladentür. Musste dieser Clown ausgerechnet hier üben? Zum Glück hatte sie gleich Feierabend. Ihr Kurs an der Abendschule begann in einer Stunde.

Sie beobachtete den Musiker noch ein wenig durch die Glastür, mit etwa der gleichen Mischung aus Faszination und Ekel, die man sonst Bewerbern von Castingshows entgegenbringt; da zog der Mann, der nun unverhohlen zu ihr herübersah, langsam seinen Hut, ohne jedoch mit dem Singen aufzuhören.

*»Nimm Reich-Ranicki, Goethe und die Schillerstraße*
*Aber nicht dein Leben*
*Nimm die Alpen, Haider und das 2:3 von 78*
*Aber nicht das Leben*
*Nimm den Terror und, wenn's sein muß, auch den Papst*
*Aber nicht das Leben*
*Das Leben ist viel zu kurz,*
*um es so schrecklich ernst zu nehmen.«*

Conny erschrak. Nach all der Zeit! Das war nicht möglich. Wie hatte er sie gefunden? Sie drehte ihm den Rücken zu. Die kleinen Härchen auf ihrem Arm stellten sich auf, als sei sie im Cabrio mit 250 Sachen auf der Autobahn unterwegs. Ihre Gedanken überschlugen sich. Sie konnte auf keinen Fall mit ihm reden! Das brachte gar nichts. Das hatte noch nie etwas gebracht! Sie musste weg von hier, am besten über den Hof.

Conny bestellte ein Taxi.

»Ich muss heute ein bisschen früher weg«, rief sie dem Studenten zu, der sich und dem Pudelfrauchen gerade zwei Kaffee zusammenbraute. »Schaffst du das hier?« Dann versagte ihre Stimme.

»Du kannst dich auf mich verlassen, Chefin.« Der Donnerstagsstudent stieß seine Zunge tief in die Wangentasche und deutete auf seine neue Eroberung, die auf einem der Barhocker saß und mit den Beinen baumelte.

In Windeseile raffte Conny ihre Sachen zusammen und verschwand durch den Hinterausgang. Sie musste nicht lange auf den Wagen warten. Erleichtert ließ sie sich auf den Beifahrersitz fallen, denn auf dem Rücksitz wurde ihr neuerdings übel.

Conny nannte dem Fahrer die Adresse ihrer Schule, auch wenn sie jetzt viel zu aufgewühlt war, um dem Unterricht folgen zu können. Das Taxi fuhr um den Block herum und bog in die Hauptstraße, an der *Soap'n'Scroll* lag. Die Ampel zwang sie, direkt vor dem Geschäft zu halten. Der nette ältere Herr mit dem Buch war verschwunden, ansonsten hatte sich an der Szenerie nichts verändert. Der Junge mit den zerrissenen Hosen döste in der Abendsonne, und die beiden Mädchen tratschen immer noch ungeniert über Sachen, die sie nichts angingen. Die Musik des Gitarrenspielers schien sie nicht zu stören.

»Warten Sie bitte hier!«, sagte Conny und sprang aus dem Taxi. »Ich muss noch etwas erledigen.«

Sie näherte sich dem Musiker von hinten und pirschte sich leise heran. Seine Mütze lag jetzt umgedreht vor ihm. Erwartete er ernsthaft, dass ihm jemand Geld gab?

»Ich dachte, du kannst nicht Gitarre spielen«, sagte Conny giftig.

»Kann ich auch nicht«, entgegnete Anno ruhig, als habe er sie erwartet, und spielte weiter. »Hört man das nicht?«

»Was willst du hier?« Conny musterte ihn von oben herab. Er war unrasiert und braungebrannt. Seine Knie waren durch die aufgescheuerten Hosen zu sehen.

»Ich dachte, es interessiert dich, was ich mit dem Honorar gemacht habe.«

»Eine ziemliche Geldverschwendung, würde ich sagen.« Sie warf ein 50-Cent-Stück in seine Mütze. Es wurde geräuschlos von dem weichen Cordstoff verschluckt.

Anno versuchte, nach ihrer Hand zu greifen, aber Conny war schneller.

»Ich war ein Idiot. Du hattest Recht«, sagte er.

Der Taxifahrer hupte.

»Du hast gegen das elfte Gebot verstoßen«, sagte sie, ohne ihn anzusehen.

»Du weißt doch, dass ich nicht an Gott glaube«, erwiderte er.

»Es gibt nur zehn Gebote, Anno.«

Er spielte weiter unbekümmert auf seiner Gitarre.

»Das elfte Gebot lautet: Du sollst nicht kopieren.«

Annos Gitarrenspiel wurde langsamer.

»Wo du doch so aufs Kopieren geschimpft hast: Warum bist du dann immer zu uns gekommen, in einen bösen Copyshop?«

»Zum Ausdrucken, nicht zum Kopieren.«

»Aber warum? Ihr hattet doch einen Drucker im Büro!«

»Ich wollte nicht, dass mein Vater sieht, was ich tue. Er findet, es gibt genug schlechte Bücher auf dem Markt.«

Conny hätte sich eine Erklärung gewünscht, in der ihr Name auftauchte. Sie ärgerte sich, dass sie überhaupt gefragt hatte.

»An diesem Wochenende, morgens, bevor du deinem Vater im Laden geholfen hast, da hast du gesagt, dass du mich liebst.«

»Das war ein Zitat aus *Star Wars!*« Anno hatte aufgehört, seine Gitarre zu malträtieren.

Conny funkelte ihn wütend an.

»Es war mein Ernst, Cornelia!« Anno stand auf und versuchte erneut, ihre Hand zu nehmen. Doch sie wich ihm aus.

»Eins noch: Die Sache mit Catja tut mir Leid, das war blöd«, sagte sie.

Anno wollte Einspruch erheben, aber Conny ließ ihn nicht zu Wort kommen.

»Felix hat es nicht verdient. Es war das Beste, ihn ertrinken zu lassen. Niemand würde ihn vermissen. Aber ich dummes Schaf wollte ja unbedingt ein Happy End. Dabei ist mein Ende vollkommen unrealistisch. Es hat mit dem Leben nicht das Geringste zu tun.«

Dann lief Conny, so schnell sie konnte, zu ihrem Taxi. Anno folgte ihr, aber sie drehte sich nicht um. Tränen rannen über ihr Gesicht, die sie noch wütender machten. Tränen, die sie lieber für sich behalten hätte.

Die beiden kamen gleichzeitig am Wagen an, und ihre Blicke trafen sich.

»Nimmst du mich mit?«, fragte er atemlos.

Conny erstarrte, und ein Schauer lief über ihren Rücken. Wusste er, was er da sagte? Langsam öffnete sie die Tür.

»Ich glaube nicht, dass wir in die gleiche Richtung müssen«, sagte sie und stellte ärgerlich fest, dass ihre Stimme bebte.

»Wo willst du denn hin?«, fragte Anno und wollte seine Hand auf ihre Schulter legen, doch Conny schlüpfte in den Fond des Wagens. Ihr Herz schlug so schnell, dass sie kaum mit dem Atmen nachkam.

»Hauptsache fort von hier!«, sagte sie.

Anno reichte ihr seine Gitarre, und Conny legte sie vorsichtig auf ihren Schoß. Dann stieg er lachend zu ihr, sein rechtes Auge wurde ganz klein und löste sich in seinem Grinsen auf.

*»Dann haben wir denselben Weg.«*

# Connys und Annos Leseliste

| | |
|---|---|
| Hermann Hesse | *Der Steppenwolf* |
| Emily Brontë | *Wuthering Heights* |
| Ian McEwan | *Der Zementgarten* |
| Birgit Vanderbeke | *Das Muschelessen* |
| Martin Suter | *Lila Lila* |
| Connie Palmen | *I.M.* |

# Danke

In Sachen Copyshop aufgeklärt haben mich Patricia Ahrend und Martin Paal. Mein musikalischer Ratgeber war Fabian Trabandt, und ihr medizinisches Fachwissen mit mir geteilt haben Klaus Többen und Dr. Oleg Surminski.

Weitere Quellen:

*Mystisches Kartenlegen nach Mlle Lenormand* von Dietlind Herlert-Schaaf, *Handlesen* von Peter West und *Alles, was Sie über das Musikbusiness wissen müssen* von Donald S. Passman mit Wolfram Herrmann.

Wie immer auch ein großes Danke*SCHÖN* an die besten Testleser der Welt: Jasmine Ghandtchi, Carsten Kirchmeier, Caroline Sendele, Claudia von Mickwitz und Roxane Wiprich.

Kriss Rudolph
**Das Beste von heute**
Roman
Band 16736

Jingles für Singles!

Franka war jung und brauchte das Geld. Außerdem hat sie sich blöderweise in der Tür geirrt – und von da an ihr Studium mit Telefonsex finanziert. Macht ja nichts, merkt ja keiner! Jahre später macht sie Karriere beim Radio und hat immer noch mit reichlich verrückten Typen zu tun: einem neurotischen Chefmoderator im Studio, einem Teddysüßen Klokünstler im ICE und einem Charmebolzen auf der Hörer-Hotline, dessen Stimme Franka von ganz woanders ziemlich bekannt vorkommt ...

Eine wunderbar verrückte und freche romantic comedy, in der schlimme Chefs und intrigante Kolleginnen ordentlich was auf die Ohren kriegen!

Fischer Taschenbuch Verlag

fi 16736 / 1